D1720260

DAS

PARADIES

DES

AUGUST

ENGELHARDT

MARC BUHL

DAS

PARADIES

DES

AUGUST
ENGELHARDT

ROMAN

1. Auflage 2011

© Eichborn AG, Frankfurt am Main, März 2011
Umschlaggestaltung: Christiane Hahn
Umschlagfoto: Foodcollection RF © getty images
Lektorat: Matthias Bischoff
Ausstattung, Typografie: Susanne Reeh
Satz: Fotosatz Amann, Aichstetten
Druck und Bindung: CPI – Clausen & Bosse, Leck
ISBN 978-3-8218-6148-7

Eichborn Verlag, Kaiserstraße 66, 60329 Frankfurt am Main
Mehr Informationen zu Büchern und Hörbüchern aus dem
Eichborn Verlag finden Sie unter www.eichborn.de

Be not afeard; the isle is full of noises,
Sounds and sweet airs, that give delight and hurt not.
Sometimes a thousand twangling instruments
Will hum about mine ears, and sometime voices
That, if I then had waked after long sleep,
Will make me sleep again: and then, in dreaming,
The clouds methought would open and show riches
Ready to drop upon me that, when I waked,
I cried to dream again.

Shakespeare The Tempest III,2

Du musst dich nicht fürchten; diese Insel ist voll von Getöse,
Tönen und anmuthigen Melodien, welche belustigen und kei-
nen Schaden thun. Manchmal sumsen tausend klimpernde
Instrumente um mein Ohr; manchmal Stimmen, die, wenn ich
gleich dann aus einem langen Schlaf aufgewacht wäre, mich
wieder einschläfern würden; dann däuchts mir im Traum, die
Wolken thun sich auf, und zeigen mir Schäze, die auf mich
herunter regnen wollen; daß ich, wenn ich erwache, schrey
und weine, weil ich wieder träumen möchte.

Shakespeare Der Sturm III,2

There was a boy / A very strange enchanted boy / They say he
wandered very far, very far / Over land and sea / A little shy /
And sad of eye / But very wise / Was he.

eden ahbez Nature Boy

Für Maruma

Häuptling Kabua und seine Männer sitzen ums Feuer. Der Hund ist bald gar. Sie werden ihn aus den Blättern wickeln, in denen er brät, Palmwein trinken, die Frauen in die Hütte schicken und den Weißen erschlagen. Die Trommeln der Nachbarinseln haben gemeldet, dass er bald kommt. Morgen werden sie dem Chinesen das gepresste Kokosfleisch verkaufen. Er wird mit seinem Boot landen, die Ration der vergangenen Woche holen und bezahlen mit ein paar Äxten, Messern und Streichhölzern. Im Wald ertönt das Tschilpen des Kamuk-Vogels, der ein Opossum entdeckt hat. Sie werden den Weißen erschlagen, den Leib aufschneiden und füllen mit Bananen, Taro, Kokosmilch und glühenden Steinen. Sie werden ihn in Matten schnüren und in einem Sandloch das Fleisch zart werden lassen. Nur salzen werden sie ihn nicht. Die Weißen schmecken auch so schon zu salzig.

Noch bevor das Kanu den Strand erreicht hatte, sprang er hinaus ins knietiefe Meer, ließ sich fallen, planschte durchs Wasser, robbte an den Strand, bohrte die Finger in den weißen Sand, rieb die Stirn hinein, rollte auf den Rücken und sah in den Himmel. Die Sonne stand hoch und nichts warf Schatten. Weiß der Sand, türkis das Meer, der Himmel azurblau, ein paar Hundert Schritte weiter landeinwärts der Palmenwald, dunkel und erfüllt von Geräuschen, die er noch nicht kannte: ein Gurren, ähnlich dem von Tauben, ein gleichmäßiges Tocken, ein trockenes Rauschen, als ein Wind die Palmwedel durchkämmte. Die Wolken am Horizont waren weiß und fern und keine Bedrohung, überhaupt war ihm alles fern, sodass nichts aus der Welt des Winters ihm hier etwas anhaben konnte.

Kabakon.

Der Name seiner Insel, Kabakon, er sagte ihn immer wieder, sang ihn, tanzte ihn, während das Licht der Tropen warm um ihn floss. Er wusste nicht, was der Name bedeutete, aber Kabakon, das war das Meer ringsum, das warm war und freundlich, fast weiß, wo es an den Strand spülte, dahinter von einem leichten Hellgrün, weiter draußen lichtblau und jenseits des Atolls von der Farbe des Himmels, unendlich tief und fast schon erschreckend. Kabakon war der weiße Sand, warm und lockend, die Muscheln darin und der rote Krebs, nicht größer als ein Daumennagel, der seitwärts davonkrabbelte, als er die Zehen in den Sand bohrte. Kabakon waren die Palmen, die ihn ernähren würden. Von heute an war Kabakon seine Welt und keine andere würde es mehr für ihn geben.

Engelhardt öffnete den Stoffgürtel und ließ das Wollkleid fallen. Darunter trug er nichts. Nackt stand er, hob die Arme zur Sonne, den sehnigen Körper aufgerichtet, schloss die

Augen und hörte das Lied seiner Insel, das dumpfe Dröhnen der brechenden Wellen, eigentlich kein Dröhnen, das war nur der erste Eindruck, sondern ein auf- und abschwellender Chor in großer Besetzung, mal drängten sich die Tenöre in den Vordergrund, mal die Altstimmen, während der Sopran ein kaum wahrnehmbares zweigestrichenes A sang, der große Choral seiner Insel, das Kabakon-Lied.

Er stand und versuchte, die Sonne zu trinken, aber das funktionierte nicht wirklich. Später wird er das lernen, hier in der Kolonie Deutsch-Neuguinea, wochenlang wird er üben, sich nur von ihren Strahlen zu nähren. Er schloss die Augen. Unter den Lidern flimmerte es rot.

Als er müde wurde, ließ er sich in den Sand sinken und spürte das leichte Atmen der Insel, die Korallen gebaut hatten, lebende Wesen, und immer noch bauten, und er dankte ihnen dafür. Nie im Leben war er so glücklich gewesen. Er spürte, wie sein Herz langsamer schlug. Kein Grund mehr, sich zu beeilen. Kein Ziel. Kein Kampf ums Dasein. Keine Zukunft. Kein Plan. Kein Fortschritt. Kein Erfolg. Kabakon war seine ewige Gegenwart.

Als er Durst bekam, zog er das Kanu aus dem Wasser, holte sein Beil aus dem Seesack, fuhr mit dem Daumen über die Klinge, nickte zufrieden und sah prüfend zu der Gruppe von Palmen, die direkt am Ufer wuchsen, die fasrigen Wurzeln teilweise schon freigelegt von den Wellen. In jeder Krone hingen ein paar Dutzend Nüsse, allerdings mindestens zwanzig Meter über dem Boden. Der Baum aus der Offenbarung des Johannes, *auf beiden Seiten des Stromes stund der Baum des Lebens. Er trug Früchte in zwölferlei Reifestadien und lieferte jeden Monat eine Ernte*, allerdings musste er da erst einmal drankommen. Die Nuss in der angefaulten Schale, die halb im Sand vergraben war, ignorierte er, nur die unreifen Nüsse waren genießbar, das hatte er in Indien gelernt. Er hatte in Bombay zwei Halbwüchsige bei der Ernte beobachtet. Sie hatten ein gedrehtes Tuch an die Unterschenkel gebunden und waren in ein paar Sekunden den Stamm weniger nach oben geklettert als senkrecht hinaufgekrochen, während ein uralter Fakir ihm beibrachte, den Körper zu verrenken. Engelhardt hatte sich beugen lassen, saß verdreht, machte das Kuhmaul, den Krieger, den Helden, die Schlange und stand schließlich auf dem Kopf.

Look at the world from different positions, hatte der Fakir gesagt und war verschwunden, als Engelhardt die Beine wieder zu Boden sinken ließ, überrascht über die Klarheit in seinem Blick.

Er wusste, die Ernte der Nüsse würde schwierig, aber wenn er hier scheiterte, könnte er gleich wieder umkehren und zurück in die Heimat, die im Grunde genommen gar keine Heimat war, dieses Reich des Winters und der Kälte, diese fürchterliche Eiswelt, in der alles andauernd am Absterben war.

Er knotete einen festen Strick an die Füße und umfasste den Stamm. Er war schlank und rau, ein mitfühlendes Wesen, das sich leicht gegen ihn lehnte. Der Baum würde ihn gerne tragen, die Königin aller Pflanzen.

Er schob sich nach oben, machte eine Pause nach drei oder vier Metern, versuchte, nicht nach unten zu sehen, schaffte es allerdings nicht, verdammt hoch schon, stieg dennoch weiter, acht oder neun Meter, noch nicht einmal die halbe Strecke, und doch sah die Welt schon ganz anders aus von hier oben: viel blauer das Meer, am Horizont die Berge Neulauenburgs, rechts von ihm, nur ein paar Hundert Meter entfernt, Kerawara, wo es eine Handelsniederlassung gab, und dahinter Ulu mit der Missionsstation. Geld und Gott, die waren überall, wo man hinkam, kein Fleck der Erde blieb davon verschont, Gott und Geld, in trauter Einigkeit. Er kletterte weiter hinauf, die nächsten Meter, bis es ihn schwindelte. In Indien hatte er dressierte Affen gesehen, die die Nüsse so lange gedreht hatten, bis sie hinunterfielen, während die Besitzer sie mit Pfiffen dirigierten, aber hier gab es keine Affen, hier musste er sich selber zum Affen machen. Er kämpfte sich die nächsten Meter nach oben, nicht mehr lange, und er würde die Palmwedel berühren können. Den ersten hatte er als Ministrant gehalten, zwölfjährig, am Palmsonntag in der großen Prozession, mit Weihwasser gesegnet und als Zeichen des Lebens und des Sieges. *Ruhm und Preis und Ehre sei Dir, Erlöser und König. Jubelnd rief einst das Volk sein Hosianna Dir zu.* Vorneweg der Priester, der Zelebrant und die Lektoren. Später kam der Zweig hinters Kruzifix und wurde dort braun.

Hosianna.

Ein paar Meter weiter die Krone. Er krallte sich einen Wedel, hielt sich fest, sah sich um. *Look at the world from different positions.* Unter ihm seine Insel. Etwa zwei Kilometer lang, siebenhundert Meter breit. Auf dem Meer vor ihm ein Dampfschiff, weiße Spur im Blau, vielleicht ein Transporter der Pflanzer. Schwarzer Rauch blakte in den Tropenhimmel.

Dreck.

Auch dem entkam man nicht. Geld, Gott und Dreck, der Dreiklang des zwanzigsten Jahrhunderts, das gerade begonnen hatte.

Er hieb mit der Axt auf die Nüsse ein, die ihm am nächsten waren. Sie schlugen dumpf auf dem Boden auf. Er bekam Hunger, doch der Baum war zu hoch und er noch nicht unten. Das Runterkommen war das Schwerste, wie in den Bergen, wo er klettern war mit Walter. Die Westwand des Tödi im Frühherbst, Gewitter und Hagel beim Aufstieg, am Gipfel Glück und Käsebrot und Steinschlag beim Abstieg von den Gämsen. Zwei Brocken hatten ihn getroffen und Walter hatte ihn runtergeschleppt, während ihm das Blut über die Hose suppte. Gebrochenes Wadenbein, glatt durchschlagen, er hatte sich selber geschient, den Ärzten traute er schon damals nicht, und Anna hatte ihm Arnica gegeben.

Er ließ den Palmwedel los und versuchte langsam nach unten zu rutschen, aber das war schwierig. Er hätte doch eine Hose anziehen sollen. Der Stamm raspelte über Schenkel und Glied. Als er unten ankam, war der Hunger nicht sein größtes Problem. Engelhardt sprang ins Wasser, um die Wunden zu desinfizieren, schrie kurz auf, als der Schmerz ihn durchfuhr, fing an zu singen, als der Schmerz nachließ, vor Freude darüber und über das Wasser, die Palmen, Farben, Licht und Luft und darüber, dass er hier am Äquator war, wo die Erde die größte Umdrehungsgeschwindigkeit hat und den Menschen der Sonne entgegenschleudert.

Fahrt durch Länder, Kontinente, Urwald, Wüste heiß und leer, sang er und *Nach Süden nun sich lenken die Vöglein allzumal,* schluckte Wasser, tauchte unter, sah eine Schildkröte vorübergleiten, schön und schwerelos und sang auch für sie *Sprung auf und in das Leben, ihr jungen Kameraden, wir wollen wie die Reben in Sonnengluten baden,* aber die Schildkröte ließ sich nicht beeindrucken und verschwand, ohne sich um ihn zu kümmern.

Er schlug die Nuss mit der Axt auf und trank das Wasser, das gleichzeitig frisch war und süß. Der Kern war noch weicher als die, die er in Indien probiert hatte, noch saftiger, und nach einer Nuss war er satt. In zwanzig Minuten hatte er genügend Essen für einen ganzen Tag geerntet. Hier musste er nicht das Brot essen im Schweiße seines Angesichts, wie es Vater zum Abendessen gebetet hatte. Hier hatte kein Erzengel Gabriel die Menschen vertrieben mit Feuerschwert. Hier war die Welt ohne Sünde, in dem Garten, den der Herr gepflanzt hatte gegen Morgen.

Mit dem Öl einer zweiten Nuss rieb er sich ein. Ein Schwarm grauer Papageienvögel flog über ihn in den Wald. Noch lange hallte ihr Krächzen nach. Im Osten sank die Sonne orangerotviolettblau und war innerhalb von wenigen Minuten verschwunden. Kurz glühte das Meer noch, der erste Stern erschien über der Westseite der Insel, die Milchstraße und darin das Kreuz des Südens. Die Luft war erfüllt von einer stillen Freude. Er hätte sie gerne mit Walter geteilt.

Gemeinsam waren sie durch ganz Deutschland gewandert, hatten in den Wäldern übernachtet und Gedichte gelesen, geschworen, nie wieder Fleisch zu essen, Dienst geleistet in der Strafkompanie, Eichen umarmt im Jungborn und Anna. Walter Letztere allerdings leider mehr als er selbst. Er hätte jetzt hier sein sollen, groß, bärtig und brummig. Ganz nett, hätte Walter gesagt, genügend Sonne, aber wo sind die Mädels? Aber gerade darum ging es auf dieser Insel: das Paradies ohne Schlange und ohne Frauen. Der Freund war in der grauen Nebelwelt geblieben wegen Anna, die sich Naturheilkundige nannte und überall freigiebig und ungefragt homöopathische Mittelchen verteilte, auch ihm selber hatte sie geistige Starrheit attestiert, das erkenne sie an seinen engen Schläfen, und dass er dringend Sulphur nehmen müsse, in höchstmöglicher Potenz, Sulphur oder Apis, hatte sie gesagt und mit den Augen eines Tieres ihn nicht angesehen, sondern durch ihn hindurch, dass ihn schauderte, aber das machte sie bei allen, ein stierer Blick durch das jeweilige Gegenüber, und manche wurden schwach, auch er selber war schwach geworden und hatte abends an Annas Tür geklopft, aber sie war nicht im Zimmer gewesen oder hatte ihm nicht geöffnet. Er hätte auch nicht gewusst, was er hätte sagen sollen. Vielleicht, dass er nicht so starr sei, wie sie glaube, oder er hätte gefragt, ob sie nicht nach draußen kommen wolle, taufrisch die Wiesen, am Himmel der Mond, nur sie beide. Er hätte ihr stundenlang Mondgedichte rezitieren können, *Füllest wieder Busch und Tal still mit Nebelglanz, lösest endlich auch einmal, meine Seele ganz,* während sie barfuß im Gras gegangen wären oder *Es war, als hätt der Himmel die Erde still geküsst,* für die halbe Nacht hätten die Gedichte gelangt. Wenn ihm die Worte ausgegangen wären, hätte Anna sicher gewusst, was sie hätten tun können, das ahnte er, doch sie war nicht da gewesen oder hatte nicht geöffnet. Am nächsten Tag sah er sie Hand in Hand mit Walter beim Lichtbaden, und der Freund hatte ein Tuch um die Hüften gelegt, damit man nicht gleich sah, wie es um ihn stand.

Engelhardt legte sich auf den Strand. Noch war es warm und würde es bleiben. Im Westen stieg das Zodiakallicht hinauf, ein leuchtender Keil, der sich schließlich über den ganzen Himmel spannte. Vom Palmenwald her kam der lang gezogene Ruf des Paradiesvogels. Die Wellen des Meeres wiegten die Insel ganz sanft, er konnte spüren, wie sie sich hob und senkte, den Schlag ihres Herzens.

Er war im Glück.

Der Weiße ist gekommen und geblieben und wird sterben. Vorher sieht ihn keiner an. Die Ahnen des Weißen werden sonst misstrauisch. Immer wieder verschwinden Weiße: Händler, Missionare, Pflanzer und Seeleute. Meistens passiert nichts. Hin und wieder kommen andere Weiße und verbrennen die Hütten und Felder der Stämme, in denen sie die Mörder vermuten, aber die Häuptlinge der Weißen sind fern, und schon lange haben sie hier keinen Polizisten gesehen. Nur Knochen darf man nicht herumliegen lassen. Den Schädel wird Kabua in einen Ameisenhaufen stecken und später eine Maske daraus schnitzen.

Die Männer sind ruhig und konzentriert wie immer, wenn es ans Jagen geht, und warten, bis der Mond hoch am Himmel steht. Sie haben nur wenig getrunken, das tun sie später, wenn sie sehen, wie das Herz des Weißen in der offenen Brust schlägt. Sie folgen Kabua auf dem Pfad durch den Kokoswald.

Der Weiße ist nicht der erste Aufseher, den man ihnen geschickt hat. Vor vielen Jahren ist schon einmal einer gekommen. Er hat sich ein Haus bauen lassen und starb kurz darauf an Fieber. Der Zauberer hat ihn getötet. Den nächsten ließ der Zauberer ertrinken. Der dritte hielt es nicht aus und floh, bevor er sterben musste. Sie haben das Haus geplündert und angezündet. Dann ist lange keiner gekommen. Der Zauberer hat einen Kreis aus Liedern um die Insel gelegt, sodass es keiner gewagt hat, bis jetzt.

Sie werden ihn riechen. Die Weißen stinken, sauer und kränklich wie eine Sau im Fieber. Außerdem wird er in einem Zelt liegen. Zuerst liegen sie immer in Zelten. Aber wenn sie bleiben, kommt später ein Haus. Leben sie lange genug, auch eine Schule, eine Handelsstation, Priester tauchen auf und Lehrer, die ihnen Kleider bringen und den

Gott der Weißen und ihnen verbieten, viele Frauen zu haben, nachts zu tanzen, sich zu tätowieren, zu rauchen, Hunde zu essen und Schiffbrüchige. Sie sollen den Weg ihrer Vorfahren verlassen und dem Weg der Weißen folgen.

Der Nachtwind raschelt in den Palmwedeln. Mit ihm kommt die stumme Geisterfrau, die den Kasuar verwandelt hat, man darf jetzt nicht laut reden, sonst wird sie eifersüchtig und stiehlt einem die Zunge.

Auf der anderen Seite der Insel ist der Strand weit und weiß im Licht des halb vollen Mondes, der in den alten Zeiten viel größer war, bevor die Menschen ihn in Stücke geschlagen und die beiden rotfedrigen Pentaung-Vögel den größten der Mondscherben wieder am Himmel befestigt haben.

Das Meer liegt schwarz und lauernd, nie setzt einer von ihnen nachts auch nur den Fuß hinein, den Letzten, der das gewagt hat, sah man nicht wieder, aber das ist lange her, zur Zeit noch von Kabuas Vater ist das gewesen. Die Alten erzählen, dass die Korallenschlange ihn zur Hexenkolonie von Loulou gebracht hat, die nur nachts zum Leben erweckt wird.

Sie bleiben stehen und versuchen die Witterung des Weißen aufzunehmen, aber nichts ist zu riechen außer der salzigen Luft. Außerdem ist hier nirgends ein Zelt. Die Mole liegt leer und dunkel. Dafür finden sie ein paar Nüsse, frisch geerntet, eine Schale aufgeschlagen, der Kern gegessen.

Die Weißen essen keine Nüsse. Sie bringen ihre eigenen Früchte ins Land. Nüsse sind nur gut fürs Kopra. Dafür bezahlen sie. Aber nie essen sie Nüsse, schon weil sie nicht klettern können. Die Männer werden vorsichtiger. Vielleicht ist der Weiße doch nicht allein.

Sie finden ihn ein paar Schritte weiter im Sand. Nicht in einem Zelt, nicht aufrecht stehend, Rohrstock an der Seite, bekleidet mit Tropenhelm und Anzug, sondern auf dem Rücken schlafend, breitbeinig, nackt. So haben sie nie einen Weißen gesehen. Sie suchen seine Kleider, aber da ist nichts, keine Ausrüstung, kein Seitengewehr, nur eine kleine eiserne

Axt. Kabua steckt sie ein und betrachtet den Mann. Er ist nicht größer als sie, die Schenkel wund vom Stamm der Palme, aber immerhin, er hat sie erstiegen. Das hätte er gerne gesehen. Kabua zeigt mit der Spitze seines Speeres auf das blutverkrustete Glied des Weißen. Seine Männer kichern leise, der Weiße wälzt sich ein wenig, und sie verstummen, nur sein Glied wächst langsam und reckt sich ihnen entgegen, als ob Kabua es aufgeweckt hätte. Als es steht, begutachten sie es ausgiebig. Es ist klein, natürlich, wie kann es anders sein bei einem Weißen, andererseits, so klein auch wieder nicht, kleiner als das eigene natürlich, höchstens halb so groß, aber sie kennen einige Männer, die auch nicht mehr haben, und stoßen sich gegenseitig an, du bist einer von denen, he, wieso ich, schau her, es ist so dick, wie deines lang ist und überhaupt kommt es nicht darauf an, sondern ob man damit umgehen kann, was ist schließlich besser: Wenn ein Idiot eine große Trommel schlägt oder ein Zauberer eine kleine?

Kabua hält die Axt des Mannes in der Hand und zögert. Vielleicht ist der Weiße kein Weißer. Er riecht nicht wie die anderen. Er schläft nackt. Er pflückt Nüsse. Vielleicht ist es besser, ihn am Leben zu lassen.

Er legt die Axt neben den Schlafenden und ruft seine Männer leise zurück. Sie sind enttäuscht, aber der Anführer hat entschieden. Heute Nacht werden sie ihn nicht schlachten. Etwas Seltsames ist um den Mann. Und was immer geschieht, mit ihm würden keine Priester kommen und keine Verbote.

Die nächsten Tage beobachten sie ihn aus der Ferne. Er klettert immer wieder auf Palmen. Lange sitzt er am Strand, die Beine verschränkt, die Hände auf den Knien. Manchmal schwimmt er im Meer. Steht auf dem Kopf. Sieht in den Himmel. Fängt einen Krebs und lässt ihn wieder frei. Hebt einen Stein auf und betrachtet ihn. Beobachtet den Balztanz der Paradiesvögel. Einmal schwimmt er weit raus, bis eine Seekuh kommt und ihn mit der breiten Schnauze anstößt und in flacheres Wasser drängt. Malt mit einem Palmwedel ein Zeichen in den Sand. Sammelt Muscheln.

Immer geht er nackt.

Verschwindet die Sonne, legt er sich auf den Sand, noch immer nackt, macht nicht einmal ein Feuer und schläft, ohne Sorge, als ob er ihre Spuren um seine Schlafstelle nicht bemerkt. Inzwischen haben alle Männer des Dorfes nachts bei ihm vorbeigeschaut, aber sein Glied hat sich nicht wieder aufgerichtet, obwohl sie versucht haben, es zu locken.

Er ist wirklich kein Weißer, aber das liegt nicht am Fehlen der Kleider. Am seltsamsten ist, dass er kein Ziel hat. Die Weißen haben immer ein Ziel, und wenn es keines gibt, dann schaffen sie es, und können sie keines erschaffen, werden sie krank.

Kabua kennt sie von der Missionsschule. Wenn die Menschen nicht arbeiten, gibt es auch keinen Gott, das wenigstens haben sie damals erzählt. Der Mann auf der Insel ist ein Mann ohne Gott. Manchmal dreht er sich zum Wald um, als ob er sie sieht, aber sie lachen darüber, denn er ist keine Gefahr. Nur wenn er anfängt zu singen, bekommen die Späher Angst, denn es klingt, als ob er sehr mächtige und ferne Geister ruft.

Er schläft auf dem Sand, baut sich keine Hütte, versucht nicht, sie zu treffen, obwohl er weiß, dass es sie gibt. Die anderen Weißen haben sofort eine Versammlung im Dorf einberufen. Der hier lebt wie ein Einsiedlerkrebs. So nennt ihn Kabua bei sich: der Krebs. Dazu passte die Farbe der Haut. Jeden Tag wurde er röter.

Keiner seiner Leute fordert mehr seinen Tod.

Was versprechen Sie sich von dem Aufenthalt auf dieser Insel?«, würde Pater Joseph als Erstes sagen. Nicht mit Gott beginnen. Nach allem, was er gehört hatte, kam man Engelhardt nicht mit Gott bei, doch es fiel ihm leicht, nicht von Gott zu reden, auch mit den Einheimischen sprach er nicht von Gott, jedenfalls nicht gleich, schon deshalb, weil Gott eine Vorstellung war, die für sie nicht existierte. Sie glaubten, die Menschen seien aus Schildkröteneiern geschlüpft und hätten ihre Geschlechtsorgane von Muscheln. In den Urzeiten waren die Frauen mit Hunden verheiratet, nicht mit Männern. Wer arm starb, wurde in der niedrigsten Klasse der Geister wiedergeboren und ernährte sich von Kot. Schlangen gebaren Menschenkinder, Hexen zauberten, Geister quälten, Dämonen erschreckten. Einen gütigen Gott hätten sie nicht verstanden, und ein Gott, der zürnt, war nicht Pater Josephs Gott.

Das Paddel lag gut in der Hand. Er mochte die Bewegung und genoss den Widerstand des Wassers.

Kabakon war die Nachbarinsel. Über das Postschiff hatte er schon Nachricht bekommen von dem seltsamen Bewohner. Der Gouverneur hatte ihn gebeten, vorbeizuschauen. Vielleicht sei er ja in der Lage, den Spinner zur Vernunft zu bringen, das hieß: zur Rückkehr. Ein Unglück werde das sonst geben.

»Was versprechen Sie sich von dem Aufenthalt?«, würde er sagen und den anderen reden lassen. Mit dieser Methode hatte er auch bei seinen Bekehrungen am meisten Erfolg. Reden lassen und abwarten, bis der andere selber Zweifel äußerte, und auch dann nicht reagieren, auf keinen Fall die Zweifel ansprechen, sonst ziehen sich die meisten wieder auf sicheres Gelände zurück, auf keinen Fall argumentieren, nur zuhören, aufmerksam, aber nicht penetrant, nicht wie einer, der jemanden aushorchen will, nur interessiert und freundlich.

Er rückte seinen Lederhut tiefer ins Gesicht und krempelte den Ärmel des Hemdes nach oben. Endlich wieder auf dem Wasser. Endlich frei, wenn auch nur für einen halben Tag. Manchmal konnte er die Lieder nicht mehr hören. Die vielstimmigen Kinderchöre, die den Herrn priesen, rührend zwar und notwendig, natürlich absolut notwendig, gerade hier, sie ließen die Kindlein zu sich kommen, denn nur die Kinder konnte man hier erreichen, bei den meisten Erwachsenen war jeder Versuch vergeblich, vollkommen versaut von ihrem Zauberglauben waren sie, die Zukunft des Christentums waren die Kinder, aber andauernd singen? Sogar beim Bügeln *Gelobt sei Jesu Christ*, denn auf der Station brachten sie den Mädchen jetzt Bügeln bei. Schwester Ludmilla wollte gestärkte Hauben. Sie war achtunddreißig, kam aus einem Dorf in der Nähe von Memmingen, hatte immer heftigere Anfälle von Schwarzwasserfieber, würde bald daran sterben und bestand, bis es so weit war, auf gestärkten Hauben. Er hatte für sie drei Dampfbügeleisen kommen lassen, dabei träumte er von einer Druckerpresse, um eine Zeitung herausgeben zu können, wenigstens ein kleines Mitteilungsblatt mit ein paar Anmerkungen von ihm und möglicherweise hin und wieder einem kleinen Gedicht.

Er näherte sich Kabakon von Süden her, denn zu dieser Zeit war im Norden die Strömung zu stark. Die Mole lag verlassen, und nirgends sah er ein Zelt. Pater Joseph zog das Boot an Land.

Er war vor einigen Jahren das letzte Mal hier gewesen, zur Beerdigung des Pflanzers, der versucht hatte, die Insel mit dem Boot zu verlassen, allerdings hatte der Wind falsch gestanden, das Kanu kippte, und der Mann ertrank. In der Mission vermuteten sie einen Fluch, weil keiner der Weißen länger blieb, aber das vermuteten sie dauernd. Jeder Schnupfen hatte magische Ursachen, jeder Stich einer Biene; kein schlechter Traum, für den nicht irgendjemand verantwortlich war, dem man Böses getan hatte und der sich jetzt rächte. An einer der Palmen weiter hinten bewegte sich etwas. Er ging näher und sah einen nackten Mann, der den Stamm hinabkletterte. Pater Joseph schüttelte den Kopf. Ein Affenmensch. Es würde schwieriger werden, als er sich gedacht hatte.

»Was versprechen Sie sich von dem Aufenthalt auf dieser Insel?«, fragte er, als sie später im Schatten der Bäume auf dem Strand saßen. Der andere hatte inzwischen ein Tuch um die Lenden geschlungen, nachdem er erfahren hatte, dass der Besucher ein Priester ist, trotz des speckigen Huts, der fadenscheinigen Hose und vor allem der Arme, die zu kräftig waren für einen Mann der Kirche. Engelhardt hatte ein anderes Bild von ihnen: entweder glänzende Haut unter schwarzer Soutane, die Nase rot vom Messwein oder aber grau, fahl und vergeistigt, doch Pater Joseph war Schmied gewesen, früher, in einem vergangenen Leben, auch wenn davon nicht viel geblieben war außer der Freude am Feuer und einer Kraft, für die er in seinem jetzigen Beruf nicht immer ausreichend Verwendung fand.

Engelhardt zögerte mit seiner Antwort. Aus der Kirche war noch nie etwas Gutes gekommen, andererseits war die Bibel sein bester Zeuge: All eure Sorgen werfet auf ihn, denn er sorget für euch, hatte selbst Petrus gesagt. Fünfzehn Jahre lang hatte er keinen Sonntagsgottesdienst verpasst, keinen verpassen dürfen, um es genau zu sagen, im Matrosenanzug auf der harten Bank, während die Beine in kurzen Hosen noch lang nicht auf den Boden reichten. Er ließ sie baumeln und bekam zu Hause Schläge dafür, das tat man nicht und GOTT SIEHT ALLES, er kannte seine Bibel. Er sorget für die Menschen, das sagte er dem Pfaffen und dass es ihm darum gehe, um den Verzicht auf Sorgen. Man müsse sich selbst ändern, und weil das Außenleben eines Lebens immer nur die Projektion eines Innenzustandes in die Außenwelt sei, müsse man anschließend auch das äußere Paradies aufsuchen.

»Das verstehe ich nicht«, sagte Pater Joseph. Fast schon zu viel. *Aha* hätte gereicht, oder ein leichtes Nicken des Kopfes.

»Der unruhige, der nervöse, der leidenschaftliche Kulturmensch würde im Paradies ganz unglücklich sein, wie ein Pferd, das sein Leben lang im Bergwerksstollen gearbeitet hat und plötzlich ans Tageslicht geführt wird. Wer aber Ruhe und Frieden in sich trägt, der sehnt sich hinaus aus dem lärmenden Kulturleben, er sehnt sich nach dem Frieden auch in der Welt, in der er lebt. Hier ist diese Welt des Friedens.«

Nicht widersprechen, sagte sich Pater Joseph, auch wenn es schwerfällt, nicht argumentieren, nur zuhören, *Welt des Friedens*, ausgerechnet hier, die Schmiedehände ineinander verschrauben, nichts sagen von Malaria, die einem alle Kraft raubt und allen Willen, der finsteren Magie der Wilden, Kannibalismus, Giftschlangen, Krokodilen, Erdbeben, nichts von den Parasiten in der Haut und den Mägen der Waisenkinder, der letzten Pockenepidemie, Influenza, der Ruhr, nur aufpassen, was der andere sagt, wenn er über Sorgen spricht, die man einfach von sich werfen könne, von sich werfen müsse, denn Sorgen seien die gewöhnlichste Art des Selbstmordes. Sie seien die wirkliche Ursache von Tausenden Todesfällen, auch wenn auf dem Totenschein etwas anderes stehe. Hier in den Tropen aber befreie man sich von den Sorgen um die Nahrung, weil alles so üppig wachse, den Sorgen um die Kleidung, weil man nackt gehen könne, den Sorgen um die Wohnung, weil man hier keiner bedürfe.

»Sie wollen nur faulenzen?«, fragte Pater Joseph. Ganz schlecht. Das war ihm noch nie passiert. Nie provozieren.

»Im Gegenteil. Der Bedürfnislose ist gleichzeitig der Schaffendste. Weil er anspruchslos ist gegen sich selber, stehen seine Zeit, seine Kraft, sein Herz den Mitmenschen zur Verfügung. Ich will lesen und schreiben, meine Bücher sind noch in Herbertshöhe, aber ich hoffe, dass das Schiff bald kommt und sie bringt. Mit Rousseau fange ich an: *Alles, was aus den Händen des Schöpfers kommt, ist gut; alles entartet unter den Händen des Menschen.* Und später selber etwas verfassen, was dem gleichkommt.«

»Der Naturzustand bei Rousseau ist doch nur eine Idee.« Nicht gut. Schon das zweite Mal widersprochen, aber Engelhardt ärgerte ihn, auf eine Art, die Pater Joseph Freude machte. Endlich einer, dem zu widersprechen lohnte. Der meinte es ernst. Und er las Bücher. In der Kolonie war beides selten, ernst wurde nur der Kaiser genommen und gelesen nur die Verordnungen und die Briefe aus der Heimat. Engelhardt las, auch wenn es dieser französische Sozialist war, der den Menschen für gut hielt und die Erbsünde ignorierte, aber das durfte er jetzt nicht sagen, nichts von Gott, wenigstens an diesen Vorsatz wollte er sich halten.

»Das ist eine Idee, und unter der nordischen Sonne bleibt der Naturzustand eine Idee. Aber hier wird daraus eine Realität.«

»Warum sollte Ihnen gelingen, was den Eingeborenen selbst nicht gelingt? Zu leben in Frieden und Eintracht und Güte?«

»Es gelingt ihnen nicht, weil ihr sie nicht lasst, sondern quält mit Religion und Moral, mit Arbeit und Steuern, mit den Segnungen einer Zivilisation, die selber verdammt ist zu sterben. Warum sind Sie hier, Pater? Was versprechen Sie sich von dem Aufenthalt in den Kolonien?«

Engelhardt sah ihn aufmerksam an, nicht penetrant, nicht wie einer, der jemanden aushorchen will, nur interessiert und freundlich. Pater Joseph sagte nichts, denn wenn er jetzt antwortete, könnte er von den Waisen reden, der Krankenstation, der Schule, davon, dass sie die Macht der Zauberer brechen würden und damit die Angst der Menschen verringerten, von der Schlichtung der Streitigkeiten zwischen Stämmen, vom Ende der Menschenfresserei, von all dem könnte er reden, aber das wog geringer als seine Zweifel, denn was hatten die Weißen den Wilden schon wirklich gebracht? Auf den Außenposten der Handelsstationen vegetierten Kerle mit tertiärer Syphilis, die die ganze Insel verseuchten. Die Weißen lebten größtenteils von Bier, Wcin, Sekt, Whisky und Portwein, prügelten Jungen, spielten Poker, nahmen sich schwarze Weiber, machten abends einen großen Radau mit Schreien, Fluchen und Zanken und ersäuften am nächsten Morgen den Kater in Schnaps, daher blieb er stumm, nickte nur kurz und lud Engelhardt ein, ihn zu besuchen. Die Eingeborenen auf dieser Insel hätten Boote, die ihm immer zur Verfügung stünden, denn er sei jetzt ihr Herr, ob er wolle oder nicht, aber Engelhardt bekannte, noch keinen Kontakt aufgenommen zu haben.

Pater Joseph paddelte mit einem merkwürdigen Gefühl zurück zu den Bügelbrettern, den Liedern der Grundschüler, den gestärkten Hauben und der kleinen Kirche, deren Gottesdienste die Eingeborenen nur im Tausch gegen Tabak besuchten.

Engelhardt sah dem Boot nach, bis es hinter der Ostseite der Insel verschwunden war. Ein Schwarm Tauben kam übers Meer geflogen, kurzes Flügelrauschen, leises Gurren. Ihr blauer Schatten flimmerte über den Strand. Kurz war ihm, als flöge er mit ihnen. Warum sollte das nicht möglich sein, wo hier doch die Gravitationskraft am geringsten war und der Mensch am leichtesten und ganz frei. Die Wellen plätscherten verlockend. Das Glück des Äquators, der Heimat der Erkennenden, der Hellsehenden, der mit Gott Versöhnten, umgeben von Immergrün, Immerblau, Immersonnengold.

Das Gift der Städte wurde in der Sonnenheimat ausgeschwitzt und verdampft, das Religionsgift, Kulturgift, Medizingift, Militärgift, eine verfluchte Zeit. Sein Offizier beim 14. Infanterieregiment hatte ihn und den Rest der Kompanie bei Regen immer geweckt, um sie durch den Schlamm kriechen zu lassen, verdammte Studenten, die keine Ahnung hatten, was eine Schlacht bedeutete, Dreck sollt ihr fressen, je mehr, desto besser.

Sedan!, schrie der Offizier, während sie krochen und troffen, kalter Schlamm in der Hose, im Mund und den Augen. Erster September 1870! Die Heldentaten des vierten Bayerischen Jägerbataillons! Die Eisenbahnbrücke gesprengt im dichten Feuer der Franzosen! Eine Hand verloren durch ein Bajonett und die Hälfte seiner Kameraden, die alle es wert gewesen wären zu leben, im Gegensatz zu ihnen, die eine Schande wären für die Nation und den Kaiser und wenn es jemals gegen den Feind ginge, dann wäre Deutschland verloren mit einer Horde Waschlappen wie sie!

Vierzehn Tage Dunkelhaft hatte er bekommen, weil er den *Vorwärts* gelesen hatte, das war verboten, der Sozialdemokrat war der Feind, und als Soldat gehörte man nicht mehr sich selber, man gehörte dem Kaiser, seit der Vereidigung. *Ihr habt an heiliger Stätte euerm Kaiser Treue geschworen bis zum letzten Atemzuge,* dabei hatte er nicht geschworen, er hatte den Mund nur bewegt, der Schwur galt nicht, oder nur halb, aber das würde ihm nicht helfen, wenn es darauf ankam. *Ihr seid noch zu jung, um das alles zu verstehen,* doch er verstand alles, gerade weil er so jung war, immer versteht die Jugend alles, ihr Blick ist noch unbestechlich, deswegen die Furcht der Alten und der Stock für die, die sich wehren. *Vertraut auf Gott, betet auch manchmal ein Vaterunser, das hat schon manchem Krieger wieder frischen Mut gemacht,* und rammt dem Feind das Bajonett in den Leib mit Gottes Wort auf den Lippen, denn verflucht, es ist ein Franzos, ein armer Kerl, der auf einen anderen Kerl einen anderen Eid schwören musste, aber das sagte er nicht, der Kaiser, sondern *Ihr habt das Vorrecht, meinen Rock tragen zu dürfen,* vielen Dank auch dafür, zu viel der Ehre, und *denket daran, dass die deutsche Armee gerüstet sein muss auch gegen den inneren Feind und es kann vorkommen, dass ihr eure eignen Verwandten und Brüder niederschießen müsst. Dann besiegelt die Treue mit Aufopferung eures Herzblutes.*

Vier feuchte Wände, kein Fenster, kein Licht, dreimal am Tag eine Scheibe Brot, abends dazu eine Suppe. Alles wegen einer Zeitung, so viel Angst hatte der Kaiser. Viel Zeit zum Denken. Ob sie das bezweckten mit dieser Haft? Das Denken wollten sie ihm doch abgewöhnen. Der Wärter hatte ein Holzbein, Tok tok tok, müde Schnapslider und pfiff ein paar Takte der Marseillaise, als er ihm am ersten Tag das Essen brachte, einmal nur, die anderen Tage hörte er nur das Toktok des Beines. Kein Wort kam aus seinem Mund, Teil der Züchtigung, kein Wort zu dem Gefangenen, und anschließend die Strafkompanie, keine Strafe, mehr eine Schule, denn hier waren andere wie er. Walter wegen der Schlägerei mit einem Unteroffizier. Alberz, der gegen Streikbrecher agitiert hatte. Wilhelm Pastor wollte einfach kein Gewehr halten.

Alberz fand, dass nicht die Zukunft der sozialistischen Staaten entscheidend ist, sondern dass sich die Lage der Arbeiter jetzt verbessert und ein Aufstieg in die bürgerliche Gesellschaft möglich wird. Walter war für den Klassenkampf. Nicht die Welt interpretieren, sondern verändern, jetzt und in alle Ewigkeit. Engelhardt stimmte nur halbwegs zu. Wie konnte er die Welt verändern, wenn ihm das kaum bei sich selber gelang? Wilhelm Pastor konnte am besten von allen singen, Theorien waren ihm egal, nur durch Zufall sei er hier gelandet. Ein Zufall würde ihn wieder befreien. Außerdem sei nicht die Gesellschaft krank, sondern die Körper der Menschen, das sei doch wohl klar. Man müsse sich doch nur einmal vor ein Fabriktor stellen und die Menschen ansehen. Halbe Krüppel kämen da raus. Könnten nicht aufrecht stehen, nicht gescheit laufen, sähen aus wie halb tot. Die Not der Gegenwart lasse dem Arbeiter zu wenig Zeit, an sich selbst zu arbeiten. Nötig sei eine Körperkultur, die Selbsterkenntnis vermittele, Eigenkräfte wecke und geistiges Streben auslöse. Am Anfang sei der Körper, was sonst?
Der Offizier spürte ihren Widerstand und quälte sie ohne viel Fantasie: Strafexerzieren. Nachtmärsche. Geländeübungen. Gewaltwanderungen mit vollem Gepäck. Sie waren jung und stark und wurden nur stärker dadurch und Freunde fürs Leben.

Sie müssten kommen und das Glück der Tropen erleben, auch sie waren Lichtluftmenschen und Sonnenkinder, die nicht im winterlichen Deutschland bei sauren Früchten und Haselnüssen ihr Leben fristen sollten und die Torheiten ihrer Ahnen in alle Ewigkeit wiederholen. Er würde sie einladen, sobald er Papier und Stifte hatte, sein Gepäck sollte eigentlich schon hier sein, vielleicht hätte er den Hafenmeister bestechen müssen, er kannte nicht die Sitten hier in der Kolonie, doch bevor die Sachen gebracht wurden, würde er seine Wilden besuchen. Sie beobachteten ihn längst, das wusste er, er hatte ihre Spuren gesehen und ihr Lachen gehört, wenn er die Palme hinunterrutschte. Das Dorf war irgendwo auf der anderen Seite der Insel. Er ging barfuß durch den Wald, aber das war ein Fehler. Neben den Orchideen, Mimosen und mannshohen Baumfarnen wuchs zu viel dorniges Gestrüpp zwischen den Palmen, und Splitter von Kokosnussschalen lagen herum. Seine Füße waren noch zu verweichlicht. Jahrzehntelang hatte er sie in Schuhe gesperrt, anstatt sie zu kräftigen auf dem nackten Boden, aber er drehte nicht um, um seine Sandalen zu holen. Am besten, er verbrannte sie, um nicht in Versuchung zu geraten, sie jemals wieder anzuziehen.

Das Nordufer der Insel. Breiter der Strand, höher die Wellen, der Blick ging auf die gegenüberliegende Insel, höchstens zwei Kilometer entfernt. Weiß leuchteten die Dächer der Missionsstation, hellgrün die Felder ringsum, der Kirchturm mit rotem Dach, sodass man hier die Glocken hören würde, wenn der Wind richtig stand. Engelhardt war sich nicht sicher, ob er das gerne täte.

Kein Eingeborener war zu sehen, kein Dorf, als er zur Westspitze seiner Insel lief. Ibisse pflügten ihre Schnäbel durchs Wasser und fraßen Krebse. Engelhardt kehrte um und ging Richtung Osten. Braunalgen stanken in der Sonne. Zuerst hörte er einen kleinen Schrei, dann sah er zwei Frauen flüchten. Sie waren barfuß, trugen Ketten um den Hals aus weißen Steinen oder Zähnen und einen Bastrock um die Hüften. Die Körbe mit den Yamswurzeln hatten sie auf dem Strand liegen lassen. Einer war umgekippt und die Knollen in den Sand gerollt. Er ging ihnen nach, vorbei an kleinen Feldern mit Zuckerrohr, Papayas, Bananen, Taro und Süßkartoffeln, bis er in einer kleinen Lichtung die Giebeldachhütten sah, geflochtene Wände, die Dächer mit Palmwedeln gedeckt, ringsherum ein fester Lattenzaun. Den sollte es hier gar nicht geben. Alles sollte allen gehören, und noch keiner hätte auf den Gedanken kommen sollen, ein Stück Land einzuzäunen und zu sagen: »Das ist meins.«

Ein Schwein kam auf ihn zugerannt, drehte aber ab und verschwand quiekend im Busch. Er ekelte sich davor, aufzutreten, denn der Boden war rot von Betelsaft. Engelhardt blieb stehen Der Greis, der auf einem Baumstamm vor seiner Hütte saß und mit blinden Augen in seine Richtung starrte, spuckte einen roten Strahl vor sich auf den Boden. Er war dünn wie ein Kind, ein Arm zerfressen von tropischem Wundbrand. Es stank nach dem verbrannten Fleisch der Beutelratte, die vor ihm über der Glut des Feuers hing.

Zwei andere Wilde, etwas jünger, rauchten schmale Pfeifen, sahen ihn an, stumm und bewegungslos. Beide hatten den Penis mit einer dünnen Schnur nach links oben gebunden. Der eine trug außerdem einen Armreif, ansonsten waren sie nackt. Ein Gelbhaubenkakadu saß angebunden auf einem Brett. Das Seil war zu kurz und schnitt ihm in den Hals. Immer wieder zog er daran. Rotbraunes Blut klumpte in den Halsfedern. Eine Mutter, Kind an der Brust, kam aus einer der Hütten, sah Engelhardt und verschwand rückwärts wieder, nachdem sie sich bekreuzigt hatte, er hatte sich nicht getäuscht, sie hatte wirklich ein Kreuz geschlagen, allerdings mit der rechten Hand nicht die Stirn berührt *in nomine Patris*, sondern ihre Lippen und anschließend die rechte *et Filii* und linke *et Spiritus sancti* Brustwarze, eine Variante, die die Kirche sicher nicht gutheißen würde, trotzdem: Allein dass auf seiner Insel die Wilden wussten, dass man ein Kreuz schlägt, und gefangen waren in blindem Aberglauben, war bitter genug, denn hier sollten sie frei sein davon, nur die Kräfte der Natur anbeten und die allgegenwärtige Sonne und leben in Glück und in Unschuld.

Jetzt tauchte ein Alter mit meterlangem Speer auf, das rechte Bein grotesk angeschwollen, zeigte mit der Bambusspitze auf Engelhardt, murmelte etwas Unfreundliches, verschwand wieder humpelnd.

Er hatte sich das Treffen mit den Wilden anders vorgestellt: Sie hätten sich alle auf dem Dorfplatz versammelt. Ein junger Mann wäre gekommen, hätte demütig den Kopf gesenkt und ihm einen Korb mit Früchten angeboten, einen grünen Zweig als Zeichen des Friedens und eine geöffnete Kokosnuss, dann wäre der *bikman* aufgetreten und hätte ihn auf Englisch begrüßt, *welcome master,* und er hätte geantwortet *not master, just brother.* Englisch wäre hier passender gewesen als Deutsch, er wusste selber nicht genau, warum, vielleicht um eine gewisse Fremdheit zu wahren oder weil Bruder nicht das rechte Wort gewesen wäre, um einen Schwarzen anzusprechen, Bruder war ein kostbares Wort, das durfte man nicht vorschnell ausgeben. Anschließend hätte der Häuptling ihm die Kopraernte gezeigt und sie hätten besprochen, wie die Arbeiter entlohnt werden sollten. Gemeinsam hätten sie den Bund ihrer Freundschaft besiegelt, indem sie aus der gleichen Kokosnuss getrunken hätten oder die gleiche Pfeife geraucht, so hätte es sein sollen, eine Mischung aus Robinson, Winnetou, Lederstrumpf und Rousseau, doch jetzt ignorierten sie ihn und er machte sich auf den Rückweg. Das nächste Mal würde es besser funktionieren, sicher war er noch zu verschmutzt vom kalten Norden für eine Begegnung, zu befleckt, zu vererdet, erkrankt und ertötet, und musste durch die heilige Sonne verhirnt und vergöttlicht werden, verhimmelt, versonnt und erweckt.

In den Palmen an seinem Schlafplatz saß ein Paradiesvogel, ließ seinen lang tönenden Ruf erklingen, öffnete das smaragdgrüne Gefieder und flog mit langsamen Flügelschlägen davon.

Engelhardt ließ sich ins Wasser gleiten und schwamm mit kräftigen Zügen nach draußen. Die Sonne sank schon und malte orangefarbene Schlieren an den Himmel. Er glitt durchs Wasser, als sei dies das passende Element für den Menschen, spürte die Muskeln, die ihn vorwärtstrieben, die Sehnen, an denen die Muskeln zogen, seine Knochen, die sich im Rhythmus bewegten, und vergaß gleichzeitig, dass er einen Körper hatte, dass er begrenzt war. Hier im Wasser war er ein Teil von allem, verbunden mit allen Meeren und Küsten und Inseln, ein Stück Natur, ein kleines Stück Welt, und die Kraft floss von überall auf ihn zu, sodass er weiterschwamm bis nach draußen, wo die Wellen sich brachen, unermüdlich und mit ungeheurem Getöse, ließ sich von der Strömung zur Insel hin treiben, schwamm wieder raus, atmete die salzige Gischt, wo Meer und Himmel sich trafen, füllte die Lungen damit und tauchte bis fast auf den Grund, wo es dumpf brodelte, schlug Purzelbäume in einem Wirbel, wurde nach oben gerissen, tauchte wieder ab und driftete schließlich ermattet und glücklich an Land, wo er liegen blieb, von den Wellen umarmt und gehalten vom Strand.

Am nächsten Morgen nahm ein Dampfschiff Kurs auf seine Insel. Er warf sein Wollkleid über, wartete an der Mole auf seine Bücher, bekam aber nur eine amtliche Mitteilung des Gouverneurs, dass unerwartet Probleme aufgetaucht seien und daher sein Gepäck nicht zugestellt werden konnte. Er stieg an Bord. Dem Kapitän hing eine Meerschaumpfeife aus dem Mund. Er beschwerte sich über die Strömungen, doppelte Menge Kohle brauche er, ein unberechenbares Meer, launisch wie eine alte Frau, da hätte er auch in Hamburg bleiben können.

In Ulu kletterte ein schwarzer Hilfspolizist an Bord, Schirmmütze, Karabiner und Lederkoppel mit preußischem Adler, darunter ein Lendentuch. »Grüß Gott«, sagte er in leicht schwäbischem Tonfall und nahm Platz am Heck. In Kerawara wurden ein Grammophon und Platten ausgeladen. »Endlich wieder Schubert hören«, sagte der Empfänger zu Engelhardt; Tropenanzug, Helm, blonder Kinnbart, Ministrantengesicht voller Vorfreude, jugendlich und beseelt. »Die B-Dur Sonate. Die kennen Sie doch? Das Größte, was ein Komponist je geschrieben hat. Einfach nur im Haus sitzen, die Türen und Fenster schließen, einen Bordeaux trinken und Schubert hören und nicht mehr an diese verdammten Nüsse denken, nicht ans Fieber, die Moskitos, das faule Pack hier, sondern für ein paar Momente leben wie ein zivilisierter Mensch in einer zivilisierten Welt und keine Angst davor haben, dass sie einen erschlagen, sondern sich ganz einfach verzaubern lassen von der Musik und nicht von einem der Medizinmänner der Kanaken, gerade der zweite Satz, so unendlich zart und traurig, wie er in der Unendlichkeit verhallt, das ist wahrhaft deutsche Musik für eine empfindsame deutsche Seele, aber wenn dann die Platte zu Ende ist und der letzte Ton am Entschwinden, dann sitzt man noch da und lauscht nach, hört es leiser und leiser verklingen und will nicht wieder die Augen öffnen, aber schließlich knistert nur noch die Nadel und man weiß, es ist Zeit, denn um einen ist nur dieses unbarmherzige Licht, die verdammte Insel, dieses endlose Meer, und alles ist doppelt schlimm, und es hilft nur noch ein Glas und eine andere Platte, die Winterreise zum Beispiel. *Fremd bin ich eingezogen, fremd zieh ich wieder aus*, das ist auch mein Schicksal, noch anderthalb Jahre muss ich für die Compagnie arbeiten, gerade einmal Halbzeit, noch anderthalb Jahre, wenn ich sie überlebe, aber schon das wäre ein Wunder, und wenn ich sterben sollte, dann bitte am Ende des zweiten Satzes.«

Der Kapitän ließ unbeeindruckt davon das Horn erklingen und legte ab. Der Mann winkte und rief: »Kommen Sie mich besuchen. Wir hören Schubert, obwohl ich Bach heiße, Steffen Bach.«

Das Schiff näherte sich Herbertshöhe. Schwarzgrau lagen die Vulkane der Halbinsel; in dem Palmenwald die Dächer der Plantagen und die Türme der Kathedrale der Katholischen Mission, dreißig Meter hoch und leuchtend weiß. Über der Fensterrosette segnete eine goldene Maria das Land und das Meer, das um das Boot herum plötzlich aufkochte, siedete, Blasen warf und explodierte, bis ein paar Tausend Fische sich mannshoch aus dem Wasser erhoben und durch die Luft segelten, die Flossen ausgebreitet wie Flügel, hundert Meter weit oder noch mehr. Zwei klatschten an Deck, die anderen tauchten wieder ein, schossen ein zweites Mal in die Luft. »Fliegende Heringe«, meinte der Kapitän, »auf der Flucht vor Goldmakrelen«, schlaue Tiere, fand Engelhardt, aber ein Möwenschwarm hatte die Fische geortet und pflückte sie aus der Luft, wo sie nicht ausweichen konnten, nur geradeaus flogen sie, steuerungslos in die Mäuler der Möwen hinein, die sie erwarteten, und ein paar Augenblicke später war das Meer wieder still, nur ein paar Möwen kreischten fern um ein paar

Fetzen. Die goldene Maria segnete das Land und das Meer, während Engelhardt die beiden gestrandeten Fische ins Wasser warf.

Herbertshöhe.
Hauptstadt der Kolonie, vierhundert Deutsche lebten hier, aber am Pier kauerten fast nur Chinesen, Malaien, Melanesier. Ein einziger Europäer wartete auf die Pinasse, als Engelhardt ausstieg, ein Missionar im schwarzen Rock. Aus den Kapokbäumen am Hafen kam ein wütendes Krächzen wie auf einem frisch geernteten Maisfeld im Oktober in Deutschland. Er schloss kurz die Augen und war im deutschen Herbst, ein fürchterliches Gefühl, der Winter drohte, die Tage wurden kürzer, am Ende lauerten Kälte und Tod. Panisch riss er die Lider auf. Alles war fremd, licht und gut.
Die Krähen habe man eingeführt zur Schädlingsbekämpfung, den Palmkäfer sollten sie fressen, der die Pflanzungen ruiniert, erklärte der Kapitän, während er die Ladung der Kohle überwachte, fraßen sie aber nicht, sondern die Küken der einheimischen Vögel, doch die Schießjungen legten nicht auf sie an.
Was ein Schießjunge sei.
Er sei ja wohl wirklich ganz neu hier. Das seien einheimische Jungs, die einem das Essen schießen, die Lizenz dafür gebe es beim Bezirksamtmann und sei laut Reichskolonialamt in Berlin stets bei sich zu tragen, was eine hübsche Idee wäre, aber kaum durchführbar, wenn der Junge nur einen Lendenschurz trage und in der einen Hand das Gewehr halte und in der anderen die Patronen, immer nur ein paar, wegen der Gefahr eines weiteren Aufstandes. Weil die Krähen zu zäh waren, durften die Jungs nur Tauben abknallen. Schade nur, dass man die Fliegenden Hunde nicht vom Baum schießen könne, da wäre mehr Fleisch dran, aber die krallten sich fest, blieben tot, hoch und unerreichbar hängen und fielen erst als verweste Kadaver hinab, und ja, er fahre regelmäßig die

Runde, etwa jede Woche und er könne ihn wieder mitnehmen auf seine Insel.

Auf dem Weg zum Gouverneur überholte ihn eine Kutsche, darin Damen mit breitkrempigen Strohhüten, der dazugehörige Herr sehr aufrecht, eine geflochtene Reitpeitsche über den Beinen. Von ihnen drehte sich keiner nach ihm um, aber er spürte ihre Blicke aus den Augenwinkeln.

Vor den Häusern schmiedeeiserne Gitter. Man hörte das Ploppen eines Tennisballs, den verhaltenen Applaus. *Einstand.*

Der Sitz des Gouverneurs lag auf dem Hügel. *Vunabakut* nannten es die Tolai, *Wolkenplatz.* Im Garten nahmen zwei jüngere Damen gerade ihren Tee und musterten Engelhardt halb neugierig, halb entsetzt. Wenn die Weißen auch hier so rumliefen, wäre das bald das Ende ihrer Autorität.

Das sagte ihm auch Gouverneur Hahl, weiße Hose, weißes Jackett, weiße Schuhe, weiße Residenz und darin seine eingeborene Frau, die er erst taufen ließ, bevor er sie heiratete, obwohl sie angeblich schon getauft war von Missionaren der Steyler Mission, aber denen war nicht recht zu trauen, die gaben andauernd an mit ihren Bekehrungsgeschichten, aber dann verschwanden die Getauften wieder im Busch, erschlugen sich gegenseitig und fraßen sich auf. Seine Frau hatte nie einen Menschen gefressen, hoffte Hahl zumindest, und inzwischen buk sie ihm sonntags einen Apfelstrudel nach dem Rezept seiner Großmutter, dass die anderen Beamten ihn beneideten.

Hahl schüttelte den Kopf: Dieses sonnenverbrannte Gesicht, die schulterlangen Haare, eingehüllt in ein Wollkleid, ein Spinner, nicht unsympathisch zwar, aber doch fremd, wie er hier am Tisch saß und seine Bücher wollte. Hahl glaubte nicht an Bücher. Er glaubte an Taten. Bücher waren bestenfalls unnütz und schlimmstenfalls gefährlich. Wenn das stimmte, was der Langhaarige sagte, hatte sich die Menge der Literatur in der Kolonie an einem Tag mehr als verdoppelt. Am besten warf man sie sofort ins Wasser, präventive Maßnahmen halfen auch beim Umgang mit den Wilden, und diesen Menschen gleich hinterher, für so einen hatte man hier keine Verwendung. Einen Tischler hätten sie brauchen können. Jemanden für die Poststation. Einen Arzt, die starben immer am schnellsten weg. Krankenschwestern. Pflanzer. Aber keinen Langhaarigen, der gerade aus Bombay kam und begeistert erzählte, wie die Parsen am Ufer des Meeres standen und still und in Würde die untergehende Sonne verehrten. Würde gab einem nicht die Verehrung der Sonne, die schien hier sowieso viel zu viel und brannte einem das Hirn weg, wenn man nicht aufpasste, sondern Anstand, Ordnung und Arbeit, daran mangelte es, und dazu würde der Langhaarige nichts beitragen. Dass er aus Indien kam, passte zu ihm, ausgerechnet einer britischen Kolonie, auch wenn die guten Tee machten, das wäre vielleicht einen Versuch wert, Tee hier anzupflanzen, die Kautschukplantagen machten sich schließlich auch ganz gut, man müsste mit den anderen darüber reden, vielleicht heute Abend gleich im Club, wo sich die Kolonialbeamten trafen, nicht die Kanzleischreiber natürlich oder Polizeimeister, sondern die höheren Dienstgrade.

Der Blick ging aus dem Fenster weit übers Meer bis auf Kabakon.
Engelhardt sah die Küstenlinie seiner Insel. Er ahnte die Palmengruppe am Meer, wo er seine ersten Nüsse geerntet hatte, seinen Schlafplatz, nicht weit entfernt.
In der Ecke des Arbeitszimmers wartete ein Klavier auf einen Stimmer, der einige Tausend Kilometer anreisen müsste. Auf dem Klavier stand eine Goethebüste. Ein Gecko kletterte dem Dichter über die Nase. Darüber ein Druck, die Toteninsel von Böcklin, hoch aufragend der weiße Stein mit den Felsengräbern, die schlanke Gestalt auf der Barke macht ihre letzte Fahrt. Ein verschnörkeltes Regal mit Familienbildern in

Silberrahmen, dazwischen Ameisen, die eine tote Heuschrecke trugen. Ein Foto des Kaisers. Beethoven. Altrosa die Tapete, die Scheiben getönt. Ein Schaukelstuhl. Kristalllüster. Über jeder Sitzgelegenheit eine Decke mit Kordeln, Fransen, Borten, Quasten, treudeutsch, wie es sich gehört.

»Das Ende«, sagte Hahl, »unserer Autorität, und das wäre schade, denn wir haben sehr viel dafür geopfert. Geld und Zeit und unsere besten Männer, und auch die Eingeborenen haben viel bezahlen müssen. Unzählige Strafexpeditionen haben dafür gesorgt, dass sie uns respektieren, und unser Auftreten muss dafür sorgen, dass der Respekt nicht wieder nachlässt. Nehmen Sie das nicht persönlich, aber Sie sind definitiv ein Störfaktor.«

»Sie lassen mich auf meine Insel«, sagte Engelhardt, »und ich werde niemanden stören, oder aber Sie halten mich oder meine Bücher hier fest, und ich verspreche Ihnen, dass ich mehr Aufsehen erregen werde, als Sie es sich vorstellen können. Auf meiner Insel bin ich für Sie weniger gefährlich, falls ich das überhaupt sein sollte. Betrachten Sie mich als Gefangenen auf Kabakon.«

»Ich verstehe wirklich nicht, was Sie herführt.«

»Goethe.«

»Goethe?«

»Goethe. Sie haben die Büste auf dem Klavier, hatte mein Vater ebenfalls, auch auf dem Klavier, natürlich, wo sonst. Gibt es einen anderen Platz dafür als das Klavier? Wissen Sie, was der Geheimrat sagte? Nicht nur edel sei der Mensch, hilfreich und gut und so weiter. Das natürlich auch, aber ich meine etwas anderes, am Ende seines Lebens, altersweise sozusagen: *Es geht uns alten Europäern übrigens allen mehr oder weniger herzlich schlecht, unsere Zustände sind viel zu künstlich und kompliziert, unsere Nahrung und Lebensweise ohne die rechte Natur. Man sollte oft wünschen, auf einer der Südseeinseln als sogenannter Wilder geboren zu sein, um nur einmal das menschliche Dasein ohne* falschen Beigeschmack durchaus rein zu genießen. Genau das werde ich tun.«

Der Gouverneur schüttelte den Kopf. »Sie meinen es ernst. Das bedaure ich für Sie und für mich. Das größte Unglück über sich selbst und die anderen bringen immer die, die es ernst meinen. Sie können Ihr Gepäck haben, meinetwegen, die Sachen stehen unten in der Hafenmeisterei, ich gebe Ihnen ein Schreiben mit, niemand wird Sie hier halten. Aber versprechen Sie mir, es nicht zu übertreiben.«

»Ich übertreibe nicht. Wer die Erde in ein neues Eden verwandeln will, muss die Menschen aus tiefem Schlaf wecken. Das geht nicht, wenn wir Rücksicht nehmen, sondern nur durch Konsequenz. Und wenn Ihnen Goethe nicht genügt, rufe ich Christus selber zum Zeugen, denn ich werde sein wie Vögel unter dem Himmel: nicht säen und nicht ernten, und unser himmlischer Vater wird mich doch ernähren. Ich werde sein wie die Lilien auf dem Felde und nicht fragen, was werde ich essen? Was werde ich trinken? Womit werde ich mich kleiden? Darum kümmern sich die Heiden, sagt Christus. Wir sollen uns nicht um morgen kümmern, denn der morgige Tag sorgt für das Seine.«

»Gehen Sie«, sagte Hahl resigniert, »und nehmen Sie regelmäßig Chinin.«

Engelhardt versuchte vergebens ein Kanu zu finden, das ihn zurückbringen konnte, und quartierte sich deswegen im Hotel Deutscher Hof ein. Wie das Tor einer fränkischen Kleinstadt das weiß verputzte Fachwerktürmchen, nur die Palmen dahinter störten den Eindruck. Neben dem Tor öffnete sich der Speisesaal, zum Meer hin. Ein lauer Wind ging durch den fensterlosen Raum. Kein Hirschgeweih hing an der Wand, sondern der geöffnete Rachen eines Krokodils. Nur etwas Obst hatte er bestellt, leise zum Kellner gewandt, und wieder nach draußen geschaut, wo sich die Fliegenden Hunde von den Bäumen gelöst hatten und als dunkle Schatten durch die kurze Dämmerung streiften, während in den Palmen die Glühwürmchen blinkten, kein konstantes Leuchten, sondern eine Morsebotschaft, eine Nachricht an ihn, der Ruf seiner Insel, er möge bald kommen. Ein leichter Schwefeldunst lag in der Luft, vermutlich von den Vulkanen. Unter der Veranda rauschten die Wellen gegen den Fels.

Kabakon war nur ein Streifen am Horizont.

An den anderen Tischen saßen Pflanzer, Beamte, ein paar Seeleute auf Durchreise. Ein Kapitän erzählte von dem letzten Maschinenschaden, die Pleuelstange ausgeschlagen, Windstärke sieben und das Schiff stellte sich quer, den Maschinisten hatte man anbinden müssen zur Reparatur, man sollte doch wieder auf Segler setzen. Ein Landvermesser wurde nach zehn Jahren im Land verabschiedet. Ein Hoch auf unseren Willi, immer alleine mit dem Zelt unterwegs und die ganze Kolonie ausgemessen, zweimal seinen Vertrag mit der Compagnie verlängert, wo die meisten nicht einmal die üblichen drei Jahre durchhielten, hochsollerlebenunserwillihochhochhoch. Im äußersten Westen des Bismarck-Archipels grassiere die Cholera, man müsse aufpassen und keine Arbeiter von dort mehr anwerben, die stürben alle weg, das käme teuer. Der Boy des Wirtes schleppte Kannen voll Bier. Anständige Polynesierinnen gebe es jetzt im Bordell des Chinesen, helle Haut und gerade Nasen, nicht mehr diese ekelhaften Schwarzen, man könne jetzt sogar das Licht dabei anlassen, ohne dass einem schlecht würde, wurde auch Zeit. Ein Paradiesvogeljäger wurde von allen gelobt. Er sei der Beste gewesen, der Mutigste, der Erfahrenste, dabei erst fünfundzwanzig Jahre alt und zu richtig viel Geld gekommen. Es hätte noch viel mehr werden können, schade, dass er so früh gegessen wurde. Die Matrosen sangen *de Hamborger Veermaster*.

Auch der Gouverneur halte sich inzwischen einen Kasuar als Haustier, wobei die genauso hässlich seien wie die Emus, Vögel sollten fliegen, nicht laufen, außerdem würden die so anhänglich, dass sie einem ziemlich schnell auf die Nerven gingen, und wegscheuchen könne man sie auch nicht, denn die Kralle der Innenzehe schlitze einem schnell den Bauch auf, kein Wunder, dass die Wilden sie als Waffe benutzen, dann lieber einen Waran. Einen hiesigen Hund könne man sich ja leider nicht zulegen, aus unerfindlichen Gründen bellen die nicht, sondern jaulen nur jämmerlich.

»Einen Teller Obst für den Herrn und das abgekochte Wasser.«

Ein kurzes Schweigen fiel über die Nachbartische, wo plötzlich alle verbunden waren in Solidarität und Empörung, so fern war man der Heimat, und jetzt fing das auch hier an, wo bisher ein Mann noch ein Mann war und Schnaps Schnaps. Engelhardt hörte die üblichen Sprüche, dass er eine Zwiebacknase sei, ein Rohköstler, Himbeersaftstudent, Kohlrabiapostel, wo der Mensch doch Fleisch und Bier brauche, gerade hier in den Tropen, sonst lebe er nicht lange, und dass der Wirt Reben gepflanzt habe, Herbergshöher Ranzenbeißer, der gegen Flöhe helfe, Kakerlaken und Ruhr, den solle er probieren und warum er das tue.

Das war nicht ernst gemeint, doch das war Engelhardt nicht wichtig.

»Wir sollten nicht durch das, was wir essen, dem Totengräber bei der Arbeit helfen. Jedes Tier empfindet Schmerz. Jedes Wesen will leben. Wir sollten alle Wesen als unsere Brüder betrachten, mit mitfühlenden Augen.«

»Auch die Kühe?«

»Selbst Schweine?«

»Sogar die Neger?«

Der war gut, richtig gut, da waren sie sich einig. Mitgefühl mit den Negern! Prost darauf und eine Grillplatte für alle, denn das waren doch blödsinnige Argumente gewesen, da kann man doch beruhigt wieder essen, was schmeckt, und trinken, was im Hals kratzt und schwindlig macht, sonst bekommt man am Ende doch nur die Wassersucht, denn krank wird man in diesem Klima nicht von den Schweinen, die man frisst, sondern den Mücken; ob das auch Wesen seien, die unser Mitgefühl benötigen, Mistviecher verfluchte, oder doch feindliche Krieger, die einen mit der Waffe der Malaria niederstrecken wollen? Kein Mitgefühl mit den Mücken oder den Eingeborenen, diesem faulen Pack, das viel zu sehr geschont wird von der Verwaltung! Schließlich kann man verlangen, dass der Neger für die Segnungen der Wirtschaft und Kultur, die man ihm hier bringt, auch etwas leistet, also muss es arbeiten, das faule Pack. Jetzt sollen sie sogar sonntags freibekommen, das ist die Schuld der Missionare, die taufen einfach alles, was nicht bei drei auf den Bäumen ist, und noch bevor das Wasser auf der Stirn verdunstet ist, wollen die Wilden am siebten Tag frei, das ist das Einzige, was sie am Christentum interessiert, und prügeln darf man sie auch nicht mehr, wie man will, Einspruch vom Gouverneur, ein echter Negerfreund, wo wir doch die Fortschritte in der Religion, der Heilkunde, der Technik, im Wirtschaftsleben in jahrtausendelangem Ringen erkämpft haben. Warum sollen dann gerade dem Neger diese Segnungen mühelos in den Schoß fallen?

»Weil er sie nicht will«, sagte Engelhardt. »Und nicht braucht. Wer hier eine Handvoll Palmen, ein paar Brotbäume, Papayas und Bananen pflanzt, hat als Bauer schon ausgesorgt und in ein paar Stunden so viel erreicht wie ein Bauer in Europa, der sein ganzes Leben lang arbeitet. Hier ernten sie fast mühelos die besten Früchte und die Kokosnuss, die alleine einen Menschen schon ernähren könnte, während die Bauern bei uns mit riesigem Arbeitsaufwand minderwertige Nahrung erzeugen.«

»Sie sind ja ein ...«

»Kokosesser. Das ist er. Ein Kokosesser.«

Damit war ein Name gefunden, der hängen blieb, auch in den nächsten Tagen, *Herr Kokosesser,* mal spöttisch, mal neugierig interessiert, mal mit einer stummen Bewunderung, wie in der Apotheke, deren Besitzer sich über die Theke zu Engelhardt beugte, ganz im Vertrauen gesagt, so schlecht sind Kokosnüsse gar nicht, es ist eine Verschwendung, sie zu trocknen, um Seife und Lichter aus dem Fett zu machen, aber sagen Sie das nicht weiter, die Pflanzer bringen einen sonst glatt um.

Er kaufte bei ihm Kräuter: Spitzwegerich und Ringelblume gegen Wunden, Chinarinde gegen den Druck im Kopf, der immer wieder kam, und Brombeerblätter für die Schmerzen in den Eingeweiden. Penicillin nahm er keines. Alle Krankheit entstand nur aus Unnatur, falscher Ernährung und falschem Leben. Licht, Luft, Wasser, Bewegung und Wärme allein hielten einen Menschen gesund, so hatte er es im Jungborn gelernt. Hier hatte er Scharlach bekommen, war immer müder geworden und heißer, die Zunge weiß, der Rachen rot und Ausschläge in den Leisten, die sich von dort in den ganzen Körper fraßen: Immer wieder dämmerte er weg für Stunden oder Tage und versank in Fieberträumen, doch Just hatte ihm Penicillin verboten und stattdessen Quarkwickel und Essigsocken verschrieben. Die Krankheit sei notwendig, eine Reinigung des Körpers, der das Fieber und die Entzündung nutze, um schädliche Stoffe zu verbrennen. Er solle froh darum sein und sie nicht künstlich verkürzen. Walter wachte an seinem Lager. Anna gab Belladonna, saß manchmal bei ihm und legte die kühle Hand auf die Stirn. Ihr braunes Haar fiel über sein Gesicht. Einmal summte sie ihm ein Lied, er kannte den Text nicht, eine einfache Melodie, die er seither nie wieder vergessen hatte. Sie hielt ihre Augen geschlossen dabei, sodass er ihr Gesicht beobachten konnte, ihren Mund, weich und spöttisch, sie verstand alles sofort und machte sich im gleichen Moment darüber lustig, das hatte ihn immer irritiert, wie konnte man lächeln, wenn man eine große Wahrheit erfuhr, und warum lachte sie über diejenigen, die sich bemühten, sie umzusetzen?

Er war froh, als das Schiff ihn nach ein paar Tagen wieder auf seine Insel brachte und er diese Welt verlassen konnte, in der die höheren Töchter für immer und ewig in weißen Rüschenkleidern beim Mittagstee sitzen würden, mit dem sie das Chinin runterwürgten.

Die Bücher waren inzwischen alle an Bord, einige Tausend Bände, manche seiner Lieblinge, die er immer wieder las, an erster Stelle natürlich *Émile oder über die Erziehung*, obwohl Rousseau sich täuschte, als er schrieb, die Menschen der Südsee seien um die Hälfte glücklicher als die Europäer, nicht um die Hälfte, um ein Doppeltes, Dreifaches waren sie glücklicher.

Die Ernährungsbücher von Theodor Hahn. Haeckel natürlich, der Sonnenanbeter. Nietzsche, Schopenhauer, Marx und Feuerbach. Die Bücher von Baltzer, dem Gründer des Vegetariervereins, den man in die Festung gesteckt hatte, weil er den Kronprinzen wegen seiner Jagdleidenschaft kritisiert hatte. *Kehrt zur Natur zurück!* von Adolf Just. Ein paar der Dramen von Ibsen. Goethe. Viel Modernes, darunter alles von Stefan George und Hauptmann, obwohl sich der Erste zu heilig gab und der Zweite zu sozialdemokratisch. *Mir zur Feier* von Rilke. Fontanes Romane. Der *Simplicissimus. Das Narrenschiff*, aber auch Victor Hugo, Shakespeare in der Schlegel-Tieck'schen Übersetzung und natürlich *Die Schatzinsel* von Stevenson. Auf Lateinisch nur die *Selbstbetrachtungen* von Marc Aurel, ein paar der Briefe von Cicero, die *Confessiones* von Augustinus, die *Germania*. Die Griechen alle im Original mitsamt den dazugehörigen Wörterbüchern. Thukydides. Herodot. Homer sowieso. Von Aristoteles fast nichts, aber alle Dialoge Platons. Die Sprüche von Diogenes, dem Ersten, der sich Weltbürger nannte. Nackt und mit Wanderstab kam er in die Stadt und warf seinen einzigen Becher weg, als er ein Kind sah, das Wasser aus der Hand schlürfte, so frei musste man werden, so radikal und bedürfnislos, dass selbst der große Alexander einen beneidete, nur dass Diogenes sich auf dem Marktplatz befriedigt hatte, war irritierend, und sich anschließend beschwerte, dass die Bedürfnisse des Bauches nicht ebenso schnell verschwanden, wenn man ihn streichelte. Es wäre Engelhardt lieber gewesen, wenn er das nicht getan hätte.

Nicht alles hatte er gelesen, doch das würde er ändern. Jahre standen ihm zur Verfügung, Jahrzehnte, um alles zu lesen und alles zu verstehen. Schließlich würde er selber etwas schreiben, wenn er nur die Sprache finden würde, die richtigen Worte und seine Gedanken ordnen könnte, sodass einer nach dem anderen kam und nicht immer so viele zur gleichen Zeit.

Außer den Büchern war ein Pflanzer auf dem Schiff, der seinen Gruß nicht erwidert hatte, einer der Männer aus dem Deutschen Hof, hohlwangig, fieberzerfressen, zitternde Hände, obwohl er noch jung war, Mitte zwanzig, nicht älter als er, ein Opfer des Fleisches und des Alkohols, das hatte seinen Organismus geschwächt. Er war eine leichte Beute für das Sumpffieber und eine Einsamkeit, die einen anfiel aus den stumpfen Augen. So sahen die aus, die keine Hoffnung mehr hatten.

Neben ihm eine eingeborene Nonne, betrogen von den Missionaren, eingepfercht ins schwarze Ordenskleid, steifer Kragen, Rüschen am Ärmelansatz, in der Hand ihr Brevier, um den Hals ein silbernes Kreuz; vor ein paar Monaten war sie noch nackt und frei gewesen und hatte die Sonne verehrt. Jetzt war sie aus dem Stand der Gnade gefallen, hatte die Märchen von Sünde und Vergebung gelernt und betete den Leidensmann am Kruzifix an. Er hatte sie schon in Herbertshöhe gesehen, an der Lourdesgrotte, gemauert aus den porösen Basaltsteinen der Vulkanberge, eine weiße Gipsmaria, leicht angegriffen von der Feuchtigkeit und schon etwas bröselig, die Augen sehnsüchtig zum Himmel erhoben, davor das kniende Schäfermädchen, es war doch ein Schäfermädchen? in Anbetung der Muttergottes. Vor den Gipsfiguren kniete die Nonne, imitierte die Gipsschäferin, genauso versunken, und er hätte sich gewünscht, dass sie zu den Geistern ihrer Ahnen betet, aber diese stumme Unterwürfigkeit war ganz und gar christlich, die Tolai verhandelten sonst immer laut mit den Dämonen.

Der Boy des Kapitäns half ihm, die Kisten an Land zu bringen. Er wartete, bis das Schiff außer Sichtweite war, bevor er sich auszog und die Sonne genoss, die endlich wieder den ganzen Körper beschien, ein tropischer Sonnenkraftakkumulator würde er werden, ein Sonnenkrafttransformator, ein Sonnenstrahlapparat.

Die Sonne so sehr lieben, dass man selber zu Licht wurde.

Unendlich weit weg war hier der Richter, der ihn angeklagt hatte wegen Unsittlichkeit, ein alter Mann, vierzig oder fünfzig, schneidende Stimme, sicher Offizier, die mussten so reden, zu lange warteten sie schon auf den Krieg, deswegen verlegten sie die Front ins Innere und fanden die Feinde überall.

Un! sitt! lich! keit! und seine Ohrläppchen hatten gezittert vor Empörung, dabei war Engelhardt nur nackt gegangen, mehr nicht, hatte den bleichen Leib einer Sonne gezeigt, die viel zu schwach war und versteckt hinter einem Schleier aus Dunst damals auf dieser Lichtung im Harz, die plötzlich die Gendarmen gestürmt hatten, gezogene Knüppel und wehende Mäntel. Nur nackt gegangen, aber das war eine Sünde und ein Verbrechen in jener anderen Welt, in der er sich die bleierne Europavergiftung geholt hatte, die er kurieren würde, hier unter der Sonne der Tropen.

Weil er Hunger und Durst hatte, stieg er auf eine der Palmen, die in kleinen Gruppen am Wasser wuchsen. Inzwischen kam er die Stämme problemlos hoch, die Arme waren kräftig genug, und die Fersen wussten, wie sie sich abstützen mussten. Herbertshöhe lag fern, er sah die Küstenlinie, die Vulkane und glaubte, die Kathedrale zu erkennen, aber das musste eine Täuschung sein, so weit ging kein Blick. Die Kisten wie die Überbleibsel eines Schiffsunglücks kreuz und quer auf dem Strand, wie Robinson würde er in ihnen alles finden, was er zum Überleben brauchte.

Die Nuss war eine *Kulau*, so nannten die Tolai sie, gerade ausgewachsen und gefüllt mit Wasser, gut gegen den Durst, das Fleisch weich und saftig. Eine Nuss war Mahlzeit für einen Tag, dazu später ein paar Bananen oder Papaya.

Mit der Axt löste er den Deckel der ersten Kiste, nahm das oberste Buch in die Hand, ausgerechnet Martin Luther *Von der Freiheit eines Christenmenschen*, das musste ein Versehen sein, andererseits vielleicht eine Art Vorsehung, und er würde später gerade darin etwas entdecken, was wichtig war. Er ließ das Buch in den Sand fallen. Auch Klopstocks Oden und die *Göttliche Komödie*. Dafür warf er einen Blick in das Tao Te King *Himmel und Erde sind gleichgültig*. Ein seltsamer Satz. Ein paar Worte aus dem nächsten Buch ... *welche Fülle ist um uns! Und aus dem Überflusse heraus ist es schön hinauszublicken auf ferne Meere ...*

Die ganze Kiste kippte er aus, las noch einmal einen Absatz aus dem nächstbesten Buch *Niemals fürwahr bin ich der Ansicht gewesen, daß der Reichthum jener Leute unter die Zahl der guten und begehrenswerthen Dinge zu rechnen seien ...*, löste die Nägel der nächsten Kiste, legte den Deckel beiseite, den würde er später verwenden, um sich ein Regal zu bauen, strich über die Einbände, erinnerte sich an einige der Titelbilder und verstreute die Bücher im Sand, sodass manche liegen blieben wie Erschossene, Rücken nach oben, die Glieder weit von sich gestreckt; andere blieben aufrecht stehen, als hätte ein Dekorateur sie aufgestellt. In einigen blätterte der Wind, während Engelhardt wahllos umherstapfte und hier ein Wort las, da einen Satz oder einen kurzen Abschnitt.

... um sich blickend, überschaute er die Art des beginnenden Kampfes mit einem Blick, zückte sein langes, gefährliches Messer und stürzte mit lautem Geheul auf den ihn erwartenden Chingachgook los.

Das hatte er als Kind gelesen, eines der ersten Bücher, nie würde er das vergessen, auf diesen Seiten war er zu Hause gewesen, er war der einsame Mann in der Wildnis im Einklang mit der Natur, während draußen vor der Tür seines Zimmers eine seltsame Traumwelt begann, die er nie ganz verstand mit ihren seltsamen Ritualen und Zeremonien, angefangen von der Schule bis hin zu der wöchentlichen Beichte, die er ablegen sollte, um frei von einer Sünde zu werden, die er nicht empfand.

In dem Garten war schön leben, ich hatte täglich mein warmes Essen vollauf ...

Ein paar Möwen tauchten auf, hofften auf angespülte Fische, doch es waren nicht die weißen Bäuche der Fische, die im Sand glänzten. Sie schlugen unwillig mit den Flügeln, balgten sich um Jakob Michael Reinhold Lenz, den armen Kerl, der doch keiner schmecken würde, dann flogen sie alle fort, wütend und enttäuscht, nur ein Vogel hackte mit gelbem Schnabel auf dem *Michael Kohlhaas* herum, rupfte eine Seite raus und verschwand mit einem triumphierenden Krächzen. Rings um ihn nur Bücher, schon reichte der Platz nicht mehr. Die nächste Kiste zog er ein paar Meter weiter, öffnete den Deckel, warf mit dem Inhalt um sich. Er konnte sich nicht bremsen, dafür waren es zu viele Bücher, Wörter für den ganzen Rest seines Lebens, viel mehr, als er sich erinnerte, eingepackt zu haben, natürlich hat er sie auch schon zu Hause besessen, in seiner Wohnung oder eingekauft für seine Reise, aber hier würde er auch die Zeit dazu haben, die Muße, die Konzentration.

… die Epoche der Bourgeoisie, zeichnet sich jedoch dadurch aus, dass sie die Klassengegensätze vereinfacht hat …

Dass die Pest auf all das falle! Hol' die Pest Euch Weiber alle …

Übrigens befinde ich mich hier gar wohl. Die Einsamkeit ist meinem Herzen köstlicher Balsam in dieser paradiesischen Gegend …

Noch eine Kiste. Engelhardt stapelte die Bücher jetzt um sich herum, eine Burg aus Büchern, ein Wall gegen die Dummheit, gegen die Religion, gegen die Sünde, die ganze Welt war bei ihm auf der Insel, die Besten der Besten würden zu ihm sprechen und nichts würde ihn ablenken, niemand zwischen ihn und die Bücher treten, keine Pflicht rief ihn, keine Zerstreuung, niemand klopfte an der Tür, suchte ein Gespräch, wollte seine Sorgen loswerden oder die seinen hören, reiner Geist würde er werden, mit ihrer Hilfe. Er hatte den Irrsinn des Wintermenschentums endlich überwunden und würde dank der Bücher die Weisheit des Sonnenmenschen entwickeln.

Im traurigen Monat November war's, Die Tage wurden trüber, Der Wind riß von den Bäumen das Laub …

Vom Winter würde er in Zukunft nur lesen. Nie wieder Blätter fallen sehen im Herbst. Nicht mehr den ersten Schnee, der die Natur erstickte. Nicht feuchten Nebel auf der Haut spüren, nie wieder frieren in der halb geheizten Stube, keine klammen Finger mehr, keine feuchten Wollsocken. Nicht die dumpfe Kohlenluft der Städte. Nie wieder aufs Eis, aber daran wollte er nicht denken, nicht ans Eis denken, nie wieder, lieber weiterlesen:

... daß ich ein Vogel wäre, frei wie der Vogel, frei von allen Rücksichten wie der kleine Singvogel ...

Man hat mich getadelt, daß ich unstet und flüchtig sei: man tat mir Unrecht ...

Seume. Auch ein Flüchtling, zu Fuß nach Sizilien, heute aber würde er in der Südsee siedeln, die Sonne Italiens war zu unbeständig und schwach, erst am Äquator konnte man ihr vorbehaltlos vertrauen. Engelhardt ließ sich fallen, bettete seinen Kopf auf Schiller, umarmte Karl May und Schleiermacher, schob Wieland beiseite, weil der unter der Hüfte drückte, legte die Füße auf einen Stapel aus Boccaccio, Pestalozzi, Kant und Ovid und schlief ein.

Kabua steht und schaut auf den schlafenden Mann, in der Hand das Messer des chinesischen Händlers aus Eisen, ein gutes Messer, er kann sein Gesicht in der Klinge spiegeln. Die Weißen haben es gut. Sie brauchen nicht zu arbeiten. Sie beschäftigen sich nur mit Lesen und Schreiben. Die Nahrung kommt ohne Mühe zu ihnen. Sie selber müssen graben, pflanzen und jäten.

Er ist allein mit dem Weißen, zum ersten Mal. Seine Männer fürchten den Zauber der Bücher und sind umgekehrt. Vielleicht haben sie recht. Zu viele Bücher sind offen. Der Wind spielt in den Seiten. Kabua hört, wie sie flüstern. Die Geschichten schleichen sich in die Welt und werden dort Unheil anrichten. Die Bücher in seiner Nähe klappt er zusammen. Es wird ruhiger, nur ein Buch neben seinen Füßen raschelt noch leise. Er lässt das Messer sinken, hebt das Buch auf und entziffert die Buchstaben. Er hat sie nicht vergessen. *PEER GYNT*. Er weiß nicht, was das bedeutet, obwohl die Missionare ihm Lesen und Schreiben beigebracht haben und die Bibel, aber er ist dennoch kein Weißer geworden, trotzdem musste er arbeiten, das ist bitter, und so kehrte er zurück auf die Insel der Ahnen, auch wenn sie ihnen nicht mehr gehört, weil sein Vater seinen Daumenabdruck auf ein Papier gesetzt hat.

Der Weiße schläft unruhig. Er wälzt sich hin und her. Einmal reißt er die Augen auf, starrt ihn an, presst die Lider wieder zusammen, schläft weiter. Eine seiner Seelen ist in der Welt der Träume, die andere bewacht seinen Körper. Kabua würde gerne wissen, wovon der Weiße träumt. Der Zauberer sollte hier sein, er kann die Wege der Traumseele sehen. Als der Zauberer gesehen hat, dass die Traumseele seines Sohns von einem Krokodil gefressen wird, wusste er, dass er stirbt, und so war es.

Kabua wartet auf ein Zeichen, den Weißen zu töten. Er tötet ihn gerne, aber er wartet auf einen Befehl, doch keiner der Geister spricht zu ihm. Selbst die Tauben schweigen und das Meer. Die Hexen der Bücher schützen den Weißen, keiner der Ahnen wagt sich hierher, die Bücher verschlingen sie sonst, und sie kehren nur als Buchstaben wieder zurück in die Welt, das kennt er von der Missionsstation. Auch dort kann die Magie nichts anrichten, weil die Missionare überall ihre Schriften verteilen. Wer so viele Bücher hat wie der Weiße, muss über besondere Schutzkräfte verfügen oder über große Feinde, gegen die er sich behaupten muss. Kabua klemmt sich einen Stapel Bücher unter den Arm. Entweder sie helfen gegen bösen Zauber oder aber sie helfen, sein Ansehen zu retten. Manche spotten, weil er den Weißen nicht tötet. Er hat Angst, sagen sie, aber er hat schon lange keine Angst mehr. Er wartet nur auf den Befehl der Geister.

Als er erwachte, stand die Sonne schon tief. Gelbes Licht tropfte ihm ins Auge, bald würden die Farben des Meeres explodieren, bevor sie erlöschen, und in einer halben Stunde käme die Nacht. Gerade noch hatte er Anna vor sich gesehen, ihre erste Begegnung damals, ihren Fuß auf einem Tonkrug, den linken Arm an das Fragment einer Säule gelehnt, den Blick in eine Ferne gerichtet, die er nicht kannte. Sie war nackt, die erste nackte Frau seines Lebens, er wusste nicht, dass Frauen so schön sind und so begehrenswert, und er hatte gespürt, wie es in ihm anfing zu glühen, nicht auf die Brüste sehen, nicht auf den dunklen Hof um ihre Warzen, bloß nicht, seine Ohren wurden immer zuerst rot, und alle würden darauf starren. Walter würde ihm die Pranke auf die Schultern klatschen und *gefällt dir, was?* sagen und anfangen zu lachen, nicht auf die Brüste und nicht auf das schwarze Dreieck zwischen ihren Beinen, das kannte er von Bildern, die die anderen Soldaten vor dem Freitagsgang ins Bordell rumgezeigt hatten, *Sollten wir unseren August nicht zwingen, mitzukommen, sonst bleibt er sein Leben lang Jungfrau*, doch niemand lachte, und niemand sah auf seine Ohren, sondern auf Anna, die Modell stand, vor ihr Diefenbach, nur ein Tuch um die Hüften gelegt, Farbe im Bart und den Haaren. Er drehte sich um, sah sie an, die klobigen Wanderstiefel, offene Hemden, Schlapphüte, beide knapp über zwanzig, durch ganz Deutschland gewandert, weil sie gehört hatten, dass sich hier Neues ereigne, Unerhörtes, und der Künstler sie nach einigen Briefen eingeladen hatte, zu kommen, auch wenn es nicht einfach sein würde, weil in seinem Kopf die Welt sich anders als in anderen Köpfen male. »Zieht euch aus«, sagte er beiläufig, wandte sich wieder seinem Modell zu, mischte ein wenig Indigo unters Kadmiumgelb, setzte den Pinsel auf die Leinwand, tupfte ein paar

Mal vorsichtig; ein kleines Lächeln fuhr über Annas Gesicht, wie Wellen sich kräuseln vom Wind, und Walter nahm probeweise seinen Hut vom Kopf, kratzte sich, sah ihn an, das Mädchen, den Maler, der keiner war, dem man sich widersetzte, auch wenn er sie nicht beachtete, sondern konzentriert weiterarbeitete und doch plötzlich anfing zu sprechen, leise und eindringlich, nicht nur zu ihnen, eher eine Predigt, in der es um das Kleidergift ging, das die ganze Welt angesteckt hatte, wo doch in ihnen selber Gott sei, der Himmel und das Paradies.

Leicht verlagerte Anna ihr Gewicht auf den anderen Fuß, sodass ihre Schenkel sich etwas öffneten. Zwei Ohren glühten, gleich würden sie zu Asche.

Nur die Erkenntnis ihrer Göttlichkeit befreit sie von den Banden und dem Fluch des Irrtums und des Verbrechens und des Elends und der Schändung ihrer selbst.

Ein Lächeln wehte wieder über ihre Lippen, ein Hauch von Spott.

Mutter Natur hat sie rein geboren und frei von Sünde, Fluch und Schande. Daher sollen sie aufhören, die göttliche Nacktheit des Naturkindes durch die tödliche Kleidung des Kulturmenschen zu verdrängen. Nur der Dekadent, der Schwächling, die Karikatur eines Menschen hat das Recht auf Kleidung, um seine Erbärmlichkeit zu verhüllen. Der reine Mensch, der Schöne aber geht frei.

Walter knöpfte sein Hemd auf. Engelhardt sah ihn an und öffnete seines, schneller als der Freund, riss sich das Hemd von der Brust, nestelte an der Gürtelschnalle, die sich verhakt hatte, sodass Walter aufholte, der hastig die hirschlederne Hose fallen ließ, bevor Engelhardt die Hosenträger aufgeknöpft hatte, doch er war fixer bei den Wanderstiefeln und den Socken, beinahe hatten sie Gleichstand erreicht, jetzt kam es darauf an, und Engelhardt schloss die Augen, ließ die Unterhose hinunterrutschen, eine halbe Sekunde vor Walter. Anna hatte sich umgedreht und musterte beide interessiert und lächelnd. Diefenbach nahm den Pinsel von der Leinwand, sah kurz zu ihnen und sagte, endlich seid ihr ganz angekommen.

Er pflückte noch eine *Kulau* gegen den Durst in der Nacht, schälte die grüne Schale ab und bohrte die dunklen Stellen an der schmaleren Seite auf. Die Nuss stellte er in den Sand, damit er sie gleich erreichen konnte. Der Tag kämpfte um die letzten Minuten, doch die Nacht trug schon ihr Siegergesicht. Die Palmen im Scherenschnitt gegen den violetten Himmel, die Bücher unförmige Klumpen im Sand. Er hätte eine Lampe mitbringen sollen, dann hätte er die ganze Nacht lesen können, doch eine Lampe war Unnatur, ein Teil der Zuvielisation, wie Diefenbach es genannt hatte, die jede Irritation verhindern will, und sei es die älteste der Menschheit, die über das Ende des Tages und den Einbruch der Nacht. So viel Unnützes komme in die Welt, allein in den vergangenen Jahren, was die Menschen ablenke von dem, was eigentlich wichtig sei, Transatlantikkabel, Aufzüge, Straßenbahnen, Dynamit, Fließbänder, Kaugummi, Glühbirnen, Automobile, Schallplatten, Schreibmaschinen, Pockenimpfung, Röntgentechnik, Zelluloid, Margarine, Luftschiffe, all das dränge ins Land der alten Germanen, die inzwischen vollkommen verweichlicht seien, anstatt dass ihre Brust breit würde und fest und ihr Blut rein und gesund. Engelhardt hatte Diefenbachs Wortspiele nicht gemocht, er hatte manches nicht gemocht bei Diefenbach, aber vielleicht war das seine Schuld, hatte er gedacht, und er war nicht wirklich bereit für das Paradies auf Erden, das der Maler versprach. Als er einmal mit ihm in der Stadt war, sah er, wie Kinder sich vor ihm niederknieten, weil sie dachten, er sei der Heiland.
Die ersten Sterne standen am Himmel, die Engelhardt inzwischen längst kannte, der Bogen der Milchstraße, ein dünner Mondstreifen. *Im Mondenglanze ruht das Meer, die Wogen murmeln leise*, Heine musste das sein, aber er wusste

nicht, wie es weiterging, etwas mit schwerem Herzen und verlorenen Städten auf dem Meeresgrund, deren Läuten man hörte. Er würde es gerne nachschlagen, und irgendwo auf dem Strand lag *Das Buch der Lieder*, er erinnerte sich, es gerade erst in der Hand gehalten zu haben, kleines Format, eingerissener Einband, oft gelesen, als er noch zur Schule ging, aber es war zu dunkel, um einzelne Titel zu erkennen. Er müsste ein Feuer machen, doch dazu hätte er rechtzeitig Holz im Wald sammeln müssen. Das Treibholz hier auf dem Strand war zu feucht und würde nicht brennen. Engelhardt ging an der Wasserlinie entlang, um ein trockenes Stück zu finden. Die Temperatur war kaum gefallen, noch weit über zwanzig Grad, schätzte er, wärmer als die meisten Sommertage in Europa waren die Nächte auf seiner Insel. Ein stilles Glück war in der Luft, aber kein verwendbares Holz am Strand, nur ein paar Bambusstangen, der aufgeblähte Kadaver eines Fisches, anderthalb Meter lang, längst gefleddert von den Möwen. Eine handgroße Nautilus-Muschel, dünnes Porzellan aus dem Meer. Er ging an den Palmen vorbei, die an der kleinen Landspitze wuchsen. Es raschelte in den Kronen, das konnte kein Wind sein, die Luft war ganz ruhig, ein Tier, er wusste nicht welches, er hatte hier noch nie größere Tiere gesehen und drehte sich um. Seine Fußabdrücke leuchteten blaugrün im Sand, das ganze Meer leuchtete, vor allem weit draußen; die Gischt war nicht weiß, sondern gelblich und die ausrollende Welle zuerst hellgrün, dann etwas dunkler und schließlich zartblau. Jede weitere Welle mischte die Farben neu, verstärkte das Schimmern des Meeres, mal war ein leichtes Rot zu erkennen, das sich auflöste, über Rosa zu Gelb, mal plätscherte es violett. Wenn eine besonders große Welle sich brach und die Gischt hoch gegen den Horizont sprühte, vermischte das Leuchten des Wassers sich mit den Sternen am Himmel. Die Vermählung der Elemente hätte Diefenbach es genannt, wenn er das gemalt hätte, und so etwas hätte er gerne gemalt, immer ging es um die Einheit von allem, Himmel und Erde, Mensch und Natur, Seele und Gott, Leben und Tod.

Nackt hatte Diefenbach sie damals zum Essen geführt, groß, knochig, farbübersät, ihre Kleider würden versorgt werden, sie sollten sich gar nicht drum kümmern, Anna ging an seiner Seite, die schwere Hand des Malers auf ihrer Schulter. Sie folgten ihm widerwillig, es war ein unangenehmes Gefühl, nackt zu gehen, einen Körper zu haben, vor allem einen so schmächtigen neben dem Walters. Haare wuchsen dem Freund sogar auf dem Rücken, ein borstiges Fell auf den Schulterblättern. Engelhardt richtete sich etwas auf, pumpte Luft in den Brustkorb, breit und fest sollte der sein, hatte der Maler gesagt. Er zuckte zusammen, als Anna sich zu ihm umdrehte, um seine Ohren machte er sich schon fast keine Gedanken mehr, die würden noch wochenlang glühen, ließ etwas Luft wieder ab, nicht auf ihre Brüste sehen, sondern ihr ins Gesicht, als würde sein Blick nicht gewaltsam nach unten gezogen. Ihr Mund war weich, und er hatte sie noch nie etwas sagen hören, vielleicht war sie stumm, aber das war ihm gleich, weich und ironisch, oder war das ein echtes Lächeln ganz ohne Zweideutigkeit? Ein leichter Druck von der Hand des Künstlers, und sie sah wieder nach vorne. Sie ging ganz natürlich und unbesorgt, wiegte sich beim Gehen in den Hüften, den Flur entlang, rechts und links ein Fries aus drei Dutzend Tafeln, ein endloser Zug aus nackten Kindern, Tieren, unbeschwerter, verspielter Natur im Schattenriss, doch seine eigene Nacktheit war nicht verspielt, sondern verkrampft. Es wurde nicht besser, als sie in den Speisesaal kamen. Nackte Mädchen mit Blumen im Haar tobten zwischen den Stühlen, nackte Frauen deckten den Tisch, nackte Männer richteten die Brotkörbe. Alle taten, als sei das normal, aber das war es nicht, nur die Theorie hörte sich einfach und überzeugend an.

Ein Stuhl wurde ihm zugewiesen, an der Seite ein Mann, der ihm als Fidus vorgestellt wurde, klein wie er, aber die Haare lang wie Diefenbach, sein Schüler, hieß es, und flüsternd: einer, der den Meister noch überflügeln werde. Walter saß weiter hinten im Raum, bei zwei älteren Frauen. Er sah unglücklich aus. Engelhardt war froh, sich wenigstens eine Serviette über sein Glied legen zu können. Auf den Tischen dampften Kartoffeln und Kohl, aber niemand schöpfte, denn Diefenbach war nicht da. Als er kam, schwiegen alle mit geneigten Köpfen. Er setzte sich, füllte den Teller, nahm Brot, brach es, reichte den Korb weiter.

Rechts von Diefenbach saß eine Dreißigjährige, verbittert, hängende Mundwinkel, Schultern und Brüste, links Anna, aufrecht, eine unsichtbare Krone im Haar, eine Königin, die die Huldigungen der Untertanen empfängt; sogar der Meister sah klein aus neben ihr.

Als der anfing, aßen auch die anderen, schweigend, selbst die Kinder, eingeschüchtert durch die Stille im Raum. Engelhardt vermisste etwas Anständiges, einen Braten oder wenigstens Würste, aber er wagte nicht, danach zu fragen, denn jetzt sprach Diefenbach: »In meinem Ringen nach der Lösung der Frage, wie der Mensch, das vernunftbegabte höchste Lebewesen auf Erden, zum grausamsten Vernichter des Lebens werden konnte, bin ich zu der Erkenntnis gelangt, dass der Menschenmord nur die natürliche Folge des Tiermordes ist. Das Morden der Tiere und das Verzehren von deren Leichen, von Tierfetzen, stumpft alle feineren Gefühle und Sinne ab, erzeugt unbezähmbare Leidenschaften, Einzelreichtum und Massenelend und allgemeine Verrohung und ist vom Kannibalismus nur dem Grade nach verschieden.«

Amen, hätte Engelhardt beinahe gesagt, jahrzehntelange Übung, aber er beherrschte sich rechtzeitig und war froh, nicht nach Würsten gefragt zu haben. Jetzt war das Schweigen beendet, sein Nachbar beugte sich zu ihm und flüsterte ihm zu, dass der Meister gegen die Ehe im Allgemeinen und Monogamie im Besonderen sei, und die Frau rechts eine seiner Ehefrauen und die links ein alkoholkrankes Modell sei, gerade mal siebzehn Jahre alt, die Diefenbach im Wortsinne auf der Straße gefunden und die Abführung in die Ausnüchterungszelle verhindert hätte, um an ihr zu beweisen, dass nur die entartete Gesellschaft sie krank gemacht habe und sie durch ein natürliches Leben zwangsläufig gesunden würde, wobei naturgemäß auch die Verpflichtung zum geschlechtlichen Verkehr gehöre, dessen sie der Meister würdigte.

Engelhardt ging am leuchtenden Meer zu seinen Büchern zurück, er hatte Durst und war ungeduldig, ohne zu wissen, was er erwartete. Er trat blaugrüne Fußspuren in den Sand, manchmal blitzte es im Meer, als ob es darin gewittert, doch es blieb still.

Der verweste Fisch klagte ihn an. Er fühlte sich schuldig, weil er lebte, dabei gab es keine Schuld, das sagte er sich, sondern Schicksal, einer starb und einer lebte weiter, er trug keine Verantwortung dafür; wir Überlebenden müssen nichts sühnen, so hatte das Walter ausgedrückt, auch neben ihm ging ein Toter, aber er hielt ihn mit leichterer Hand als der Tote, der neben Engelhardt ging; der hatte einen kalten Griff, mehr eine brüderliche Umarmung, sodass ihm der Atem oft stockte.

Der Weg zurück war länger, als er ihn in Erinnerung hatte, als hätte die Insel die Dunkelheit genutzt, um sich ein wenig zu strecken. Im Grunde war egal, wo er schlief, sagte er sich, schön war es überall, jeder Fleck lud ihn ein, doch sein Platz war bei den Büchern, schon immer war er bei den Büchern zu Hause gewesen, auch wenn das dekadent war, wie Diefenbach gesagt hatte, denn das einzig wahre Buch sei das Buch der Natur, darin müsse man lernen zu lesen, hier seien alle Geheimnisse versteckt. Nur die Maler würden sich diesem Mysterium annähern, voller Demut und auf den Knien, um einen winzigen Aspekt dieser Welt darzustellen, während die Schreiber doch nur eine andere Welt entwarfen, die immer nur ärmer sein konnte und falsch.

Trotzdem hatte er ihm am Tag ihrer Ankunft ein Buch in die Hand gedrückt, ein leeres Buch. Hier sollten sie alles notieren, was ihnen wichtig war. Ihre Gedanken, Gefühle, die Erkenntnisse, die sie haben würden, denn die würden sie auf jeden Fall haben, den Kern ihrer Existenz würden sie hier berühren und verwandelt wieder in die Welt treten. Engelhardt hatte gleich begonnen zu schreiben, das heißt eher versucht zu beginnen, denn wie sollte er Anna beschreiben und wo anfangen, systematisch von oben nach unten oder eher seinem Blick folgend, dem Blick, den er haben würde, falls er sich unbeobachtet fühlen würde, also Seiten über ihr Geschlecht, ihre Brüste, anschließend die Augen, durchdringend und ein wenig kalt? Das Mysterium ihrer Achselhöhlen. Als Nächstes ihr Mund, die Unterlippe weich und voll, die Oberlippe schmaler und etwas kürzer. Ihre Oberschenkel, gebräunt von der Sonne, die Arme, die kräftigen Hände mit den kurz gebissenen Nägeln. Oder doch eher von außen nach innen, beginnen bei dem, was er sah, und dann Satz für Satz vordringen in ihre Seele, sie schälen wie eine Zwiebel, doch dafür wusste er zu wenig von ihr, noch jedenfalls, aber das würde er ändern. Oder schreiben, wie er ihr hätte begegnen wollen, ein Feuer wäre ausgebrochen, sie lehnt schreiend am Fenster im vierten Stock, und er hastet durchs Treppenhaus, feuchtes Tuch über dem Mund gegen den Qualm, schlägt die Tür mit der Axt ein, legt sie sich über die Schulter und trägt sie ins Freie. Ein Verbrecher raubt eine Bank aus, hält ihr das Gewehr an den Kopf. Er bietet sich dem Räuber als Geisel an, sie kommt frei, er selber wird angeschossen, schwer verletzt, und ihr Leben lang wird sie ihm dankbar sein müssen. Sie ist zu weit rausgeschwommen, die Kräfte schwinden, ein verzweifelter Schrei, er krault durchs Wasser, die Strömung treibt sie immer weiter, schon versinkt ihr Kopf, er kann sie gerade noch greifen, mit letzter Kraft erreicht er das rettende Ufer. Oder einfach auf der Straße. Kartoffeln fallen ihr aus dem Korb, er hilft beim Einsammeln. Im Konzert säßen sie zufällig nebeneinander. Gespräche in der Pause, die erste Geige klingt etwas verstimmt und die Bläser setzen ständig zu früh ein. Sie zieht in die Nachbarwohnung und sie treffen sich auf dem Flur. Stattdessen schrieb er nur ihren Namen in Druckschrift, Schreibschrift, Kurzschrift, Fraktur.

Mitten in der Nacht weckten ihn Trommeln. Dumpfe Schläge wehten von weither übers Wasser, kein Lied, kein Rhythmus, mehr eine Botschaft. Die Antwort kam von seiner Insel, höher die Töne, die Schläge schneller und aggressiver. Eine dritte Trommel fiel ein, widersprach tief und nachdrücklich. Irgendwo lief ein Krebs über den Strand, er hörte das Klappern der Beine, als es für einen Atemzug still war, Ruhe vor dem Sturm, dem Streit der Trommler, die immer wütender wurden, jetzt schlugen sie durcheinander, beschimpften sich, trommelten Flüche übers Meer und Zaubersprüche, bis die Luft vibrierte, selbst die Vögel im Wald waren verstummt, sogar das Pfeifen der Kakadus und das Schnarren der Papageien. Nur kurz heulte eine Lauftaube, als habe man einem Dreijährigen das Spielzeug zerbrochen und ihm beim ersten Weinen den Mund zugehalten. Selbst der Boden der Insel schwang bei jedem Schlag nach wie das Fell einer Trommel, vor allem als die Schläge wieder langsamer wurden, etwas friedlicher, eine Übereinstimmung, nur kurz, dann überwog wieder die Wut, ein Wirbel, der allerdings bald in sich zusammenfiel. Eine Ahnung von Harmonie breitete sich aus, trotz des letzten Aufflackerns des Zorns, bis schließlich alle Töne gleichzeitig ertönten, alle paar Sekunden ein Schlag, die ferne Trommel, die klare und helle seiner Insel und die tiefe und gewalttätige von einer der Nachbarinseln, ein gemeinsamer Herzschlag, tief und beruhigend, und er schlief wieder ein.

Am nächsten Morgen hüpfte er über den Strand. Es war das erste Mal, dass er nackt hüpfte, selbst im Jungborn waren sie nicht gehüpft, sondern geschritten, aber die Freude suchte sich eine Bewegung, die Freude über die Sonne, die sich aus dem Wasser erhob und den leichten Dunst vertrieb, der darüberlag, den Himmel rosa färbte und ihre sanfte Wärme

über ihn ergoss, und so hüpfte er, vorwärts, rückwärts und in seitlichen Grätschschritten, sprang über die Bücher, hopste um seine Palmen, platschte durch Wasser, lachte dabei, sang Liedfetzen, jauchzte vor Vergnügen. Alles war ganz und alles war einfach, er war sein eigener Bauer und Lieferant, Schneider und Architekt, Seelsorger und Anwalt, Soldat und Polizist, Grund genug, um zu hüpfen. Vernünftig wie ein Zugvogel war er und hatte der Kälte den Rücken gekehrt. Licht ist Geist, und Wärme ist Liebe. Er lebte in Gott, dem Gott des Lichts, Vater Helios, und betete ihn an, hüpfend, statt vor ihm auf den Knien herumzurutschen, wie es die Christen in den Ländern des Winters taten. Er hüpfte und dichtete dem Lichtgott ein Lied, jede Silbe ein Sprung, *Nicht die Weisheit bringt uns Segen / Weise Tat nur bringt uns Glück / Darum wollen wir uns regen / Und zum Sonnengott zurück.* Er rief das Lied in den Morgenhimmel, dem Sonnenball zu, stampfte die Wörter in den Sand, immer wieder, bekam einen Lachanfall, dichtete weiter, mit viel Freude, obwohl er kein Dichter war, das wusste er selber, er war ein nackter Sonnenhüpfer, mehr nicht, aber mehr wollte er nicht sein, *Ihm, dem Spender allen Lebens / Aller Wärme, allen Lichts / Er nur sei das Ziel des Strebens / Er nur macht das Leid zu nichts.* Ein paar Möwen ließen sich auf dem Strand nieder und sahen ihm zu, mit geneigten Köpfen, interessiert und gleichzeitig verwundert, wie er über den Strand galoppierte. *In dem Tode der Kulturen / In dem Anschluss an die Sonne / Wurzeln unsre Götterspuren / Ruht des Lebens Glück und Wonne,* das gefiel ihm besonders gut, das sagte er immer wieder, rief es, sang es, tanzte es, seinen ganzen Körper riss es mit, *Tode der Kulturen / Anschluss an die Sonne / Unsre Götterspuren / Lebens Glück und Wonne.*
Eine Schildkröte kroch aus dem Meer an Land, schob sich mit ihren Flossen mühsam voran und zog ihren schuppigen Kopf zurück in ihren Panzer, als er seinen Zauberspruch um sie tanzte. *Auferstanden ist die Menschheit / Sonnenkinder sind sie alle / Gott, der Herr, hat sie erlöset / Von dem tiefen, tiefen*

Falle, denn genau darum ging es, nicht nur um ihn, sondern um die Erlösung aller Menschen. Alle mussten herkommen, um wahres Glück zu empfinden, erst wenn die Nachtwesen unter Palmen wandeln, wäre das Himmelreich da, erst wenn sie das schmutzige Gold der Städte verlassen, um von Sonnengold zu leben, erst wenn der Norden verödet liegt.

Er ließ sich ermattet fallen, panierte den verschwitzten Körper in dem feinen Korallensand, streckte die Zunge heraus, probierte ein paar Sandkörner. Sie schmeckten nach Eisen und Dinkelmehl.

Ein Morgenbad und eine Kokosnuss später machte er sich nochmals auf den Weg zu seinen Wilden. Noch bevor er die ersten Hütten erreicht hatte, sah er einen Jungen, der sich über einen Palmenstamm beugte, mit einem Holzhaken drin herumbohrte, eine fingergroße Made angelte und sie in den Mund schob. Er hätte ihm gerne gesagt, dass in dem Paradies, in dem er lebe, ausreichend Früchte wuchsen und er kein Tier essen müsse. Als der Junge ihn sah, bückte er sich, hob einen Stein auf, warf ihn in seine Richtung, mehr achtlos als gezielt, und verzog sich kauend in Richtung einer Hütte, vor der eine stillende Frau saß. Engelhardt näherte sich vorsichtig, denn er wollte sie nicht erschrecken, weder sie noch das Kind, aber sie stillte kein Kind. An die Brust hielt sie ein kleines Ferkel, gerade frisch geworfen, das gierig an der Warze lutschte, sie verlor, laut quiekte, bis die Frau wie eine liebende Mutter den Kopf des Tieres in die richtige Position brachte und kurz darüber, strich mit einer verkrüppelten Hand, an der Mittelfinger und Ringfinger fehlten. Die innigste Verbindung von Mensch und Tier, erfüllt von einer stillen Zärtlichkeit und einem Verständnis für die Bedürfnisse der Seele der Wesen, die mit uns die Erde teilen. Das würde er Fidus schreiben. Der könnte das malen, ein Bild für die *Vegetarische Warte*. Wer das sah, würde nie wieder Schweinefleisch essen. Der Freund war in der kalten Welt geblieben, trotz der Haftstrafe, die er verbüßt hatte, weil auch er nackt gegangen war, ein halbes Jahr Gefängnis, aber nicht wegen Unsittlichkeit wie Engelhardt, immerhin, sondern groben Unfugs, kein großer Trost allerdings, der Trost war höchstens, dass er vor Gericht zu seinen Anschauungen stand und diesen ehrenvollen Namen erhielt, *Fidus der Treue*, was besser war als Hugo Höppener zu heißen.

Kleidung sei eine künstliche, gestohlene, fremde Haut, hatte Fidus dem Richter erklärt. Ein tragbarer Sarg des Lebens, der einen lebendig begrabe. Der Mensch könne nichts besser machen als sein Schöpfer. Wenn dieser ihm also keine Kleider in die Wiege gebe, dann brauche der Mensch sie auch nicht, doch den Richter konnte das nicht überzeugen, man könne nicht einfach unbekümmert um die Kultur der Menschen und ob es jemand sieht oder nicht sich nackt seiner Mitwelt produzieren, und dass derlei von grober Sittlichkeit zeugende Exzesse keinesfalls geduldet werden dürfen.

Fidus ging ins Gefängnis und malte zur Strafe das Lichtgebet. Engelhardt stand ihm dafür Modell auf dem nackten Fels unter freiem Himmel, reckte sich nach oben, noch höher, rief Fidus hinter dem Skizzenblock hervor, so ist es gut, Fels und Himmel und dazwischen die Verbindung zwischen beiden: Engelhardt als Sinnbild des Menschen, schlank, jung und drahtig, nicht Mann und nicht Frau, das ist großartig, rief Fidus, alle Muskeln anspannen und nicht mehr bewegen, nicht einmal atmen, aber es ist zu früh, das zu veröffentlichen, ich arbeite daran, du wirst sehen, das wird mein größtes Bild und sich einbrennen.

Auch dieses Bild würde sich einbrennen: Nackte Frau unter Palmen, ein Ferkel nährend.

Sie ignorierte ihn, seinen kurzen Gruß, den grünen Zweig, den er in den Händen hielt als Zeichen des Friedens, das hatte der Pater ihm geraten, einen grünen Zweig wie zu Palmsonntag, das Zeichen der Eingeborenen, dass man in harmloser Absicht kam, aber bei dem Jungen hatte es auch nicht funktioniert. Das Ferkel schmatzte befriedigt und war

fast eingeschlafen, als die Frau mit ihrer Krüppelhand ein
Stück geschärften Bambus aufhob, mit der anderen Hand
den Kopf des Ferkels festhielt, mit den Fingern die Lider aus-
einanderzog und das Bambusmesser tief in den Augapfel
stieß. Das Ferkel quiekte schrill und verzweifelt. Blutiges
Gallert lief aus der Augenhöhle, Krämpfe schüttelten den
rosa Körper, Schaum lief aus dem Mund. Ihr Ellenbogen
klemmte den Kopf des Schweins ein, eine kurze Bewegung
mit der Hand, das Messer zerschnitt das zweite Auge, das
Ferkel stöhnte grell und wie ein Kind, sackte zusammen, das
kleine Gesicht verschmiert von Milch, Blut und Tränen. Die
Frau legte das geblendete Tier vorsichtig in einen geflochtenen Korb und strich noch einmal über den Kopf, eine
liebende Mutter, und ging in die Hütte.

Engelhardt drehte um. Was er gesehen hatte, war eine Folge
der Begegnung der Wilden mit der Zivilisation. Sie waren
Geiseln geworden der Missionare und Pflanzer, Märtyrer der
Kolonialverwaltung. Die reinen Sonnenkinder lebten im
Einklang mit der Natur und würden nie die brüderlichen
Wesen quälen, niemals. Das hatte er immer wieder gelesen.
Die Eingeborenen hatten eine edle Haltung, große körper-
liche Gewandtheit und den Ausdruck der stillen, inneren
Sammlung. Davon erzählten die Bücher, schon Herodots
Bericht über die Äthiopier, die stolz waren, gesund und 120
Jahre alt wurden, weil sie die Gesetze der Natur respektier-
ten, und er ging zurück, um das noch einmal nachzulesen.

Pater Joseph paddelte langsamer als sonst, achtsamer, als könnte eine unvorsichtige Bewegung das Kanu zum Kentern bringen. Der Lärm der Missionsstation hing noch über dem Wasser, Lieder, Kindergeschrei, das Knattern der Nähmaschinen, Axthiebe, eine Säge. Er drehte sich um und sah auf die Schule und die Werkstätten, ein winziger Fleck der Barmherzigkeit inmitten der Wildnis. Ein Licht scheint in der Finsternis, doch die Finsternis hat's nicht begriffen. Er hätte gewarnt sein müssen, als der Bischof ihn gefragt hatte, ob er sich das zutraue, und dass schon einige gescheitert seien und tot oder geflüchtet, doch er war jung gewesen und stark im Glauben und wollte nicht träge sein in dem, was er tat, sondern brennend im Geist, fröhlich in Hoffnung, geduldig in Trübsal und beharrlich in seinem Gebet, doch vor zwei Tagen war Schwester Ludmilla aus dem Allgäu gestorben, nicht ganz vierzig Jahre alt, ausdauernde Büglerin, gut zu Kindern, weniger zu ihm. Er hatte an ihrem Bett gesessen, als das Fieber stieg, die Haut gelb wurde, der Bauch immer weiter anschwoll, die Leber vermutlich oder die Milz, und sie sich die Seele aus dem Leib gekotzt hatte, das war sein Eindruck gewesen, und er hatte den Herrn dafür um Verzeihung gebeten, aber wenn das letzte Stückchen Brot und der letzte Schluck Wasser schon lange erbrochen sind und auch die Galle, was bleibt noch in einem, was unbedingt nach draußen muss, wenn es einen über Stunden und Stunden würgt und mit dem letzten Würgen auch das Herz stehen bleibt? Er hatte sie sofort beerdigen müssen, denn es war zu heiß, um sie aufzubahren, schon als er sie wusch, kamen die Fliegen. Sie war eine harte Frau gewesen, ihr Glaube einfach und ohne Zweifel. All ihre Sorgen hatte sie auf Christus geworfen und kein Verständnis für einen Grübler wie ihn. Man musste recht beten und recht arbeiten. Alles andere ergab sich dann von selber. Wer an Christus glaubt, wird leben, obgleich er stirbt, waren ihre letzten Worte. Schlimme Stunden standen ihr da noch bevor.

Er hatte Speisestärke in kaltem Wasser glatt gerührt, kochendes Wasser dazugegeben, die Mischung in den Zuber geschüttet, ihre Haube darin gewaschen und sie anschließend gebügelt. Es war nicht einfach gewesen, sie wieder anzuziehen.

Der Mensch lebt kurze Zeit und ist voll Unruhe, geht auf wie eine Blume und fällt ab, flieht wie ein Schatten und bleibt nicht, so stand es geschrieben, aber wo lag darin der Trost? Er ließ die rechte Hand durchs Wasser gleiten. Es war angenehm frisch.

Diesmal kletterte der Kokosesser nicht auf einer Palme herum, sondern saß in den Grundmauern eines Hauses auf dem Strand und las, nackt zwar, aber immerhin, er war auf einem guten Weg, falls er das Richtige las, hoffentlich nicht Rousseau, der hatte ganze Generationen vergiftet, er selber wäre fast sein Opfer geworden, doch er war jung gewesen, das war seine Entschuldigung, und hatte sich nach einer Gesellschaft gesehnt, in der die Menschen einander nicht hassen, und den Glauben noch nicht für sich entdeckt.

Erst als er näher kam, erkannte er das Baumaterial des Hauses, das auf dem Strand entstand. Es waren Bücher, mehr als er gesehen hatte, seit er das Seminar verlassen hatte, ein Haus aus Büchern, große Folianten bildeten die Basis, darüber schwere Wörterbücher, Lexika, eine Schicht Quartos, darauf Oktavformate, Dramen, Romane, Biographien, Philosophie, Geschichte, Biologie, ganz oben Lyrikbändchen und auf denen, festgehalten von ein paar Muscheln, Autographen, er erkannte die ruhige, geschwungene Schrift Schillers und Kants Signatur, der den Querstrich des letzten Buchstabens immer so weit nach vorne verlängerte, dass es aussah, als streiche er seinen eigenen Namen wieder durch. Der Eingang wurde eingerahmt von den naturwissenschaftlichen Bänden der Sophienausgabe, die hätte Pater Joseph auch gerne gehabt, und Engelhardt saß auf einem Faksimiledruck von Shakespeares First Folio.

»Was versprechen Sie sich von Ihrem Aufenthalt«, fragte ihn Engelhardt, legte sich ein Tuch um, aber er lachte bei seiner Frage, es war ihm nicht ernst, dafür zeigte er ihm den Einband des Buches, das er gerade las, Herodots Historien.

»Wenn ich nur ein einziges Buch hätte mitnehmen dürfen, dann wäre es dieses gewesen, obwohl mein Griechisch zu schlecht ist dafür.« Er stand auf, köpfte eine Nuss und bot sie ihm an.

»Schöne Wohnung«, sagte Pater Joseph und trank.

»Ich wollte wissen, wie es ist, wenn man ganz und gar in Büchern zu Hause ist.«

»Sie haben Angst, alleine zu sein, deswegen die Bücher. Warum sind Sie hier? Lesen könnten Sie auch in Berlin.« Noch würde er ihn vielleicht überreden können, auch wenn er das nicht wirklich wollte, Schwester Ludmilla war tot. Außer ihr blieb nur Steffen Bach, der Schuberthörer auf der Nachbarinsel, sonst kein Weißer, keine Christen, nur ein paar Getaufte, aber er zweifelte immer, dass die Taufe tief genug ging, zu viele hatten die Sakramente empfangen und waren doch wieder im Busch verschwunden. Hier hackten sie den Mädchen Finger ab und warfen sie bei der Leichenverbrennung ins Feuer zur Besänftigung des Totengeistes. Was vermochten in den Vorstellungen der Wilden da ein paar Tropfen Wasser?

»Was sollte ich da? Was sind schon Städte? Nichts als Felsengrabanlagen. Nur Friedhöfe des Glücks und des Lebens gegen mein palmengeschmücktes, ozeanumbraustes, sonnendurchglühtes Kabakon. Wo sonst könnte ich nackt gehen? So glücklich sein wie hier? So einfach sein? Den Moment genießen? Sonne atmen? Freiheit trinken?«

»Frei sind die Wilden, und gerade das knechtet sie. Wir geben ihnen eine Aufgabe, und frei werden sie in der Pflicht.«

»Ihr ertragt nicht das Nichtstun, weil ihr nicht erkennt, welche Qualität darin liegt. Ihr habt Angst, weil ihr unkeusche Gedanken vermutet.«

Pater Joseph widersprach und argumentierte mit der Zügelung der Flatterhaftigkeit des Geistes durch geregelte Beschäftigung und der Überwindung von Lässigkeit und Trägheit. Ohne Arbeit sei das Christentum seicht und verseucht, nur eine Politur und Firnis des Holzes, das innen vom Wurm zerfressen werde. Müßigkeit sei aller ...

»Falsch. Nicht aller Laster Anfang, sondern der Anfang des Denkens. Ihr habt Angst vor der Freiheit.«

»Ich habe keine Angst vor der Freiheit, ich bin ein Mensch, ich habe Angst vor dem Tod. Gestern ist meine Nonne gestorben. Sie war eine einfache Frau und hat zeit ihres Lebens nichts gelesen außer dem Katechismus. Der hat alle ihre Fragen beantwortet. Sie hasste die Sonne, aber sie hatte keine Angst davor, zu sterben.«

»Sie beneiden sie, nicht darum, dass sie tot ist, aber um die Antworten und ihren Mut angesichts des Todes.«

»Mir würden alle diese Bücher nicht reichen, um eine Antwort zu finden.«

»Wenn sie mir reichen würden, wäre ich nicht hier. Hier bin ich, weil ich jenseits der Bücher gelangen will. Es ist ein Experiment.«

»Bald kommt die Regenzeit. Sie brauchen eine Hütte für die Bücher, sonst sind Sie jenseits davon, noch bevor Sie reif dafür sind.«

Sie brauchten den Rest des Tages für deren Bau. Engelhardt hatte noch eine größere Axt und schärfte sie mit dem Wetzstahl. Gemeinsam fällten sie eine Palme. Das Holz war fasrig und immer wieder blieb die Schneide hängen. Aus dem Stamm machten sie Stützpfeiler für das Dach und versenkten sie im Boden. Als Dachsparren verwendeten sie armdicke Bambusstangen und flochten mehrere Schichten Palmwedel hinein. Aus den Brettern der

Bücherkisten machten sie Regale und stellten sie an den Seiten der Hütte auf.

Die Wände waren noch offen, aber er hatte noch Zeit und würde auch hierfür Matten aus Palmzweigen flechten. Hinterher saßen sie schweigend davor, aßen Papayas und Nüsse, die Hände wund von den Axtschlägen, glücklich von der gemeinsamen Arbeit, doch lieber ein Haus bauen als lesen, hätte Pater Joseph beinahe gesagt, aber er beherrschte sich, der Bau der Hütte war kein Argument, man durfte die Ebenen nicht verwechseln, stattdessen genoss er die Ruhe auf der Insel, die wünschte er sich auch in seiner Mission, einmal einen Tag ohne Choräle und ohne Glockenläuten, nur als Engelhardt aufstand und vorschlug zu baden, bekam er Angst, denn der andere ließ sein Lendentuch fallen, stand nackt vor ihm, hager und rotbraun am ganzen Körper Er fürchtete, dass er ein Sodomit wäre und dass er durch seinen Aufenthalt hier Anlass gegeben hatte zu Missverständnissen, doch Engelhardt drehte sich um, ging ans Wasser und schwamm mit ruhigen und kräftigen Zügen ins offene Meer. Pater Joseph überlegte kurz und zog sich ebenfalls aus, Schwester Ludmilla möge ihm das verzeihen, und stieg ins Wasser, zum ersten Mal in seinem Leben ohne Badeanzug, zuerst ein seltsames Gefühl, das Wasser am ganzen Körper zu spüren, dann aber ganz und gar paradiesisch, das war der einzige Ausdruck, der ihm zu passen schien, paradiesisch, und er verstand Engelhardt plötzlich, auch wenn er das nicht wollte, aber das Gefühl war zu überzeugend, ein Zustand vor aller Sünde. Er schwamm lange und wollte nicht aus dem Wasser, auch als der andere schon eine Weile am Strand saß und noch eine Nuss köpfte. Er beneidete ihn um seine Nacktheit, zog sich dennoch an und verabschiedete sich. Engelhardt möge ihn auch einmal besuchen, sagte er, als er ins Boot stieg, aber unbedingt um die Insel herumfahren und nicht den direkten Weg von der Nordseite nehmen, die Strömung sei zu dieser Jahreszeit viel zu stark, er würde sich freuen, und vielen Dank für das Buch, Goethes Farbenlehre interessiere ihn schon seit Langem, und dass er dringend an die Wände der Hütte denken müsse, von einem Tag auf den anderen könne der Regen kommen, nur ein kurzer Guss jeden Tag, und kälter würde es auch kaum, höchstens ein oder zwei Grad, aber um die Bücher wäre es schade.

Am nächsten Tag sammelte Engelhardt Palmwedel für die Wände der Hütte. Immer wieder dachte er an Diefenbach, verdrängte den Gedanken, doch das Bild des Malers schob sich immer wieder nach vorne.

Der nackte Körper lügt nicht, hatte Diefenbach gesagt, in der Hand Palette und Pinsel, den Kopf leicht zur Seite geneigt, wie immer, wenn ihm etwas besonders wichtig war, allerdings sagte er fast nur wichtige Sachen, der Nacken war schon verkrümmt davon. Es musste der zweite oder dritte Tag gewesen sein, denn Engelhardt erinnerte sich daran, dass ihn der Bart gekratzt hatte. Das Rasiermesser hatte er wegwerfen müssen, die Natur will den Mann behaart, hatte der Maler gesagt, weg damit und mit allem anderen, was uns beschränkt, wir werden uns die Haare wachsen lassen, bis sie die Erde berühren und uns umwallen wie ein Fürstenmantel. Vor ihm ein sechsjähriger Junge, Geige unter dem Kinn, strich über die Saiten, dazu ein paar Tanzschritte, deren Schwung der Maler auf die Leinwand übertrug, so hat schon Tacitus uns beschrieben, nackt, stark und bärtig, alles andere ist verweichlicht, auch wenn die Gesellschaft um uns herum das nicht einsehen will. Die Geige quietschte, doch dem Jungen war das so egal wie dem Maler, dem ging es um das Bild, das er sah, das versunkene Kind, nicht an Beifall denkend, nicht an die Beobachter. Du musst werden wie ein Kind, sagte der Maler, wir alle müssen das, sonst werden wir nie den Himmel erreichen. Es roch nach Farbe und Terpentin. Engelhardt hatte sich über das Kinn gestrichen. Es fühlte sich ungewohnt an. Der Junge tanzte und kreiselte um sich selbst. Geige spielen konnte er nicht.

Er verließ den Maler, um Anna zu suchen, nicht so, dass es einer merken könnte, eher um sie zufällig zu finden auf den Wiesen ringsum. Die Ohren glühten schon weniger, wenn er sie sah, hoffte er zumindest, oder er hatte sich daran gewöhnt. Noch immer hatte er kaum mit ihr gesprochen, beobachtete sie aus der Ferne, schrieb in das Buch:

Anna lesend auf dem Bauch am Bach, die Unterschenkel angewinkelt. Die Sonne bescheint ihre Fußsohlen. Ein Mückenschwarm steht in der Luft, doch das ignoriert sie. Sie ist nicht einverstanden mit dem, was sie liest, sondern runzelt die Stirn und schüttelt langsam den Kopf. Sie ist schön.

Anna backt Brot. Die Sonne scheint durch das Küchenfenster. Bis zu den Ellenbogen hängt sie in der Teigschüssel. Mehlstaub auf dem ganzen Körper. Sie bemerkt nicht, dass ich in der Tür stehe.

Sprung in das kalte Wasser des Bachs bei Sonnenaufgang. Anna lässt sich als Erste in die Gumpe fallen und bleibt lange drin. Als sie rauskommt, stehen ihre Brüste waagrecht und ich springe ins Wasser, denn der nackte Körper lügt nicht, aber jetzt würde ich lieber lügen. Mein Zehen sind blau, als ich raussteige, und alle anderen sind längst beim Frühstück. Diefenbach lobt meine Ausdauer.

Anna, nackt, sitzt inmitten einer Schar nackter Kinder und singt ihnen ein Lied.

Anna draußen bei den Pappeln. Fidus malt sie, vielleicht ein Verstoß gegen den Willen des Meisters, etwas Verschworenes haben die beiden, das mich kränkt. Ich kann nicht malen. Fidus erklärt mir, dass sie den ebenmäßigen Wuchs, die Geschmeidigkeit und Biegsamkeit der Wilden habe, auch ihre natürliche Beweglichkeit, dass ihrem Körper der Rhythmus der unverdorbenen Naturmenschen eingeboren ist. Ihr Bild auf der Leinwand verliert jede Individualität, er malt die reine Essenz ihres Wesens, kein Abbild, Anna als Lichtbringerin.

Er schüttelte den Kopf, als er daran dachte. Der Kern seiner Existenz würde berührt werden, hatte der Maler gesagt, berührt und verwandelt, und dass er diese Verwandlung schreibend verfolgen müsse, und er schrieb, Seite um Seite, keinen Satz, der nicht von Anna sprach, kein Wort, das nicht um sie kreiste, es wurde ein Annabuch, eine Annabibel, er würde jetzt gerne einmal wieder darin lesen, aber er hatte seine Aufzeichnungen nicht mehr. Der Maler hatte sie eingefordert, nach einer Woche, und alle anderen Tagebücher auch, so wie er jeden eingehenden und abgehenden Brief kontrollierte. Er war keiner, dem man sich widersetzte, und er hatte ihm das Buch gegeben, so wie Walter seines, das fast leer war, ein paar hingekritzelte Bemerkungen über das fehlende Bier und die Kopfschmerzen, weil er hier keinen Kaffee bekam, mehr nicht. Der Maler hatte sie beide zu sich gerufen. Enttäuscht war er von ihnen, er habe an eine innere Wandlung geglaubt. Beide hätten nicht verstanden, welche Gelegenheit sich ihnen hier biete. Eine letzte Chance gebe er ihnen, aber wenn sie weiterhin scheiterten, dann wäre es besser, sie würden gehen, er wisse wohl, dass er sie einschüchtere und erschrecke, aber er sei einer der Menschen, die selbst bei den nahestehenden und wohlwollenden Mitmenschen Schauder und Entsetzen hervorrufen, doch sein Genius habe seinen Weg klar und bestimmt vorgezeichnet, und den müsse er gehen, auch wenn dieser Pfad von aller Welt als Irrweg erklärt und mit Steinen und Dornen belegt werde. Man könne ihn verlassen, man könne ihn verurteilen, man könne ihn selbst zu Tode martern, aber keine Macht der Welt könne ihn abbringen von seinem Weg. Engelhardt wäre am liebsten sofort gegangen, aber Walter hielt ihn zurück. Wilhelm Pastor will in den nächsten Tagen kommen, man kann ihn jetzt nicht sitzen lassen, es ist ausgemacht, dass sie auf ihn warten, er soll halt aufhören, über Anna zu fantasieren, und stattdessen lieber mit ihr reden, mehr ist nicht drin, sie ist die Geliebte des Meisters und er bestenfalls ein dahergelaufener Jünger.

Sie sitzen auf dem Dorfplatz, als der Geist kommt. Alle sind da. Die Frau liegt in der Mitte, als der Geist in sie geht. Ihre Augen sind geschlossen, ihre Arme bewegen sich und die Beine bewegen sich gleichzeitig und es redet aus ihrem Mund. »Tötet nicht den Weißen, sonst gehen die Betelpalmen ein und die Tarowurzeln verkümmern, denn er ist stark und mächtig und schon vor Jahren gestorben und hat bei seinem Tod seine schwarze Haut verloren. Wenn ihr sterbt, werdet ihr auch weiß sein und euer Glied nicht unter die umgebundene Schnur stecken wie der Weiße und vergessen, wo euer Land ist, aber der Weiße hat sein Land nicht wirklich vergessen, deswegen kommt er auf unsere Insel und zieht nichts über seine Haut und setzt sich nichts auf den Kopf und läuft nicht herum mit etwas an seinen Füßen. Er erinnert sich, und sein Haus ist gedeckt mit Palmen und nicht mit dem Gewellten, das glänzt, und sein Essen wächst auf Bäumen und nicht in Kisten. Er ist erst vor Kurzem gestorben, und seine Haut wird immer dunkler, und er ist der Vater von Munun, den der Hai gefressen hat.«

Es ist zu Ende. Das ist ihre Geschichte.

Einer holt Wasser.

Sie trinkt und öffnet die Augen und erhebt sich und weiß nicht, was sie gesagt hat oder wer aus ihr spricht, und geht auf die Felder und erntet Bananen.

Der Weiße ist keiner, den man töten wird.

Der Chinese kommt und holt das Kopra. Sie haben die Nüsse gespalten, getrocknet und das Fleisch aus den Schalen gelöst. Der Chinese bringt es den Weißen, und die machen daraus Licht oder Öl. Nie hat Kabua einen Weißen eine Nuss essen sehen. Er wird seinem Weißen das Kokosfleisch zeigen und die Säcke und was der Chinese ihnen dafür gibt. Sie selber haben keine Stärke mit ihren Geschäften. Die anderen wollen, dass sie nichts wissen. Sie wollen nicht, dass sie einen guten Weg finden und sie einholen oder ihnen gleich werden. So bleiben sie sitzen und kommen nicht voran. Sie bleiben. Und manchmal kommen die großen Männer der Weißen und klagen sie an und machen Verbote und verstellen den Weg, und der Chinese kommt und lässt ihnen ein paar Äxte und Flaschen und Spiegel. Er wird mit dem Weißen sprechen und ihn fragen, wie viel Äxte es gibt für einen Sack Kopra.

Die Stunden verschwammen, die Tage, die Wochen. Die Zeit hatte ihr Ziel verloren. Sie zerfloss in alle Richtungen, kehrte immer wieder zurück, bildete kleine Wirbel, alles geschah gleichzeitig und immer wieder, alles war und blieb und würde sein, ganz egal wie lange er hier war, unerheblich ob es Mittag war oder Abend, Freitag oder Dienstag oder Oktober oder schon das Jahr 1903. Aus dem blauen Himmel fiel Ewigkeit.

Die brutale Zerstückelung der Zeit hörte ganz auf, die Knechtschaft der Menschen unter der Knute der Kalender und Uhren, was für eine perverse Erfindung war die Sekunde, wie unnötig und dumm. Gleich lang war jeder Tag, genauso warm wie der vorhergehende und wie der folgende sein würde, genauso beglückend. Immer leuchtete das Meer, schien die Sonne, schmeckten die Nüsse, warteten Bücher darauf, gelesen zu werden. Engelhardt wurde viel langsamer. Seine Schritte setzte er achtsamer, denn alle Ziele lagen so nah, das Meer, die Palmen, der Strand, sein Schlafplatz, die Bibliothek, es gab keinen Grund mehr für Eile, kein Zug fuhr ab, keine Theatervorstellung begann, keine Arbeitszeit, keiner wartete ungeduldig auf ihn. Noch erinnerte er sich daran, dass es das gab, in einer anderen, einer sehr fernen Welt, aber schon das Gefühl war nicht mehr echt.

Besonders oft saß er mit dem Rücken an die ockerfarbenen Felsen gelehnt, die Wind und Wellen weich und rund geschliffen hatten, die Füße ausgestreckt und umspült vom Wasser, neben sich eine Nuss, ein paar Bücher. Alle paar Sätze hob er seinen Blick und sah in den Azur, legte das Buch zur Seite, ließ die Gedanken los und dachte den Wörtern hinterher, ließ sie aufsteigen wie kleine Wölkchen. Seine Palmen malten Schatten in den Strand. Manchmal legte er eine Hand an ihre Stämme und liebkoste sie kurz im Vorübergehen, wie man einem Kind die Haare krault. Immer häufiger saß ein gelber Kakadu bei ihm, hockte auf den Felsen, flog um die Palmen und bewarf ihn mit Aststückchen und Rindenteilen. Oft ließ er das Buch sinken und glitt ins Meer. Weit draußen war eine Stelle, an der eine Herde Seekühe graste. Inzwischen flohen sie nicht mehr, wenn er sich näherte, ein oder zweimal gelang es ihm sogar, einer von ihnen über den Rücken zu streicheln. Die Tiere spürten, dass er seit Jahren kein Fleisch aß.

Hin und wieder schrieb er einen Brief in die Heimat. Einmal in der Woche legte das Schiff an der Mole an, der einzige Moment, in dem er ein Lendentuch umlegte. Nie erwartete er das Schiff. Blieb es einmal aus, fehlte ihm nichts.

Als er von der ersten Begegnung mit Winnetou las, beschloss er, wieder einmal zu seinen Wilden zu gehen. Die Füße schmerzten längst nicht mehr beim Gang durch den Wald, und er erkannte die Rufe der Vögel, den Duft der Orchideen, noch bevor er sie sah, und die Schmetterlinge, die um ihre Blüten schwirrten, die Kothaufen der Fliegenden Hunde, die Spuren der Warane im Sand. Zum ersten Mal warfen die Kinder keine Steine oder verzogen sich, wenn sie ihn sahen, sogar die Frauen flüchteten nicht sofort in ihre Hütten, sondern beackerten mit dem Grabstock weiterhin ihre Felder. Männer saßen rauchend und betelkauend im Schatten der Hütten. Ein Mädchen hatte eine Schnur zwischen den Fingern gespannt, fädelte die Fingerspitzen hindurch, bewegte die Daumen, ließ die Schlaufe auf den Zeigefinger springen, den Ringfinger, sah ihn an, und er erinnerte sich an das Spiel, damals in Nürnberg auf der Straße vor ihrem Haus, ein Mädchen aus der Nachbarschaft, nicht älter als er, in weißem Reifrock, fädelte einen gelben Faden über seine Hände und lachte, als ihm der Schlaufensprung nicht gelang.

Eines der geblendeten Schweine rannte herum, schnüffelte kurz an seinen Waden und verschwand in der Hütte. Endlich kam ein Mann auf ihn zu. Alter unbestimmbar, etwas kleiner als er, im rechten Ohr einen Ring aus schwarzem Holz, auf der Brust zwei Eberhauer, sah ihn an und sprach leise und eindringlich in einer Sprache, die Engelhardt nicht verstand. Möglicherweise der Häuptling, schwierig, wenn alle nackt gingen, den Rang zu erraten, ernst das Gesicht, die Augen leicht zugekniffen, forschend und gleichzeitig unendlich traurig. Man durfte ihn nicht unterschätzen.

»Bikman?«, fragte Engelhardt und wies auf ihn.

Der Ausdruck des Gesichts änderte sich nicht. Es blieb ernst und alterslos, aber in den Augen sah er so etwas wie Spott, falls es so eine Regung im Naturzustand gab. Rousseau hatte geschrieben, es gebe bei den Wilden keine Verachtung, aber Spott war vielleicht etwas anderes als Verachtung, er würde darüber nachdenken müssen. Der andere sprach weiter, eine Litanei, die möglicherweise gar nicht an ihn gerichtet war, sondern gegen ihn, eine Zauberformel oder eine fortgesetzte Beleidigung, nur ein paar Wörter glaubte er zu verstehen, die er während des kurzen Aufenthalts in Herbertshöhe gehört und aufgeschrieben hatte. *Bumbum,* das waren die Weißen. *Luluai* der Verbindungsmann eines Dorfes zu den deutschen Behörden. Chinese hieß *Kongkong. Limlimbu* bedeutete rumbummeln, in der Gegend herumspazieren, Nichtstun, das schlimmste Laster der Einheimischen neben dem Kannibalismus, meinte der Gouverneur. Das dürfe man auf keinen Fall einreißen lassen, aber er täuschte sich, Limlimbu war die Existenzform der Zukunft.

Engelhardt berührte sein Gegenüber am Oberarm.

Limlimbu, sagte er und zeigte auf sich und den anderen. Der hörte auf zu reden, zog die Mundwinkel hoch, grinste ihn an, ließ den Kopf von links nach rechts pendeln als Zeichen, dass er verstanden hatte, drehte sich um und bedeutete Engelhardt, ihm zu folgen. Gemeinsam gingen sie vor an den Strand. Limlimbu hieß Schnecken zu sammeln im seichten Wasser, eine Sorte mit weißem Haus. Der andere brach die oberste Spitze ab und steckte sie in einen Blätterkorb. Limlimbu hieß Delfinen zuzusehen, die weit draußen sprangen. Eine Wolke am Horizont zu betrachten, die sich aufbauschte, größer und fast schon bedrohlich wurde und dann doch wieder in sich zusammenfiel. Sich ins Wasser fallen zu lassen, wenn es zu heiß wurde, und eine Nuss zu essen, wenn der Hunger kam. Auf die eigene Brust zu weisen und seinen Namen zu sagen, langsam und Silbe für Silbe, damit ihn der andere verstand, *KA-BU-A, AU-GUST,* und zu lachen, wenn der dann versuchte, ihn nachzusprechen. Ein Tabakblatt zusammenzurollen und gemeinsam zu rauchen, endlich, dachte Engelhardt, mein schwarzer Bruder reicht mir das Kalumet. Er kehrte erst im späten Licht des Nachmittags zurück an seinen Strand.

Der Häuptling erinnerte ihn an Diefenbach, derselbe Blick, flackernde Tieraugen, sehr ernst und sehr präsent, die sanfte Oberfläche täuschte, darunter lag einer, mit dem man keinen Streit haben wollte, bloß nicht, denn jeden Moment konnte etwas aus ihm herausbrechen, und dann würde es Tote geben. Die anderen Eingeborenen begegneten ihm ähnlich wie sie damals dem Maler, ihrem Meister und Lehrer, so nannte ihn Fidus, Meister und Lehrer und Vater, sodass man ihm im Vertrauen auf seine Führerschaft in allem und jedem unbedingten Gehorsam leisten musste. Es war verboten, die Stadt zu besuchen, heimlich zu essen, Bücher zu lesen, die nicht der Meister empfohlen hatte. Die Eltern durften keine Zeit mit ihren Kindern verbringen. Nichts durfte geschrieben werden, was nicht Diefenbach las. Er bestimmte, wann man morgens badete und nachts das Licht gelöscht wurde. Er führte Paare zusammen, trennte sie wieder und bestimmte, wer keusch bleiben musste.

Engelhardt ertrug es, weil es ein Ziel gab, eine Welt ohne Unnatur, das war es wert, viel zu erdulden, dachte er, das Leben wird dem inneren Gott geweiht, ohne die Rohheiten und die Entartung der heutigen Gesellschaft, vielleicht weiß Diefenbach ja, wie das zu erreichen ist, und hatte nicht auch

Christus den Jüngern einiges zugemutet, ihnen die Berufe genommen, die Familie, die Sicherheit? Deswegen ertrug er es nicht nur, sondern verzieh ihm sogar, dass er seine Annabibel konfisziert hatte. Was ist schon ein Buch, sagte Diefenbach, wenn sich hier bei uns und durch uns die Bestimmung der Menschheit erfüllt. Immer hatte er Farbkleckse auf den Händen und Armen, sogar direkt nach dem Bad im Bach am Morgen, nichts, was einer schreibt, ist wirklich wichtig, auch nicht, was du geschrieben hast, einzig die Maler sind die echten Propheten, die Schreiber erfinden nur, aber die Maler sehen, sie konzentrieren sich auf die Wahrhaftigkeit, unendlich viele Bilder fallen durchs Auge und der Maler sortiert all das Nichtswürdige aus. Nur wenig hat Bestand vor seinem Blick, während der Schreiber umgekehrt vorgeht, ein leeres Blatt liegt vor ihm, und er wählt nicht aus, was wahr ist und wichtig, im Gegenteil, er reiht eine Nichtigkeit an die andere, um seine Seiten zu füllen.

Immer wieder habe ich ihm geglaubt, dachte Engelhardt, nicht bedauernd, eher leicht resigniert, selbst als er sagte, er sei ein Prophet und dürfe gleichzeitig mit Anna und seiner Ehefrau zusammen sein und allen anderen Frauen, die er erwähle, weil seine Liebe so groß sei, dass sie drei, vier oder mehr Frauen gleichzeitig glücklich mache.

Walter ertrug es, weil er heimlich floh, in einer Kneipe soff, Kaffee einschmuggelte, eine der Jüngerinnen mit Keuschheitsgelübde verführte, ohne dass der Maler es merkte, er war ein Meister darin, nicht erwischt zu werden, und Engelhardt hatte ihn einerseits bewundert dafür und war doch unsicher, ob das der richtige Weg war, schließlich ging es um Aufrichtigkeit und um Mut.

Nur Pastor, der inzwischen angekommen war, musste nichts ertragen, denn er lebte so leicht, dass nichts Unerfreuliches ihn je erreichen konnte. Er hatte seine Kleider einfach von sich geworfen, sang vor sich hin, spielte Gitarre, himmelte Anna an, ohne dass ihm das Herz schmerzte, half Diefenbach, die Leinwände zu grundieren. Ohne Widerstand glitt er durch die Welt und zum Dank dafür liebten ihn alle. Engelhardt beneidete ihn. Er lebte, als hätte er kein Gewicht und atmete Glück.

So wie er selber jetzt auf der Insel. Es war ihm schwieriger gewesen als Pastor und er hatte kämpfen müssen dafür und weit reisen, aber er hatte es geschafft, vielleicht auch dank Diefenbach. Alle Fragen des Lebens müssen in diesem Leben ihre Lösung finden, einer der Sätze des Lehrers, die blieben, auch als sie ihn verließen, sonst wäre dieses Leben nicht die höchste Erscheinung auf der Erde, sondern ein Unsinn und Unding. Wegen solcher Sätze blieb er länger, als er eigentlich wollte, und wegen Anna, er erinnerte sich an jede Geste von ihr, jeden Schritt, den sie ging, und die Bilder, die Fidus von ihr gemalt hatte, zwei große in Öl und ein paar Skizzen, Kohlestriche auf dem Papier, mit Aquarellfarbe ein paar Tupfen dazugesetzt. Den Holzschnitt, Anna als Urmutter allen Lebens, auf dem Schoß das ewig Kind, ihr nackter Körper auf dem Erdball stehend, Haupt in den Himmeln, sie verschlungen im Kuss mit einem Mann, in dem er sich selber sah, das bin eindeutig ich, hatte er gedacht, nicht ich, wie ich jetzt bin, aber wie ich sein werde, nackt, stark und langhaarig, vielleicht sind Maler doch Propheten und wissen, was geschehen wird, er hätte Fidus fragen sollen, aber dazu hatte ihm der Mut gefehlt.

Sein Abendmahl: eine halbe Nuss, Papayas, Tomaten und Gurken. Letztere hatte einer seiner Vorgänger hier angepflanzt, er hatte die Stelle am Waldrand entdeckt, sie wuchsen wie Unkraut, breiteten sich aus über das Yamsfeld und erwürgten sogar ein paar von den jüngeren Palmen.

Hinterher schrieb er Briefe an die Freunde in der Heimat, solange es hell genug dafür war: *Es kam, dass ich Europa ganz verließ / Und Kabakon, ein Südseeparadies, / Ein Kokoshain und trop'scher Sonnenpark / Wird spenden Leben mir und neues Mark.*

Oh wärst du ein Teiler solcher Freude, wie ich sie hier auf der Insel empfinde. Bau dir und deinen Liebsten eine nette Hütte und lebe ohne den alten Unsinn der Kleider, der Hüte und Schuhe. Lebe hier, jung und nackt, und begrüße die Sonne. Du bis zu gut für Berlin. Europa und seine Kultur ist eine Eintagsfliege. Es wird untergehen, es muss. Komme und erlange größten Reichtum, höchste Gesundheit, unendliches Glück und werde ein neuer, ein göttlicher Mensch.
Nieder mit den Polen, hoch der Äquator!

Er legte gepresste Blätter von Orchideen bei, denn die Worte kamen ihm zu blass vor, zu klein, er hätte größere Worte gebraucht, um das Leben hier zu besingen, farbigere, aber was war ein Wort gegen den Hauch des Abendwinds, der den nackten Körper liebkost, gegen die Umarmung der Palmen, den Kuss der Sonne, die Zärtlichkeit des Wassers, die Liebe der Welt.

Kabua kam an einem der nächsten Tage, als er gerade schwamm, seine Freunde, die Seekühe, besuchte, die mit breiten Mäulern durchs Seegras pflügten. Die schweren Körper trieben in der sanften Dünung. Die Gestalt des Häuptlings war fast nicht zu erkennen, klein und fern stand er auf dem Strand, winkte nicht, sah nur nach draußen aufs Meer, und Engelhardt drehte um und ließ sich zurücktreiben. Der Häuptling begutachtete seine Hütte und schien nicht zufrieden, er rüttelte an den Bambusstangen, die das Dach trugen, verschob ein paar der Palmwedel, drückte an dem Stützpfeiler herum, aber darum ging es ihm offenbar nicht, denn er nahm Engelhardt an die Hand und führte ihn auf die andere Seite der Insel zu einem Platz abseits des Dorfes. Drei Männer schlugen abwechselnd Nüsse auf einen Pfahl mit Eisenspitze. Vier andere kratzten mit einem Schaber das Fleisch heraus, Frauen breiteten die Stücke in der Sonne aus, um sie zu trocknen, andere saßen auf dem Boden und webten. Eine stillte.

Eine andere lauste ein Kind. Sie wussten, dass er kommt, denn niemand reagierte auf seine Gegenwart, keiner floh, keine Dolchstoßblicke von der Seite. Eine Horde Kinder war ihnen gefolgt. Ein Junge traute sich, spurtete vor, berührte Engelhardts Hand, erschrak über seine Tapferkeit, ein kleiner, spitzer Schrei, blasses Gesicht, zurück zu den anderen, ein größerer kam, strich ihm über das Bein, rannte davon, als Nächstes ein Mädchen, um den Hals drei Muschelketten, sie ging sehr langsam, streckte die Hand aus, hielt seinen Oberarm, lange, dass alle es sahen, schritt schweigend zurück, und als sei dies ein Zeichen gewesen, kamen alle Kinder, ein paar Dutzend Hände befühlten ihn, tatschten über den Rücken, den Bauch, strichen durch den Bart, sogar über sein Glied, und er stand still und ließ es geschehen. Ein paar Momente später war es auch schon vorbei, und die Aufmerksamkeit der Kinder erlosch.

Kabua zeigte auf einen Sack Kopra und anschließend auf vier Messer, zwei Handspiegel und eine kleine Baumaxt, die danebenlagen, der Preis vermutlich, den sie bekommen hatten, der übliche Betrug; die Pflanzer hatten in Herbertshöhe angegeben, wie billig das Kopra zu haben war, weil die Neger so dumm sind, sie selber erhielten zweihundert Mark von der Compagnie und kauften sie für einen Gegenwert von fünf oder sechs Mark, nur ein bisschen Tand, und der Kanake ist glücklich, am besten Spiegel, wenn er das erste Mal einen Spiegel sieht, glaubt er nicht, dass er das ist, so blöde ist er, selbst wenn er seinen Schmuck erkennt, seinen Ring in der Nase, sich selber erkennt er nicht.

Engelhardt schüttelte den Kopf als Zeichen der Missbilligung, und Kabua wies auf einen Baumstamm, eine Einladung, sich zu setzen. Die Betelnuss lehnte er ab, aber akzeptierte einen Schluck Kokoswasser, den ihm einer der Alten reichte.

Die Wilden arbeiteten langsam, immer wieder stand einer auf, verschwand, kam zurück mit einer Pfeife im Mund oder einer Papaya in der Hand, dann stockte die Arbeit, weil einer eine Geschichte erzählte oder ein Lied sang, das er so oft wiederholte, dass nicht nur die anderen es nachsingen konnten, sondern auch Engelhard, was alle zum Lachen brachte. Wem es zu heiß wurde, der ging ans Meer, erfrischte sich kurz, und wenn er zu lange blieb, folgten ihm andere. Frauen kamen und brachten gerösteten Taro. Alle aßen und beobachteten Engelhardt dabei, als zweifelten sie daran, dass er wirklich kauen und schlucken würde, und schienen beruhigt, dass er das tatsächlich tat.

Es war gegen Abend, als er das Tuckern eines Schiffsdiesels hörte, an Bord zwei Chinesen, die wütend waren, als sie ihn sahen, aber nicht sehr, als hätten sie schon damit gerechnet. Sie hatten weder Zeit noch Lust, lange zu feilschen, zweihundert pro Sack ist zu viel, schließlich holen sie es ab und bekommen es nicht geliefert, aber einhundertsiebzig, einverstanden, dabei bleibt es, das ist die Summe, die sie auch in Zukunft bezahlen, aber er muss darauf achten, dass seine Neger besser arbeiten, die Insel sei in der Lage, sechzig Tonnen Kopra im Jahr abzuwerfen, und bislang kommen die nur auf die Hälfte, das ist zu wenig, und wenn er wieder nach Herbertshöhe kommt, machen sie ihm einen guten Preis im Bordell. Sie drückten ihm das Geld in die Hand. Er behielt zwanzig davon, schließlich war das seine Insel. Den Rest gab er Kabua. Die anderen Wilden schienen nicht einverstanden zu sein und schimpften los, sie wollten einen Gegenwert und nicht nur Papier, aber Kabua sprach auf sie ein, mit beschwichtigenden Gesten, die erkannte sogar Engelhardt, und das beruhigte sie, zumindest glaubte er das, denn bis auf einen wurden sie still. Er ging alleine zurück und genoss die Ruhe des nährenden Kokoshaines, der alles gleichzeitig war. Er vereinigte die Erhabenheit der gotischen Dome mit der Schönheit griechischer Tempel, die Natürlichkeit des nordischen Waldes mit der Fruchtbarkeit der Getreidefelder in Deutschland, es war ein Palmenfeld, eine Palmenkirche, eine Palmenstadt, durch die er ging, erfüllt vom tropischen

Choral seiner Vögel. Auf dem Weg durch den Wald kamen ihm ein Dutzend nackter Frauen entgegen, manche jung und schön, die meisten aber alt und verdorrt, es gab nichts dazwischen, wie manche der Orchideen im Wald waren sie, deren Blüte sich morgens entfaltete und am Abend schon braun und verwelkt am Stängel hing.

Als er seine Hütte erreichte, sah er, dass sie Wände hatte, aus dichten Matten geflochten, dass das Dach doppelt gedeckt war mit Palmwedeln, die Tür hatte eine Schwelle, Lianen stabilisierten die Konstruktion, und er dankte den Frauen des Dorfes im Stillen und fühlte sich fast so leicht, wie Wilhelm Pastor es immer gewesen war, und entschied sich deswegen nicht für Hölderlin, als die Sonne sank, den las er sonst gerne und voller alter Schwermut, sondern für Heine, *Das Fräulein stand am Meere / Und seufzte lang und bang, / Es rührte sie so sehre / Der Sonnenuntergang. / Mein Fräulein! sein Sie munter, / Das ist ein altes Stück; / hier vorne geht sie unter / Und kehrt von hinten zurück.*

Anna stand über ihm und weinte heiße Tränen auf seinen Leib, sie schnitt sich die Adern auf und ließ ihr Blut über ihn laufen, sie hatte Diefenbachs Farben gestohlen und tröpfelte Blau und Gelb auf seinen Bauch.

Er öffnete die Augen. Aus nachtschwarzem Himmel fielen fette Tropfen, zuerst nur ein paar, unentschlossen, als koste es sie Überwindung nach der langen Trockenzeit, dann immer mehr, die in dem trockenen Sand explodierten und unzählige Krater schlugen. Das Meer schäumte glasgrün, die Wellen hämmerten auf den Strand. Möwen im Tiefflug pickten Krebse heraus. Der Regen wurde stärker, als fielen die Tropfen nicht nur, sondern würden zu Boden geschleudert. Er stand auf und duschte sich die Salzkruste der vergangenen Wochen ab. Wasser umfloss ihn von allen Seiten, er trank es, wusch sich die Augen aus, die filzigen Haare, immer heftiger goss es, ein warmer Sturm zauste die Palmen, seine Bäume,

Zeichen des Sieges über den Tod. Baum troff und Borke, bei so einem Wetter hatte er Diefenbach verlassen, zusammen mit Fidus, der zum Infidus geworden war, das hatte der Maler ihnen hinterhergerufen, auf der Schwelle stehend, beide Hände am Türsturz, Tuch um die Hüften, sie seien untreu und dürften nicht gehen, bleiben müssten sie und lernen. Seine Härte ihnen gegenüber sei wichtig gewesen, denn das Ziel sei ein starkes, zähes, ausdauerndes, hartes, lebensfähiges Volk.

Der Regen war kalt in den Kragen geflossen.

Das gehe nicht mit Nachsicht, mit Weichheit, mit Kompromissen, sondern nur mit Kontrolle der Köpfe und Körper, doch sie hatten keine Lust mehr auf Disziplin, das hatten sie beim Militär schon nicht gehabt, außerdem hatte er Anna weggesperrt für Tage und Wochen. Bethmann und Pastor waren schon längst abgereist, im Jungborn könne man auch nackt gehen und müsse weniger Regeln befolgen, doch Engelhardt hielt dem Maler die Treue und wollte ihn nicht verleugnen oder verraten, und vor allem Anna noch einmal sehen, doch der Maler schickte sie heimlich fort, weil sie ihn enttäuscht hatte, so wie sie ihn jetzt enttäuschten, weil sie zu kleinmütig waren, das waren die letzten Worte gewesen, die er von ihm hörte, *Kleinmütige!* und ein paar Flüche, die schon der Regen schluckte. Fidus und er hatten lange geschwiegen, bis nach Augsburg, ein Tagesmarsch durch Pfützen und Schlamm, wo sie eine Nacht im Gasthof verbrachten und sich betranken, bis beide weinten wie Kinder nach dem Tod des Vaters.

Die Welt rauschte, Meer, Wind und Regen, so laut war es hier noch nie gewesen, ein ferner Donner rollte, ein neues Lied auf seiner Insel, das Lied vom Regen der Tropen, auch der ein Gruß der Sonne, gewärmt von ihr, weich und duftend, ein Sonnenregen. Sie hatte das Meer getrunken und spie es über ihm wieder aus, seine treusorgende Mutter. Ein paar Tropfen später schon bohrte sie goldene Strahlen durch die Wolken, die sie von innen her aushöhlten, in kleinere Fetzen zerrissen, die violett und zart über den Himmel trieben, bis sich auch die ergaben und auflösten. Die Pfützen auf dem Strand trockneten, Palmen glänzten frisch, kleine Bäche flossen vom Dach seiner Hütte. Das Meer war wieder ruhig. Er schwamm lange und froh, nur der Grund war aufgewühlt, und er konnte nicht erkennen, was unter ihm war.

Regen fiel jetzt jeden Tag, meistens am Morgen. Engelhardt schlief in der Bücherhütte, wurde geweckt vom Rauschen, blieb liegen, bis es schwächer wurde, weil er keine Lust auf Wolken hatte, grauen Himmel hatte er für den Rest seines Lebens genügend gesehen, genügend Wolken, oft genug der stumpfsinnigen Monotonie der Tropfen gelauscht. Liegen bleiben also auf dem Bett aus Bambus und Lianen, das er sich gebaut hatte, weil kleine Bächlein durch die Hütte flossen und er nicht im Sand liegen konnte, ein halbes Jahr noch, hatte Pater Joseph gemeint, dann kommt die Trockenzeit. Er dachte an die Wochen bei dem Maler oder die Monate im Jungborn, während es nur noch tröpfelte. Weiter zurück in seiner Vergangenheit ging er nicht, die Schwelle würde er nicht überschreiten, da passte er auf, nichts von seiner Familie, nichts vom Schmerz, den würde er nicht einladen, nicht hierher auf seine Insel, den hatte er im Nebelland gelassen. Stattdessen las er ein paar kürzere Gedichte, bis es leise gluckerte, stand vorsichtig auf, um sich den Kopf nicht an dem Querbalken zu stoßen, trat aus der Tür, als die Sonne wieder schien und die Welt dampfte. Die Bücher quollen auf von der Feuchtigkeit und schoben sich aus den Regalen. Er nagelte neue Bretter aufeinander und stapelte sie dort. Die Freunde schrieben Neuigkeiten aus Deutschland mit zweimonatiger Verspätung auf Papier, das schon vergilbt war und sich wellte, als es ihn erreichte. Alfred Krupp vergiftet sich in seiner Villa, weil der *Vorwärts* über seine Affären mit italienischen Knaben berichtet, ein Forscher in der Arktis entdeckt Neuland und nennt es nach dem Kaiser, eigentlich eine Beleidigung, ein Eisland Wilhelm II. zu nennen und nicht eine Sonneninsel, aber das hat der Kaiser nicht bemerkt, der ist zu beschäftigt damit, seinen Onkel, den König von England, beim Segeln zu besiegen, ein Kriegsschiff nach dem anderen vom Stapel laufen zu lassen, man weiß nicht, wo das hinführen wird, oder die Grabrede auf Krupp zu halten, der ein kerndeutscher Mann war, so kernig, dass der Kaiser Krupps Frau in die Irrenanstalt einweisen ließ, als die sich bei ihm über ihren Gatten beschwert hatte. Zwei Fahrradhändler bauen angeblich eine Flugmaschine mit Motor, eine liegende Nackte aus Marmor ist die Hauptattraktion auf der Berliner Kunstausstellung, verfolgt wird man zwar noch immer, wenn man nackt geht, aber immerhin, Nackte aus Stein werden akzeptiert, ein erster Schritt in die richtige Richtung, bald wird man auch die aus Fleisch und Blut nicht mehr vor Gericht zerren. Apropos Nackte: Diefenbach lebt jetzt endgültig auf Capri, auch er ist der Sonne gefolgt, aber weniger konsequent als du. Fidus gestaltet Plakate eines vegetarischen Speisehauses, und bei dir in der Nähe ist ein französischer Maler gestorben, Gauguin, den kennt keiner, aber er hat zwölf Jahre dort gelebt und gemalt, mitten unter Eingeborenen, die Bilder sollen sehr bunt und sehr roh sein, schade, dass du ihn nicht kennengelernt hast. Ob du es auch so lange aushalten wirst? Engelhardt schrieb, dass es hier nichts auszuhalten gebe, im Gegenteil, sondern darum gehe, ganz zu versonnen, das Leben dem Licht zu weihen und selber immer leichter zu werden.

Als Gouverneur Hahl ihn besuchte, war er gerade dabei, einen Brief an Anna zu schreiben, mal wieder, aber er fand nicht die Worte, dabei hatte er so viel Zeit, tagelang konnte er die richtigen Worte suchen, aber sie kamen nicht zu ihm oder wuchsen nicht in ihm. Einfach hätten sie sein sollen, kurz und deutlich, Hauptsatz an Hauptsatz, so hätte er sie sich gewünscht, scharf wie ein Bambusmesser und klar wie das Meer gegen Abend, doch sie blieben schwammig und blass, obwohl er so viel las und voll war wie ein Schwamm. Selten kam einer, mit dem er sprach, Pater Joseph natürlich, der Schuberthörer Bach und Kabua, doch an dem konnte er die Bücherworte nicht erproben.

Hahl stieg an der Mole aus, der Kapitän des Bootes vertäute es, stopfte sich eine Pfeife und sah dem Gouverneur hinterher, der durch den weißen Sand stapfte, kurz fluchte, sich schließlich bückte, die Schuhe auszog und die weißen Socken und barfuß ging, sehr korrekt gekleidet, wie immer im Anzug, um den Hals eine schwarze Krawatte, nur das Einstecktüchlein in der Weste ein wenig zu keck, ein freches Gelb, das konnte man so nur in den Kolonien tragen, in Berlin hätte er das nie gewagt.

Engelhardt hatte sich schon als das Schiff ankam das Besuchertuch um die Hüften gebunden. Er erkannte Hahl kaum. Der Gouverneur sah fiebrig aus, die Haut fahl, Augenringe wie mit dem Messer eingekerbt, der Bart hing fettig über den Lippen. Er bot ihm den Stuhl an, den er erst am Vortag geschreinert hatte. Das Holz der Palmen eignete sich nicht wirklich dazu, aber inzwischen hatte er Erfahrung damit und benutzte Bambus als Zapfen.

»Immer noch hier«, sagte Hahl und trank das Kokoswasser, während Engelhardt Passionsfrüchte und Mangos aufschnitt, »und Sie essen wirklich kein Fleisch. Hatte ich schon gerüchteweise gehört von den Eingeborenen. Die machen aus allem Lieder. Sehr seltsame Lieder allerdings, einstimmig, kaum auszuhalten, wenn sie anfangen zu singen, und sie singen lange, so lange, bis die Zuhörer sie auswendig können und die Lieder weitersingen und auf andere Inseln bringen, dort vortragen, in die regionalen Sprachen übersetzen und so fort, wie eine Zeitung, deswegen wollen sie auch nicht lesen lernen, sie haben doch Lieder, sagen sie, sie brauchen keine Bücher. Einmal hatten wir einen Gefangenen, der vierzehn Stunden am Stück gesungen hat, immer ein anderes Lied, soweit ich das beurteilen kann, nicht übel für einen Wilden, aber die Hölle für den Wärter, er hat sich schon nach einer halben Stunde Wachs in die Ohren gesteckt und war trotzdem anschließend dienstunfähig, wir mussten ihn zurück nach Deutschland schicken. Er sei verzaubert worden von den Liedern, Unsinn natürlich, aber der arme Kerl glaubte das wirklich und hat sich inzwischen erschossen. In Hamburg, kurz nach der Ankunft. Die Lieder gehen nicht mehr weg, hat er geschrieben. Einer meiner Boys hat neulich gesungen, und meine Frau hat es übersetzt. Es war Ihr Lied. Das *Der-Weiße-der-auf-Bäume-klettert-und-Nüsse-isst*-Lied. Man singt es anscheinend in der ganzen Kolonie in unterschiedlichsten Variationen, ich habe den Boy gefragt, und der sagt, er kenne es von einem Onkel aus Finchhafen. Das ist tausend Kilometer entfernt. Zuerst dachten die Eingeborenen, Sie sind ein Toter, der die schwarze Haut abgeworfen hat und jetzt als Geist bei ihnen lebt. Inzwischen haben sie gemerkt, dass Sie ein Mensch sind. Außerdem wird Ihre Haut immer dunkler, singen die Tolai, Sie lieben die Palmen mehr als die Menschen, und je länger Sie bleiben, umso mehr werden Sie einer von ihnen, aber das werden Sie nicht, passen Sie auf, und das wollen Sie auch gar nicht, denn die verstehen uns nicht, und wir verstehen die nicht.«

Hahl zog das gelbe Tuch aus der Tasche und tupfte sich die Stirn, überlegte kurz, das Tüchlein auszuwringen, beherrschte sich aber, lockerte dafür die Krawatte, nicht zu sehr, und sah auf den nackten Oberkörper des Kokosessers, den der leichte Wind kühlte. Wenn der verdammte Wäscher alles nicht wieder so sehr gestärkt hätte, wäre es erträglicher, aber er hatte sicher wieder die dreifache Menge Stärke verwendet, weil es ihm Freude machte, wenn die Kleider nach dem Bügeln fast von alleine standen, oder um sich an den Weißen zu rächen, die luftdicht verpackt langsam eingingen.

»Ich lerne ihre Sprache«, sagte Engelhardt. »Der Häuptling kommt alle paar Tage und bringt mir etwas bei. Das ist schwierig. Er zeigt auf etwas und spricht es vor und ich spreche es nach, aber ich habe trotzdem zuerst alles falsch verstanden. Er hat auf die Palme gezeigt. Auf das Meer. Auf eines der Schweine, und ich habe Palme, Meer und Schwein verstanden, aber das war es nicht. Ich hatte erwartet, dass er mir die Hauptwörter beibringt, aber er meinte die Verben. Klettern. Schwimmen. Essen.«

»In der Kolonie gibt es ein paar Hundert Sprachen. Eine einzige zu lernen lohnt sich da nicht. Reine Verschwendung.«

Hahl zog das Jackett aus und hängte es über den Stuhl. Es behielt seine Form wie aus Marmor gemeißelt.

»Vielleicht haben Sie recht. Eine einzige Sprache wäre besser. Früher habe ich Esperanto gelernt. Ich hoffe noch immer, dass sich die Sprache verbreitet. Wenn die ganze Welt sich verständigen kann, wird das ein Weg zum Frieden sein.«

Die verdammte Krawatte. Unverschämtheit, hier in Krawatte sitzen zu müssen, diesem Halbwilden gegenüber, der gerade mal einen halben Quadratmeter Stoff am Leib trägt. Es fehlt der Fahrtwind des Schiffes, der hatte es noch erträglich gemacht.

»Sie sind ein Romantiker, und wenn ich das sage, dann ist das kein Lob. Nie wird Frieden herrschen, sondern der Mächtigste. Und ob man in einer Sprache lügt oder hundert verschiedenen, macht keinen Unterschied. Außerdem hat Verständigung nur wenig mit der Sprache zu tun. Dass die Wilden uns nicht verstehen, liegt nicht an den Worten. Am besten begreifen sie Befehle. Das ist eindeutig. Keine Ironie, kein doppelter Boden, kurz, klar, direkt, und wir sehen am Ergebnis, ob sie es erfasst haben. Alles andere ist unnötig. Haben Sie mir vielleicht noch etwas zu trinken?«

Hoffentlich kein Anfall. Der letzte lag erst ein paar Tage zurück, und wenn das Fieber so häufig kommt, ist das ein schlechtes Zeichen.

Der Kokosesser schlug eine Nuss auf und reichte sie ihm. Er hätte jetzt viel für ein Bier gegeben. Ein Bier in einem deutschen Kastaniengarten, Ende März, das erste Bier im Freien, das schönste des ganzen Jahres, die Knospen schälen sich gerade heraus, Vogelstimmen in der Luft, vielleicht blühen Osterglocken oder zumindest der Krokus, und man freut sich auf alles, was kommt, während hier immer alles gleichzeitig stattfindet, Blüte, Frucht und Absterben am gleichen Baum zur gleichen Zeit, es fehlt der Rhythmus, der den Dingen eine Bedeutung gibt.

»Sie denken, dass Sie ein Realist sind«, sagte Engelhardt, »weil Sie die Dinge einfach sehen, aber Sie täuschen sich. Wir können die Eingeborenen verstehen, wenn wir ihre Sprache begreifen und damit ihre Welt. Bei ihnen ist der Mensch nicht das handelnde Subjekt. Sie sagen nicht *ich schwitze*, sondern *die Sonne kocht mich*. Ein Mensch stolpert nicht, das wäre zu aktiv, bei ihnen heißt es, *ein Stein hat mich geschlagen*.«

»Ich weiß, die wollen nie Verantwortung tragen. Meine Boys lassen auch nie etwas fallen, stehlen nichts, lassen nie Essen anbrennen. Immer handeln die Dinge. Sehr bequem. Gerade deswegen sollen die Deutsch lernen. Dann begreifen sie, dass die Hauptwörter zentral sind und nicht die Verben und dass das Subjekt handeln muss und nicht zum Objekt der Dinge wird.«

»Ich glaube, Sie sind schon zu lange hier, obwohl Sie das nicht sein wollen.«

»Und Sie noch zu kurz. Das ist die erste Phase der Verliebtheit. Sonne und Meer, die hatte ich auch einmal, aber das ist vorbei, dann kamen die Pflicht und das Fieber und der Blick auf die Realität, die anders ist, als wir sie uns vorgestellt haben, und anders, als wir sie geplant haben, und größer, als uns recht ist, das ist das Schlimmste, Herr Engelhardt, dass wir denken, wir könnten diese Welt gestalten, und bevor wir uns ganz versehen, gestaltet sie uns.«

Er redete wirr, das merkte er, als ob er einen Sonnenstich hatte, dabei saßen sie im Schatten der Palmen, doch er kochte in seinen Kleidern und wollte sie ausziehen, um ins Wasser zu springen. Es war lange her, dass er das getan hatte, in Herbertshöhe ging das nicht wegen der Würde des Amtes, aber hier würde ihn niemand sehen, außer dem Kokosesser, und der zählte nicht, und dem Kapitän, doch der döste auf der

Pinasse, so nah war das Meer und so verlockend, ruhiger als in der Hauptstadt, die Farben zarter und einladender, außerdem gab es keine Krokodile. Ausziehen und schwimmen, aber der andere widersprach:

»Ich habe nicht vor, wieder zu gehen.«

»Sie unterschätzen, was hier passiert, keine Ahnung haben Sie. Gerade erst ist ein Trupp Sulka in Herbertshöhe aufgetaucht, doch ihnen gefiel die Arbeit auf den Plantagen nicht, also fuhren sie wieder ab. Ihr Kanu erlitt Schiffbruch, achtzehn Mann schwammen an Land und wurden direkt geschlachtet, verstehen Sie, einfach geschlachtet, wir fanden nur noch ein gebratenes Schulterblatt und eine Menge Muschelgeld, drei Faden kostet ein Mensch, ein besonders Fetter auch vier, ein paar von den Getöteten haben die Uferbewohner verkauft, sogar dem Katechisten haben sie einen Oberschenkel angeboten. Die Opfer waren wehrlos, halb ertrunken, keine Waffen, die Mörder hatten nichts gegen sie, es war ein fremder Stamm, aber Fremde sind keine Menschen, sondern Fleisch auf Beinen. Ein Mann würde nie das Ahnentier seiner Sippe töten, aber ohne zu überlegen einen Menschen. Selbst Queen Emma ist fast gefressen worden, eine der reichsten Frauen der Welt, die Tolai-Männer hatten sie schon an einen Pfahl gebunden und aus ihrem Haus geschleppt wie eine schlachtreife Sau, aber zum Glück hat ein Hausmädchen Alarm geschlagen. Seitdem ist die gute Emma ein wenig seltsam und überlegt sich, ob sie nicht auswandern soll, und redet dauernd von Monte Carlo. Keiner kann hier für Sie garantieren. Wenn Sie die Wilden verstehen wollen, schauen Sie nicht auf ihre Sprache, sondern ihren Teller.«

»Ich habe weiße Nachbarn, die auch ohne Angst leben.«

»Der eine wird von Gott beschützt, und mit dem legen sich die Papuas ungern an. Der andere von der Compagnie, und auch die versteht keinen Spaß. Aber wer hält die schützende Hand über Sie?«

Engelhardt wies in den Himmel.

»Vater Helios schützt mich.«

»Sie glauben, was Sie sagen. Sie haben all diese Bücher. Trotzdem glauben Sie, was Sie sagen. Ich verstehe das nicht. Vielleicht sollte ich Sie bewundern wie manche andere in Herbertshöhe, Sie haben schon einige Anhänger, die Frauen finden Sie sehr romantisch, und aus deren Mund bedeutet das etwas Positives. Ich bin froh, dass Sie so weit weg auf Ihrer Insel sitzen, sonst hätte ich mir etwas einfallen lassen müssen, doch auf diese Weise stören Sie wenig. Trotzdem überlege ich mir immer noch, Sie einfach hier wegschaffen zu lassen. Zu Ihrer eigenen Sicherheit.«

Hahl zitterte. Engelhardt bot ihm an, einen Tee aus *Manoi* gegen das Fieber zu kochen, so nannte Kabua die Pflanze. Man durfte nur die frischen Blätter verwenden oder die Rinde, falls die Blätter so hoch wuchsen, dass man sie nicht erreichte, und einen bitteren Tee bereiten, aber der Gouverneur lehnte ab, zog sich wieder an und ging aufs Schiff. Er müsse noch die Handelsstation und den Missionar besuchen.

Auch ihnen würde er mit Vergnügen das eine oder andere verbieten, dachte Engelhardt. Hahl schrieb gerne vor, und andere folgten ihm willig, das zeichnete Führer aus, dass man ihnen gerne gehorchte. Wie bei Diefenbach: Viele Regeln, und wer dagegen verstieß, wurde verstoßen, ganz anders als im Jungborn, wo er nach dem Auszug aus der Familie des Malers hingewandert war. Hier gab es eine andere Landschaft, der Horizont war fern, würzige Harzluft, weites Gelände, windgeschützt, verstreute Holzhäuser und alle Freiheit. Sie können nackt gehen oder nicht, sagte der Arzt, Anhänger der Lehrer Zarathustras, ernstes Gesicht, Lippen grau unter dem gestutzten Bart, was immer Sie wollen, und essen Sie keine Kartoffeln, aber nur, wenn Sie die Gründe dafür einsehen. Hören Sie die Vorträge, lesen Sie meine Schriften, bilden Sie sich eine Meinung, handeln Sie danach, wenn Sie können, Sie sind frei, das ist das Wichtigste.

Das Holzhaus war still. In der Ferne spielten sie Fußball. Nebenan wohnte ein Dichter. Nachts kollerten Ratten unter den Dielen. Ungewohnt war das Essen, saure Milch, Grütze, Gemüsetunke. Häufig gab es Bananen. Kokosnüsse, die Krone der Schöpfung, hatte der Arzt gesagt, welche Pflanze produziert sonst Nahrung von so blendendem Weiß? Ungewohnt war auch die Freiheit, die kannte er nicht, weder von der Schule, der Ausbildung und erst recht nicht vom Militär oder dem Maler. Manchmal wünschte er sich, einer möge kommen und ihm etwas untersagen, aber selbst der Ausflug ins Dorf, Rückkehr im Vollrausch, Torkeln durchs Gelände, Rütteln an der Tür einer älteren Dame aus Sachsen blieb ganz ohne Folgen.

Sie sollen frei atmen und frei handeln und Luftbäder nehmen, gerne auch nachts, aber meiden Sie das Mondlicht, das ist auf Dauer schädlich fürs Gemüt.

Der Geist der Vorfahren spricht zu Kabua im Traum und er gehorcht und schläft drei Tage lang nicht mehr mit seinen Frauen, geht vorsichtig durchs Dorf, um nicht auf den Kot der Schweine zu treten, und nimmt kein Essen aus der Hand von den anderen. Er darf keinen Fehler machen, denn die Haie kann keiner betrügen. Im Wald sammelt er Pflanzen: die Samen von *Vivoro*, die er auf kleiner Flamme röstet, *Mero-Mero*, das auch hilft, wenn ein Dämon in den Knochen sitzt, die leuchtenden Blätter von *Amoa*, der Saft von *Gigogosama* und die Blätter von *Hueva*, die schwer zu finden sind und die die Zauberer bei Zahnschmerzen verwenden. Alles zusammen köchelt er lange. Mit dem Sud bestreicht er den Einbaum und gibt drei Kellen davon ins Meer, damit die Wellen ruhig werden, denn dann erst kann die Jagd beginnen.

Später geht er zu August. Das hat der Geist ihm befohlen. Der Weiße soll ihn begleiten. Er hat keinen Grund genannt, aber wenn man gegen die Gebote der Geister verstößt, geschieht ein Unglück. Gerade erst ist ein Kind gestorben. Sie suchen den Schuldigen, der die Geister erzürnt hat und bezahlen wird dafür mit seinem Leben oder Muschelgeld oder einem Schwein.

August sitzt und hält ein Buch vors Gesicht und bewegt leise die Lippen und spricht mit denen, die darin wohnen. Er dreht den Kopf erst, als er neben ihm steht, und begrüßt ihn in der Sprache der Tolai. Ihm schmeckt ihre Sprache, er isst sie in großen Stücken. Kabua bietet ihm eine Betelnuss mit Pfeffer und Kalk an, aber August mag sie noch immer nicht, also schiebt er sie sich selbst in den Mund. Komm, sagt er in seiner eigenen Sprache. Die Sprache der Weißen verwendet er nicht, sie ist bitter. Wer sie lange benutzt, wird krank und stirbt unter Schmerzen, nur die Weißen sind dagegen geschützt.

August folgt ihm auf dem Weg durch den Wald. Er macht viel Lärm. Wenn er läuft, tritt er auf Äste, streift an Blättern vorbei, und die Tiere schweigen. Nie ist der Wald so leise wie jetzt.

Kabua röstet Taro und Süßkartoffeln. Sie essen fern von den anderen und schlafen im Männerhaus. August wälzt sich hin und her und schreit leise in seinen Träumen. Er hätte Kava trinken sollen, dann wäre sein Schlaf tief und ruhig.

Das Meer hat sein Opfer akzeptiert und ist glatt, als am Morgen der Regen nachlässt. Auch August ist ruhiger als in der Nacht. Er reibt ihn mit dem Kräutersud ein, der auch das Kanu unangreifbar macht, und schützt mit dem Rest seinen eigenen Körper. Gemeinsam schieben sie das Boot ins Wasser. Die Stangen der Ausleger sind frisch und stabil. Rassel, Prügel und Seil liegen vor ihm im Boot.

Sie schweigen beide, das ist die Regel, wenn einer spricht, bricht der Zauber, aber August begreift und rudert lautlos mit ihm hinaus. Am Riff rammt Kabua den Speer in die Korallen und weckt den Geist von Moro, den Gott der Haie. Sie rudern, bis sie kein Land mehr sehen und er den Befehl spürt, anzuhalten. Kabua steckt die Kokosnussrassel ins Wasser, schüttelt sie und fängt an zu singen, das Lied der Ahnen, die im Körper des Hais wohnen und die Melodie erkennen. Sie folgen dem Ruf und leiten den Hai zu dem Sänger. Er dreht sich zu August, zeigt auf den Mund, und der singt mit ihm, leise zuerst und unsicher, aber bald kennt er die Worte, es ist ein einfaches Lied, sehr alt, es war schon da, bevor die Menschen das Feuer kannten. Die Rassel schlägt unter Wasser und ruft den Hai, das Lied ruft ihn, die Ahnen drängen ihn, die Sänger zu suchen, es ist die richtige Zeit, denn er hat sie geträumt, nur ist es seltsam, in einem Boot mit einem Weißen zu sitzen, es ist das erste Mal, dass ein Weißer zu einem Hairufer wird, doch es ist kein richtiger Weißer, sonst würde es nicht funktionieren. Kabua singt mit geschlossenen Augen und sieht den Hai vor sich, die kraftvollen Bewegungen des Körpers, das Maul mit den Zähnen, aus denen er eine Kette machen wird. Der Gott der Haie hat sein Opfer angenommen und das Meer ruhig werden lassen und schickt ihm einen Hai, so groß wie zu den Zeiten der Väter, lang wie zwei Männer und böse. Kabua hofft, dass er genügend Kräutersud auf dem Boot verteilt hat. Der Hai kommt aus der Tiefe und kreist um das Kanu. Kabua richtet den Stock mit der Fangschlinge, singt das Lied, rasselt, lockt den Hai, der plötzlich verschwindet. August muss einen Fehler gemacht haben. Er wird ihn als Köder ins Wasser werfen, wie sein Vater ihn, wenn die Beute nicht nahe genug kam, doch da taucht er auf, direkt neben dem Ausleger. Kabua wirft ihm die Schlinge über den Kopf, wie es sich gehört, doch der Hai ist stark und reißt das Boot nach rechts, eine Bambusstange zerbricht. Kabua zeigt auf die Keule, aber August sieht ihm nur zu. Er klemmt das Seil fest und kämpft gegen den Fisch. Die Schnur schneidet in die Hände und das Blut tropft ins Wasser und es dauert lange, bis er ihn über die Bordwand zieht. Das Maul klappt auf und zu und zerbeißt ein Paddel. August hält die Keule und schlägt endlich zu, so oft, bis der Hai stirbt und noch öfter.

Als sie zurückkommen, gibt es ein Fest. Die Männer schlagen die Trommel, die Frauen rösten den Fisch und kochen Spinat. August bekommt die Rückenflosse, weil er den Hai getötet hat, doch er lehnt ab, steht auf und geht zurück durch den Wald. Er kränkt die ganze Sippe. Die Jungen wollen los, um ihn zu töten, aber Kabua sagt, er ist nur ein dummer Kerl, und alle lachen und trinken Palmwein. Der Weiße bleibt doch ein Weißer und ein dummer Kerl, auch wenn er geholfen hat, den Hai zu rufen, und heute Nacht schläft Kabua mit allen seinen Frauen.

W alter!
Ich schreibe Dir! Will Dir schreiben, seit Tagen schon, oder sind es Wochen? Monate? Wer weiß. Hier steht die Zeit still. Jeder Tag wiederholt sich. Immer wieder einen Brief begonnen. Worte gesucht. Wieder verworfen, das Papier zerrissen, obwohl es kostbar ist und das Schiff mir erst nächste Woche einen neuen Block bringen wird, und die Tinte vertrocknet, obwohl ich das Fässchen in dem feuchten Sand eingrabe. Wo bist Du? So fern Ihr alle, zu fern, nur im Traum höre ich manchmal Eure Stimmen. Ruft Ihr mich wirklich, oder glaube ich das nur? Hier rauscht der Regen wie jeden Morgen, Schlammbäche strudeln zwischen den Bettpfosten. Bald schwimmt ein Fisch hindurch. Trotzdem ist es warm und alles sprießt; wo ein Samen hinfällt, schlägt er Wurzeln. Aus Goethes Werther keimt es hellgrün. Moos wuchert auf dem Ledereinband von Kant. Selbst die Bambusstangen, die das Dach halten, treiben aus, und ich fürchte, dass bald Orchideen aus meinem Bart wachsen, aber das wollte ich Dir nicht schreiben, sondern anderes, aber ich wage es nicht, vielleicht war es nur ein Traum. Die werden wahr, schreibt man sie auf. Das ist die einzige Magie, an die ich glaube: die der Worte. Mit ihnen bilde ich einen Kreis um mich, der mich schützt vor dem Zauber der Wilden. Dem bin ich nur einmal erlegen und werde es nie wieder tun, ich schwöre! Nie wieder. Deswegen besuche ich ihr Dorf nicht mehr, höre auf, ihre Sprache zu lernen. Flüchte in meine Hütte, wenn ich sie aus der Ferne sehe. Es ist doch richtig, dass ich hier bin? Schreibe mir, dass es richtig ist, die Sonne zu suchen. Sie wird kommen, gegen zehn oder elf, und den Regen vertreiben. Ich bete jeden Morgen darum, und werde erhört, sonst könnte ich keinen Tag existieren. Jetzt rollt ein Donner übers Meer und ich erzittere, doch egal, zuerst das Geständnis – aber halt, ich will

Dir schreiben, wie's dazu kam, dass ich gegen alles verstieß, was uns heilig ist.

Kabua kam zu mir, der Häuptling, klein, sehnig, zwei Eberhauer auf der nackten Brust. Um ihn eine stille Form von Stärke, die seine Leute dazu bringt, ihm zu gehorchen, damit er ihnen nicht zürnt. Man möchte ihn nicht zum Feind haben. Er ist ein edler Mann, dachte ich, frei und stolz, aber das ist er nicht, sondern ein Schlächter wie der Rest seines Volkes, wie ich selbst einer bin. Widersprich nicht! Vielleicht hattest Du recht, als Du damals sagtest, unterschiedliche Rassen müssten getrennt leben. Ich hatte es nicht geglaubt, das war ein Fehler. Walter, mein Freund, ich werfe nie wieder den ersten Stein, dabei dachte ich zuerst, dass er mich versteht, denn er hat uns ein vegetarisches Mahl aus Taro bereitet, das schmeckt wie Kohlrabi und wird scheibchenweise geröstet. Dazu gab es süße Kartoffeln. Wir sprachen wenig, denn ich kenne nur einige ihrer Wörter, dabei spricht der Häuptling Deutsch. Das weiß ich von einem Missionar. Er kann sogar lesen, aber beides hat er mir verheimlicht. Sie betrügen einen hier dauernd, vermutlich sogar ums Geld, aber ich bin zu müde, um das zu kontrollieren. Und was ist schon Geld. Ich lebe hier von ein paar Nüssen am Tag, die mir in den Schoß fallen. Vermutlich stiehlt Kabua sogar meine Bücher. Immer fehlen welche, und manchmal tauchen sie wieder auf, aber stehen an den falschen Stellen. Besitz respektieren sie nicht. Auch die Weiber teilen sie, nur die Felder sind Privateigentum, und wer eine Frucht vom Feld des Nachbarn stiehlt, den darf man töten, und genau darum geht es, ums Töten, um mein eigenes Töten, erschrick nicht, es ist geschehen, aber ich war nicht bei mir, vielleicht von der Nacht im Männerhaus: schwerer Geruch von Schweiß und Nelken und Blut in der Luft, an der Wand die Masken von Geistern, fratzenhaft verzerrte Gesichter aus Kinderalbträumen, wie Wasserspeier unserer gotischen Kirchen, heidnisch und wild von einer seltsamen Macht. Kaum schloss ich die Augen, bewegten sie sich, ich schwöre es, sie bewegten sich und glotzten mich an aus den leeren Augenhöhlen. Dauernd stand einer auf. Der Boden schwankte. Die Wände wiegten sich im Wind. Nichts war hier sicher und fest. Es wurde geschnarcht, geraucht und sich gelaust. Immer strich einer über meine Schulter, betastete das Gesicht, fingerte im Bart herum, der besonders fasziniert sie, denn die Männer hier rupfen sich die Barthaare mit Muscheln so lange aus, bis sie nicht mehr nachwachsen. Gegen Morgen schlief ich ein. Wieder strich einer durchs Haar, aber kein Mensch, eine Hand aus Ästen und ich lag wie gelähmt und konnte nicht schreien und mich nicht mehr rühren, bis Kabua mich weckte. Er tat so, als sei nichts geschehen. Wir können in den Gesichtern der Wilden nicht lesen. Sie lügen und lachen uns an, sie sagen die Wahrheit und grinsen falsch.

Kein Frühstück, sondern ein Gebräu aus Kräutern, das er mir über den Kopf kippte. Es roch bitter und scharf und brannte in den Augen. Dann sollte ich ins Boot. Ein Einbaum, rechts und links Ausleger, damit er nicht kippt, groß genug für sechs Männer, aber wir waren zu zweit. Eine magische Reise. Den Speer stieß er ins Meer und murmelte dabei immer wieder Gebete. Wir ruderten schweigend und weit. Kein Land mehr zu sehen, nicht die Gischt der Wellen, die sich am Riff brechen. Die Einsamkeit der See. Viel später steckte er eine Rassel aus Kokosnussschalen ins Wasser und sang. Ich sollte mitsingen. Es war eine einfache Melodie. Ich kann sie noch immer, summe sie jetzt, hier in meiner Hütte, nackt auf einem Bett aus Bambus, umgeben von einem Wall aus Büchern. Dunkel der Raum, denn die einzige Tür ist geschlossen. Wände aus Palmwedeln. Palmendach, leise summend, ein Lied, wie Anna es gesungen hat, als ich krank lag. Grüße sie von mir und sage, ich werde ihr schreiben, ich habe es oft schon versucht, aber es geht nicht. Sei gut zu ihr, ich bitte Dich, und verzeih mir, ich habe ihr eine Locke von meinem Haar gegeben, bevor ich fuhr, das war dumm, ich glaube, ich hatte davon gelesen, außerdem wollte ich, dass etwas von mir bei ihr bleibt, wenn ich gehe, aber sie hat die Haare in den Wind gegeben. Das sei unnötig, eine Kette von Leben binde uns aneinander, ihr Seelenfreund sei ich schon immer gewesen. Ich wusste nichts von diesen anderen Leben und nichts von einer Seele.

Kabua sang und rasselte, ein Lied für die Meergötter, dachte ich, die Geister des tiefen Wassers, deswegen sang ich mit ihm, aber nicht die Geister lockte das Lied, sondern einen Hai, den größten Fisch, den ich jemals gesehen habe, stark und böse. Er umkreiste das Boot, kam näher, klappte das Maul auf, nicht eine Reihe Zähne, sondern sechs oder sieben. Kabua wird mich dem Fisch opfern, dachte ich, ein Ritual des Todes, und wurde ganz ruhig und erinnerte mich an alles von Beginn an, an meine Eltern, sogar an meinen Bruder. Seltsam, dass wir beide im Wasser enden würden, und gleichzeitig versöhnlich. Ich wartete, dass Kabua mich vom Boot stieß, während die Rückenflosse des Fisches durchs Wasser schnitt wie eine Sense, aber Kabua warf ihm eine Schlinge über den Kopf. Das Tier fing an zu toben, lautlos und wütend, die Schwanzflosse schlug auf die Stangen des Auslegers, Holz splitterte, das Maul verbiss sich in den Rand des Bootes, Haiaugen starrten mich an, seine Zähne verfehlten mich, der Kopf streifte meinen Arm. Die Haut war wie Bimsstein. Ich blutete davon. Immer rasender wurde der Fisch, er war sicher drei Meter lang, auch Kabua blutete, die Schlinge schnitt ihm in die Hand. Ich rief, er solle den Hai freilassen, aber er verstand nicht oder wollte nicht verstehen. Der Fisch warf sich gegen das Boot, das fast kippte, während Kabua zog, ich schrie, die Flosse peitschte das Meer, Wasser schäumte, bis er schließlich den Hai ins Boot hievte, sodass es schwankte und beinahe kenterte, doch der Hai starb nicht, sondern zerbiss noch ein Ruder, schleuderte den Kopf umher, schnappte nach meinem Fuß, und endlich verstand

ich Kabua, nahm den Prügel und schlug dem Tier auf den Schädel, der hart war wie Stein, sodass ich nichts bewirkte, wenigstens am Anfang, ich musste immer wieder schlagen, bis er ein wenig ruhiger wurde und Blut aus den Augen trat, die immer noch böse waren, aber das reichte nicht, der Körper bäumte sich wieder auf und sprang um ein Haar wieder ins Wasser und hätte uns mitgerissen, deswegen schlug ich weiter und schlug, bis der Hai auch aus dem Maul blutete, und schlug, bis mir der Arm schwer wurde und der Schädel weicher, nicht mehr wie Stein war er, sondern ein Ledersack, ich schlug, bis das Tier sich nicht mehr bewegte, und schlug, damit es sich nie wieder bewegen würde, und schlug, bis ich Blasen bekam an der Hand, und schlug weiter, und Walter, sage jetzt nicht, es war eine Notsituation oder ich wurde gezwungen oder dass ich mein Leben retten musste, denn all das stimmt nicht, oder wenn es stimmt, ist es egal, denn das Schlimmste war: Es war das größte Vergnügen, das ich seit Langem empfunden habe. Eine rote und tierische Freude war in mir. Sie ist auch jetzt da, wenn ich daran denke, und gleichzeitig Ekel. Ich widere mich an. Ein Wilder wollte ich werden, aber anders, ein besserer Mensch, nicht das, was ich wurde. Vielleicht überkommt mich die Mordgier gleich wieder. Vielleicht erschlage ich die Fliege, die sich gerade hier auf dem Brief niederlässt. Vielleicht angle ich Fische und fresse sie roh. Die Welt selbst spürt, dass etwas passiert ist. Keine Schildkröten mehr im Meer, wenn ich schwimme. Keine Fische. Das Wasser ist leer. Seekühe flüchten, die sonst mit mir spielten. Kein Klappern der Scheren der Krebse in der Nacht. Selbst die Rufe der Vögel sind ferner. Sie haben Angst vor mir und ich habe es selber.
Viel Zeit verbringe ich immer wieder mit einem Missionar. Er lebt auf einer der Nachbarinseln. Du würdest ihn auch mögen, die Statur eines Schmieds, Bauernhände, der Geist einfach und klar. Von der Religion redet er selten, und nie, um einen zu überzeugen. Er ist schon lange hier und kennt

die Wilden. Je länger man hier ist, umso weißer wird man, sagt er. Christus ist in seinen Predigten an die Wilden das Schwein Gottes, Lämmer kennen sie hier nicht, das gefällt mir, das Schwein Gottes, zu Hause schmeißen sie dich dafür ins Gefängnis, hier predigen sie es von der Kanzel, die aus Palmenstämmen geschnitzt ist. Etwas weiter wohnt ein Angestellter der Compagnie. Er hat ein Grammophon und einige Abende haben wir auf seiner Insel verbracht und Schubert gehört, Beethoven und Bach, aber er wird bald wieder nach Deutschland zurückkehren. Selbst in Herbertshöhe bin ich gewesen, freiwillig, ich hoffte, dort etwas zu finden, aber es widert mich an. Ich wollte Deutsche sehen, aber sie sind wie Kinder, die Zivilisation spielen mit einer großen Ernsthaftigkeit und fremden Kostümen.

Jetzt kommt die Sonne, das morgendliche Bad wartet, später mehr, mein Freund, jetzt ist mir leichter, auch wenn Du mich nicht verstehst.

Zwei Stunden später:

Stell Dir eine Palme vor, edel und groß, den schlanken Stamm leicht gebogen, die Wedel dicht, schwere Nüsse darin. Der Fuß der Palme ist halb im Meer, das blau ist und leuchtend. Daneben ein Fels, rund geschliffen und eine natürliche Lehne für mich, der ich hier sitze, die Beine vom Wasser umspült, eine geöffnete Nuss an der Seite. Die Strahlen der Sonne verbrennen die Sorgen und die Gedanken. Überhaupt sollte man weniger denken. Manchmal fürchte ich, dass ich zu viele Bücher hier habe. Ein einziges hätte vielleicht genügt. Oder keines und die Natur hätte mich alles gelehrt, aber ich kann mich nicht von ihnen trennen, sonst überfällt mich die Einsamkeit, obwohl die hier bald endet.

Der Ruf meines Lebens hier hat sich verbreitet bis nach Europa, deswegen bekomme ich in wenigen Tagen Gesellschaft. Ein Max Lützow hat sich angekündigt, Klavier- und Geigenvirtuose, ehemaliger Kapellmeister des Theaters des Westens in Berlin, anscheinend ein Musikgenie, das überall

Lorbeeren ernten durfte, er hat mir Besprechungen seiner Konzerte mitgeschickt in vier oder fünf Sprachen. Fabelhafte Summen hat er verdient und sich jahrelang allen möglichen Ausschweifungen hingegeben, in allen Hauptstädten Europas gastiert, bis er schließlich in Italien zusammengebrochen ist, wo ihm in einem deutschen Krankenhaus von mir berichtet wurde. Er schrieb mir und bat mich, kommen zu dürfen, um mein einfaches Leben mit mir zu teilen. Ich erwarte ihn mit dem nächsten Postschiff und wünschte, nicht er wäre an Bord, sondern Du, mein Freund, mein Bruder.

Es grüßt Dich von der Sonneninsel mit der Bitte um Verzeihung und Absolution

Dein August.

Dass etwas passiert war, sah Pater Joseph schon vom Boot aus: Engelhardt saß nicht in der Sonne, las nicht, kletterte nicht auf den Bäumen, stand nicht auf dem Kopf oder verrenkte sich wie die Inder, schwamm nicht, hob nicht den Arm zum Gruß, kein Ruf übers Wasser, sprang nicht auf, um das Kanu ans Land zu ziehen, sodass er keine nassen Füße bekam, sondern saß verkrümmt im Schatten einer Palme, starrte vor sich hin, noch immer nackt, doch er trug einen schweren Mantel aus grauem Schweigen, sah nur kurz auf, als er näher kam, ließ den Kopf wieder fallen, vor ihm ein Buch im Sand, Gedichte von Novalis, eine Büchervergiftung, schon länger hatte er befürchtet, dass Engelhardt daran erkranken werde, er las zu viel und zu viel durcheinander, das zersetzte den Geist.

Pater Joseph zog sich aus, wickelte ein Tuch um die Hüften, seine Kabakon-Soutane, so hatte das Engelhardt genannt, als es ihm noch besser ging und er noch keine Ringe unter den Augen hatte. Glauben Sie an Vergebung?, fragte er, ohne den Kopf zu heben, an die Sünde glauben Sie, das weiß ich, aber Vergebung? Glauben Sie daran?

Pater Joseph wusste nicht, was er antworten sollte, sicher nichts von Lukas 24, *Vater vergib ihnen, denn sie wissen nicht, was sie tun,* und nicht von Paulus, *so sei euch nun kundgetan, liebe Brüder, dass euch durch ihn Vergebung der Sünden verkündigt wird,* er wusste nicht, ob er überhaupt antworten sollte, Engelhardt wollte beichten, so kam es ihm vor, auch wenn die Situation unpassend war, zwei halb nackte Männer auf dem Strand, auch hatte Engelhardt nicht das Kreuzzeichen geschlagen, nicht den Vater, den Sohn und den Heiligen Geist angerufen und er selber nicht Gott gebeten, ihm wahre Erkenntnis seiner Sünden zu schenken.

Der Pater setzte sich hinter die Palme. Die war ihr Beicht-stuhl, wenigstens ein Teil der Form war so gewahrt. Er sagte nichts. Er konnte warten. Warten und hören, das war das Wichtigste bei einer Beichte. Engelhardt schwieg. Pater Joseph schloss die Augen, hörte die Wellen, den Wind in den Palmwedeln weit über ihnen, ein Kamuk-Vogel rief aus dem Wald, Engelhardt scharrte mit den Fersen im Sand, fing an zu reden, wenn das Eis bricht, dann hat doch keiner Schuld, schwieg wieder, begann erneut, ein Mörder bleibt immer ein Mörder, und wenn es keinen Gott gibt, gibt es dann trotz-dem Vergebung?

Eine Taube flatterte von der Hütte her zu ihnen, pickte im Sand, der Kopf ruckelte, ein leises Gurren, unruhiges Flat-tern der Flügel und sie flog wieder davon. Engelhardt erbrach seine Geschichte, es ging um den Tod eines Hais, die Ein-geborenen waren gut darin, sie zu fangen, Pater Joseph hatte die Erzählungen davon gehört, aber noch nie hat ein Weißer einen Hairufer begleitet, und noch nie hatte er erlebt, dass einer so verstört war, nur wegen des Todes eines Fisches, also wartete er weiter. Engelhardt hielt inzwischen den Kopf nicht mehr gesenkt, das hörte er, sprach nicht mehr zum Sand, son-dern zum Horizont, ein kleiner Fortschritt, immer wieder die Frage, glauben Sie an Vergebung?

Pater Joseph schwieg. Die Sonne schnitt über den Himmel. »Ich lese Ihnen etwas vor«, sagte Engelhardt. „Habe ich vorhin gefunden, oder es hat mich gefunden, ich bin immer unsicher, ob ich mir die Texte aussuche oder sie mich, ein Gedicht, Novalis, das kannte ich nicht, ich hätte es lieber nicht gekannt, aber wer kann schon Worte zurücknehmen?

Blühender Jüngling, dem noch Kraft im Beine
Der nicht Kälte, als deutscher Jüngling scheuet
Komme mit zur blendenden Eisbahn, welche
Glatt wie ein Spiegel.

Schnalle die Flügel an vom Stahle, welche
Hermes jetzt dir geliehn, durchschneide fröhlich
Hand in Hand die schimmernde Bahn und singe
Muntere Lieder.

Aber, o Jüngling hüte dich für Löchern
Welche Nymphen sich brachen, nahe ihnen
Ja nicht schnell im Laufe, du findest sonst den
Tod im Vergnügen.

Harmlos, oder? Ein nettes Gedichtlein. Ein deutscher Jüngling scheut die Kälte nicht. Natürlich nicht. Wir sind ja Deutsche. Wir lieben die Kälte. Ich war auch ein deutscher Jüngling und liebte die Kälte. Nicht ganz ein Jüngling, noch nicht,
sondern dabei, einer zu werden, eher ein Junge also, neun
Jahre alt, ein Jüngling war mein Bruder, er war schon zwölf.
Wir waren zur Eisbahn gegangen, der blendenden, wie Novalis schreibt, auch wenn wir nicht Hand in Hand liefen und
keine Lieder sangen wie in dem Gedicht, wir waren Jungs,
und wer Hermes ist, wussten wir auch nicht. Es war seit Wochen neblig gewesen, das war gut, denn das Eis war glatt wie
mit Leder poliert, und wir fuhren um die Wette, er war schneller, natürlich, deswegen hasste ich ihn, schneller, größer und
stärker. Er gewann die kurzen Strecken und die langen und
stieß mich beiseite, wenn ich ihm in die Quere kam, ganz
nebenbei mit dem Ellenbogen, vielleicht hatte er das nicht
einmal bemerkt. Einmal wollte ich Sieger sein, ein einziges
Mal, und forderte ein letztes Rennen. Er lachte mich aus, ich
bettelte, doch er drehte um, wollte zurück, bis ich ihn einen
Feigling nannte, das mochte er nicht, ein letztes Rennen, einverstanden, aber dann ist Schluss. Ich bestimmte die Strecke
und fuhr los, er ließ mir Vorsprung, dich kriege ich sowieso,
und ich lief schneller und blinder als jemals zuvor, blind vor
Hass auf seine Überlegenheit, wie Peitschenhiebe das sprin-
gende Eis, weiße Spinnennetze wuchsen darin, und er rief

mich zurück, der Lieblingssohn, aber ich hatte ihm nichts entgegenzusetzen außer meinem Mut, das war alles, ein wütender Mut, und er kam, um mich zu holen, August hör auf damit, aber ich wollte mich nicht holen lassen, immer holte er mich ein, bei jedem Lauf, jedem Spiel, aber diesmal nicht, und ich drehte mich um und schrie, ich habe gewonnen, und war froh, das erste Mal, dass ich gewonnen hatte, das ertrug er nicht, er war er Ältere und kam mir hinterher. Auf dem Wasser Pfützen, einmal brach eine Scholle, und ich rettete mich aufs sichere Eis, lief weiter, verdammte Nymphen und ihre Löcher, immer schneller, gewonnen, schrie ich, drehte mich um, aber er war verschwunden, einfach weg, kein Ton, kein Schrei, kein Krachen des Eises.

Man holte ihn später mit Stangen aus dem Wasser, ich durfte nicht dabei sein. Gewonnen, das war das Letzte, was er gehört hatte, da bin ich mir sicher, das letzte Wort auf Erden der triumphierende Schrei Kains, während Abel stirbt, den sein Vater geliebt hatte. Seit jenem Tag glaube ich nicht mehr an Gott. Der Glaube ist von mir abgefallen wie ein Schorf von einer Wunde. Manchmal juckt sie noch. Ich beneide diejenigen, die glauben, ich vermisse den Gott meiner Kindheit, aber das hat mir auch nicht geholfen. Jetzt glaube ich an die Sonne, die Wärme, das Licht. Hier bricht keiner durchs Eis, aber ich bereue, dass ich Böses getan und Gutes unterlassen habe. Ich bereue es wirklich. Erbarme dich meiner.«

»Ich spreche dich los von deinen Sünden.« Das war zu schnell gesagt, ein Reflex, jahrzehntelang eingeübt, doch Engelhardt glaubte nicht, das war der falsche Satz für ihn. Pater Joseph biss sich auf die Lippen.

»Und das gilt? Auch ohne den Vater, den Sohn und den Heiligen Geist.« Ein wenig spöttisch, so kannte er Engelhardt, aber nicht nur, gleichzeitig voller Hoffnung.

»Es gilt. Aber wenn es dich beruhigt: Danket dem Herrn, denn er ist gütig.«

»Sein Erbarmen währt ewig.«

»Der Herr hat dir die Sünden vergeben. Gehe hin in Frieden.«

»Kein Reuegebet?«

»Nicht notwendig.«

»Amen.«

Kurze Stille. Wind. Wellen. Möwen. Er setzte sich neben Engelhardt.

»Jetzt eine Runde Schwimmen?«

»Ich danke Ihnen, Pater Joseph. Ich glaube nicht an Gott, aber es hat trotzdem geholfen. Wie Homöopathie. Man muss nicht daran glauben.«

»Gott glaubt an Sie, Herr Engelhardt, darauf kommt es an. Er ist nicht so kleinmütig, wie Sie es sind, er ist kein Zweifler, er glaubt an Sie mit ganzem Herzen. Deswegen hilft Ihnen die Beichte.«

»Und er vergibt wirklich meine Sünden?«

»Die Sünde ist nicht all das, was wir falsch gemacht haben. Nicht das, von dem wir wünschen, es möge niemals passiert sein, das wäre zu einfach. Die Sünde ist ein Schaden an unserer eigenen Seele. Zwei Wurzeln hat sie, die grundlegende Verzweiflung und die grundlegende Überheblichkeit. Frei sein von Sünde heißt, diese zwei Übel zu erkennen und sich immer wieder aufs Neue zu lösen von Selbstüberschätzung und der Verzweiflung an sich selber. Aber jetzt möchte ich schwimmen. Nur hier kann ich nackt schwimmen, und ich vermisse es, wenn ich wieder drüben bei meiner Kirche bin. Anschließend lassen Sie uns einen Tisch schreinern. Ihre Stühle sehen ja ganz gut aus, aber Sie brauchen einen richtigen Tisch, erst recht, wenn in ein paar Tagen Ihr Gast kommt. Außerdem habe ich Lust, eine Axt zu halten. Und hinterher lassen Sie uns etwas essen.«

Und so geschah es.

Nachts lag er wach. Angst war um ihn wie ein Nebel. Er setzte sich auf und lauschte. Alles war weiter weg, als er es gewohnt war. Engelhardt berührte die Stangen des Bettes. Die groben Bretter des Bücherregals. Grub mit den Fingern im Sand der Hütte. Alles war da, alles war konkret und echt, nur er selber war unwirklich und fern, als hätte er sich nur auf die Insel geträumt und läge tatsächlich woanders, ein Fiebertraum, deswegen war es so heiß, in Wirklichkeit lag er im Jungborn. Anna war inzwischen gekommen. Walter lebte ein paar Hütten weiter. Fidus malte. Er selber lag im Fieber und hatte kalte Lehmwickel um die Waden. Der Arzt kam fast stündlich und war sehr zufrieden, Ihr Körper verbrennt die letzten Reste der Unnatur, die noch in Ihnen sind, seien Sie froh darüber, je höher das Fieber, desto besser für Sie. Engelhardt hörte die Stimme durch ein Daunenkissen. Sie werden gesund werden, das verspreche ich Ihnen, und das wird ein kleiner Schritt sein zu einer besseren Welt, denn nicht der Einzelne ist krank, sondern die ganze Gesellschaft. Keine Naturheilkunde brauchen wir daher, sondern eine Kulturheilkunde, dieses ganze deutsche Volk ist siech bis ins Mark und wird noch lange brauchen, um zu gesunden.

Er trank den Kokossaft, den Anna ihm reichte, ihre kühle Hand unter seinem Nacken, leise Lieder, Annalieder, die würden für immer bleiben. Er sackte in einen heißen Schlaf, der Schweiß roch nach Brennnesseln, er träumte sich fort und war längst wieder gelandet.

Max Lützow, dreiundzwanzig Jahre alt, Fruchtesser, Zivilisationsflüchtling, ehemaliger Dirigent, umjubelter Pianist und Violinspieler, frisch kuriert von Alkohol, Kokain und von Frauen, stand in dünner Hose und leichter Joppe barfuß auf dem Strand, schloss die Augen und lauschte. Weit über ihm sang der Himmel, die Sonne tönte weich und warm, die Luft vibrierte, und allem schlug der Wind in den Palmwedeln den Dreivierteltakt, leicht und beschwingt. Vom Wald her Triolen in schneller Folge C-E-G, die Umkehrung dazu, dann eine Improvisation über den Dreiklang. Weit entfernt das Tuckern des Dampfschiffes, das ihn gebracht hatte, letztes Überbleibsel des Lärms der Zivilisation, der ihn fast das Leben gekostet hatte, vor ein paar Wochen in Italien: das Fauchen der Eisenbahn auf den nahen Gleisen, das Klingeln der Radfahrer, dazu das Geschrei der Jungs, die gegenüber seinem Zimmer den Ball an die Wand droschen, immer wieder und nie im Takt, die Alte, die die quietschende Wäschekurbel drehte, F-H, die übermäßige Quarte, der Teufel in Tönen, die eisenbeschlagenen Räder der Droschken auf dem Steinpflaster, die Schläge des Schmieds, Gewehrsalven aus der Kaserne, Liedfetzen, Marktschreier, jammernde Bettler, greinende Säuglinge, Tellerklappern aus der Taverne, doch das war vorbei, denn hier wird er Ruhe finden und die Musik des Himmels hören, nicht gleich natürlich, noch waren zu viele Töne im Kopf, deren Nachhall erst langsam verklingen musste, vor allem das Stampfen der Maschinen des Postschiffes, mit dem er aus Hamburg gekommen war, wochenlang war er dem ausgesetzt gewesen und fand nur Erlösung in den Momenten, in denen er sich im Speisesaal ans Klavier setzte, um dem stumpfsinnigen Viervierteltakt etwas entgegenzusetzen, Mozart meistens, seltener Beethoven, den wollte er erst wieder spielen, wenn er gänzlich gesundet war, Beethoven nicht, aber selber zu spielen war nicht mehr von Bedeutung, deswegen hatte er auch kein Instrument mitgenommen. Seitdem er denken konnte, hatte er Musik gemacht, die erste Geige mit drei, französischer Lehrer mit Hasenscharte, der ihn immer nur lobte, der hatte sein Vertrauen in die Musik geschaffen, und dafür verfluchte er ihn, lieber hätte er Vertrauen in Dinge besessen, die nicht so flüchtig waren wie Töne, aber das hatte ihn keiner gelehrt.

Auf der Insel würde er nur warten auf die Astralmusik, der Himmel selber, der Klang wird, das Tönen der Welt. Einmal nur hatte er sie ganz deutlich vernommen in Prag, ein Konzert, schlecht besucht, es war am Anfang seiner Karriere, er war gerade erst siebzehn, der Flügel zu weich und zu schwammig, er mochte sie lieber klar und präzise, es sei denn er spielte Brahms, am Ende des zweiten Satzes von Schuberts B-Dur-Konzert, wo die Töne scheinbar im Nichts entschwinden, aber tatsächlich eine Tür aufstoßen, damit jene andere Musik eintreten kann, die so unendlich viel größer und reiner ist, und er hatte eine Pause gemacht, um zu horchen, die Klänge mit ganzer Seele aufzunehmen, und auch das Publikum hatte es gespürt und wagte kaum zu atmen, so rein war diese Musik, so erfüllend; die Chöre der Engel waren das, und alle saßen und würden es nie wieder vergessen, da wieherte draußen ein Pferd, eine Peitsche knallte, und plötzlich erstarben die Töne. Einer hustete. Ein anderer scharrte mit den Füßen. Stühle knarrten. Er hatte den Klavierdeckel zugeklappt und das Konzert beendet, und alle hatten verstanden. Seitdem suchte er diese Musik, aber immer nur hörte er einige Bruchstücke davon, ein Achtel lang oder ein Viertel, selten einmal einen ganzen Takt, obwohl er immer wieder Schubert spielte, aber nie wieder auf die richtige Weise, dafür geschah es in der Aria der Goldberg-Variationen oder mitten im *Stabat mater* von Pergolesi, manchmal in den Opern Mozarts, seltsamerweise häufig nach dem

Getöse des Schlussakkords, immer unerwartet wie ein Überfall, und immer ließ es ihn glücklich und hilflos zurück. Er horchte in sich hinein und wusste nicht, welchen Meeres Rauschen er hörte.

Als er die Augen öffnete, sah er seinen Gastgeber auf sich zukommen, schlank, braun gebrannt, Lendentuch, mit langsamen Schritten, in der Hand eine Kokosnuss, die er ihm reichte, Ich begrüße dich auf Kabakon. Angenehme Stimme, Bassbariton, er könnte gut die Leporello-Arie singen, die Augen blau und rein, sie waren einen weiten Horizont gewöhnt, trotzdem lag eine leise Trauer darin, ein fernes Unglück.

Sie gaben sich die Hand und stellten sich mit Vornamen vor, sie waren Brüder im Geist und würden sich duzen, die Förmlichkeiten hatte er in Herbertshöhe gelassen, wo der Gouverneur ihn noch zu einem Konzert genötigt hatte, das letzte für lange Zeit, das Klavier war verstimmt gewesen und die Zuhörer Banausen.

Gemeinsam trugen sie die Koffer zu einer kleinen Hütte. Viel Gepäck hatte er nicht, das brauche er nicht, hatte August geschrieben, nur ein paar Partituren, falls er Sehnsucht bekam nach der Musik, Kleider, einige Fotos.

Dann badeten sie. Das Meer war warm und bewegt. Wenn er tauchte, hörte er eine Musik, die ihm neu war, ein leises Zischen, zweigestrichenes D, wenn die Wellen vom Strand rollten und den weißen Sand mit sich zogen, dazu das Pizzicato der Gischtspritzer, etwas tiefer ein Gurgeln und Sprudeln von den Strömungen an den Felsen, die gurgelnde, blubbernde Melodielinie, ein brausender Kontrapunkt und unendlich tief und mehr im Bauch zu spüren als in den Ohren zu hören das Grollen vom Riff her, wo das unendliche Meer gegen den Ring der Korallen stürmte wie eine feindliche Armee. Er hielt die Augen geschlossen, trotz der Farben der Fische, ließ sich treiben als Teil dieses Konzerts, sang dazu, verschluckte sich, ziemlich salzig das Meer, lachte, spuckte aus, sang weiter und ließ sich schließlich ans Ufer spülen.

»Ich suche den Ton, in dem alle Stille ist und alle Lieder«, sagte er zu August, als sie später vor der Hütte saßen, Ananas und Orangen schälten und aufs Wasser sahen, »ich weiß, dass es ihn gibt, ich habe ihn schon manchmal gehört, aber immer zu kurz, und auch das ist schon länger her. Früher, als ich noch jünger war und aufmerksamer und noch zugehört habe. Ich will ihn hören und anbeten, denn eigentlich lehrt einen das die Musik: Bescheidenheit, Demut und Hingabe, ohne diese Eigenschaften ist man kein Musiker, sondern tut nur so als ob, aber das hatte ich vergessen. Der Applaus war zu laut geworden, nur den hab ich am Ende noch gehört, nur dessen Lautstärke gemessen, das war mein einziges Kriterium für die Musik: Wie laut wurde geklatscht und wie lange. Die einzige Währung, die mir etwas bedeutete. Drei Minuten forte, und ich war glücklich, eine Minute mezzoforte wütend, dreißig Sekunden piano machten mich traurig. Nicht die Töne wollte ich zum Klingen bringen, sondern die Hände des Publikums. Das war mein Fehler, für den ich belohnt wurde; immer werden wir für unsere Fehler mehr belohnt als für unsere Tugenden. Jede weitere Belohnung verstärkte mein Laster, dabei wusste ich immer, was ich eigentlich will, aber dieser Wunsch lag zu weit innen, wurde immer leiser, während die Welt dröhnte, noch ein Konzert, noch mehr Geld, gute Presse, Einladungen, schöne Frauen, ich war hochmütig und unglücklich und merkte es nicht, wie man sein Unglück oft erst in der Rückschau begreift. Seltsam eigentlich, dass man der Stimme des Herzens nicht mehr vertraut, dabei liebe ich die Musik, denn letztlich ist alles Musik, der Fels, an dem wir lehnen, ist zu Stein gewordene Musik, die Palme ist Musik, das Meer, alles ist Musik. Am Anfang ist das Lied, das hat Luther falsch übersetzt, nicht das Wort, sondern das Lied, denn noch bevor der erste Mensch den Mund aufgetan hat, um einen anderen zu beleidigen oder einen Befehl zu erteilen, hat er gesummt und gesungen.«

»Es schläft ein Lied in allen Dingen«, sagte August. »Eichendorff schreibt das. Ich habe nie ganz begriffen, was er damit sagen will. *Es schläft ein Lied in allen Dingen, die da träumen fort und fort und die Welt hebt an zu singen, triffst du nur das Zauberwort.* Aber jetzt verstehe ich ein bisschen. Ich kannte nie einen Musiker, ich kannte nur einen Maler. Dem war nur wichtig, was man sah.«

»Die Augen sind das Problem. Wir sehen zu viel. Aber das Auge ist dumm und schwach. Es gleitet nur über die Oberfläche und nimmt nicht wahr, was wirklich ist. Die Linse verzerrt die Welt. Wir müssen hören, das ist der Weg. Nur das Ohr kann uns erlösen. Manchmal habe ich schon daran gedacht, mich zu blenden, um besser hören zu lernen. Wie reich muss die Welt der Blinden sein, ganz einzutauchen in einen Kosmos der Töne, ohne jede Ablenkung ins Universum des Klangs. Und wie elend ist im Vergleich die Welt der Tauben. Kein Schicksal härter als das Beethovens, die einzige Musik nur noch im Geist hören zu können, das ist die erbarmungsloseste Strafe Gottes.«

Sie saßen, bis die Sonne sank und Engelhardt Goethe zitierte, *die Sonne tönt nach alter Weise in Brudersphären Wettgesang*, und Lützow war begeistert, das kannte er nicht, aber genau das meine er: Die Sonne selber singt ein Lied und alle Sterne und Planeten mit ihr, er hat halt nichts gelesen außer den Biographien der großen Musiker, nicht einmal Goethe, sicher ein Fehler, aber er kann das hier nachholen, keine Bücher gelesen, sondern geübt, immer wieder Tonleitern rauf und runter, schon als er kaum laufen konnte, das *Notenbüchlein für Anna Magdalena Bach*, Schumanns *Album für die Jugend*, aber Lesen ist gut und richtig, kein Werk der Augen, das täuscht, auch wenn man die dafür braucht, aber Lesen ist vielmehr ein Hören, ein verinnerlichtes Hören eben, eine Rezitation der Stimme des Autors, der man lauscht. Über Welten und Zeiten hinweg konserviert sich die Stimme auf dem Papier, mal ein Flüstern, mal ein Stöhnen, eine Klage, Dozieren, Geschrei, aber immer Klang, immer ist da einer, der spricht, und einer, der lauscht, verbunden in einer seltsamen Intimität, und wie alle Ohrenkunst braucht es Zeit. Ein Bild hat man in einer Sekunde gesehen. In zwei Stunden hat man im Louvre alle großen Maler der ganzen Welt betrachtet, in ein paar Schritten von da Vinci zu Rubens, von Rembrandt zu Dürer und zwischendrin die italienische Renaissance und die Antikensammlung, ein Blick für die Venus von Milo, einer für die Mona Lisa, ein dritter für einen ägyptischen Totengott aus gelbem Sandstein, deswegen ist die Bildende Kunst so beliebt, sie kostet kaum Zeit, und trotzdem kann man sich mit ihr brüsten, Caravaggio, klar, kenne ich, Michelangelo, sicher, Breughel, ein großer Maler, Delacroix, bunt und ein wenig überschätzt, einen halben Atemzug lang die Leinwand mit dem Auge gestreift, und schon kann man urteilen, zwei Stunden, das ist nicht einmal eine halbe Oper, das sind nur ein paar Seiten eines Romans. Die Musikgeschichte wirklich zu hören, kostet einen Jahre seines Lebens, das Lesen der großen Dichter ebenso lange. Wie billig und simpel ist im Vergleich das Betrachten von Bildern. Daran kann man schon messen, wie beschränkt das Auge als Organ ist und wie komplex die Wahrnehmung mit den Ohren.

In Deutsch-Südwestafrika erhoben sich die Hereros gegen
die Kolonialmacht, schleuderten Speere gegen das Maxim-
Maschinengewehr, fünfhundert Schuss pro Minute, wasser-
gekühlter Lauf, Rückstoßlader, ein Wunder der Technik,
*what ever happens, we have got / the Maxim gun and they have
not*, die Aufständischen wurden erschossen oder in die Wüste
getrieben und krepierten mit Billigung des Kaisers. Die bal-
tische Flotte hielt vier englische Fischkutter für japanische
Torpedoboote und versenkte sie, während Japan Russland
überfiel und Wilhelm II. nicht wusste, mit wem er es halten
sollte, und vorsichtshalber Generälen beider Kriegsparteien
den Pour le Mérite verlieh, mit Billigung des Zaren und des
japanischen Kaisers. *Madame Butterfly* fiel in Rom durch,
Zuschauer schliefen während der Vorführung ein, und Puc-
cini versprach, sie noch einmal zu überarbeiten. In Berlin
spannten sich Studenten vor den Wagen der Schleiertänzerin
Isadora Duncan und zogen ihn durch die Stadt. Das erste
telegrafische Foto wurde von München nach Nürnberg über-
tragen, ein Verfahren, das die Polizei direkt nutzte, um einen
Juwelenräuber zu fassen. Die USA gewannen bei den Olym-
pischen Spielen in St. Louis 146 von 159 Medaillen, während auf Kabakon Lützow und Engelhardt das Glück suchten.
Der Komponist verbrachte Tage am Meer, hielt die Augen
geschlossen und hörte dem Gesang der Wellen zu. Belauschte
die Vögel des Waldes. Genoss das Regenlied. Einmal ließ er
sich von Engelhardt die Augen verbinden und verbrachte zwei
Wochen als Blinder, tastete sich über den Strand, wurde ganz
Ohr und ganz Hand, alle Sinne geschärft, spürte, dass alle
Objekte lebten, der Fels selber vibrierte, in der Palme pul-
sierte die Energie, tief in der Erde pochte ein Herz. Ohr und
Hand verbanden sich mit den Dingen, weil das Auge sie nicht
mehr davon trennte. Er nahm die Binde erst ab, als er in eine

Muschel getreten war und das Blut aus dem Fuß floss. Hinterher war die Welt ungeheuer weit und wundersam, und Engelhardt ging einige Tage blind. Die ganze Welt rückte nah, und er selber löste sich auf, wurde Teil davon, wurde Wind und Palme und Meer, geleitet von der Hand des Freundes, nur die Bücher vermisste er, aber Max las ihm alles vor, was er über die Musik finden konnte, Plotin, der behauptete, alle irdische Musik sei Stellvertreter der himmlischen Musik, oder Leibniz, der meinte, sie sei die verborgene arithmetische Übung der Seele. Im Gegenzug rezitierte Engelhardt Gedichte. Für einige Stunden hatte er Verse im Kopf. Wenn er nicht mehr konnte, summte Max Arien.

Mit ihm war all das neu und frisch, an das er sich längst gewöhnt hatte. Die Begeisterung über die Insel, die Freude, die schal geworden war, die Hoffnung, er könne hier finden, was ihm abhanden gekommen war, sodass er sogar überlegt hatte, ob er nicht zurückkehren sollte, nicht nach Berlin, aber zu Diefenbach nach Capri, der schrieb ihm hin und wieder. Auch dort schien die Sonne, und der Maler war milder geworden mit der Zeit und würde ihn gerne aufnehmen. Nach Australien, dort war es heiß wie auf der Insel, und dort lebten Deutsche.

Das war vorbei. Es regnete immer seltener, und mit Max würde er bleiben, nur dass der immer wieder zu den Wilden ging, war irritierend, trotz seiner Warnungen. Er ließ sich deren Lieder vorsingen und schwärmte von der Befreiung von den Tonleitern, eine neue Musik, August, oder eine ganz alte, die noch weiter zurückgeht als die der Griechen, keine Tonleitern, nicht einmal Halbtonschritte, sondern Vierteltöne, Achteltöne, zwischen C und Cis singen sie zwei oder drei weitere Töne, für die wir keine Namen haben, sie haben eigene Intervalle, eigene Modulationen, einstimmig zwar, aber das macht das Zuhören leichter, als polyphone Musik wäre das kaum zu begreifen. Zuerst dachte ich, sie singen ganz falsch, aber das ist es nicht, ich würde es gerne notieren, aber unsere Noten sind dafür zu beschränkt, und wenn ich sie notieren könnte, gäbe es kaum Instrumente, um sie zu spielen, aber einen Versuch wäre es wert, und darauf basierend eine Oper, die so neu wäre, dass sie für die nächsten dreißig Jahre keiner versteht und alle mich für einen Stümper halten, aber schließlich würde man erkennen, welche Qualität darin liegt, und mich feiern, Mitte fünfzig wäre ich dann, das wäre noch nicht zu spät, und die ganze Musik würde eine neue Richtung nehmen, ich würde die Oper *Kabakon* nennen, was hältst du davon, *Kabakon oder der Sonnenorden*, ich würde unser Leben erzählen, es wäre eine moralische Oper, denn auch Musik hat eine Moral, auch wenn man sie nicht immer erkennt, am deutlichsten bei Mozart, wo das Gute siegt, und wenn nicht das Gute, dann wenigstens die Güte, sodass man aus dem Konzertsaal geht wie aus einer Kirche, wo wir gerade von Kirche sprechen, Pater Joseph lädt uns zum Ostergottesdienst ein, in vier Tagen, lass uns hingehen, er freut sich.

Engelhardt nickte. Wenn schon Kirche, dann an Ostern, dem Lichterfest, dem Fest von Eos, der Göttin der Morgenröte, der Schwester der Sonne. Vor drei Tagen war Palmsonntag gewesen, den hatte er eigentlich feiern wollen zu Ehren der Kokosnuss, aber er hatte hier keinen Kalender.

»*Vom Eise befreit sind Strom und Bäche, durch des Frühlings holden, belebenden Blick, im Tale grünet Hoffnungsglück. Der alte Winter, in seiner Schwäche, zog sich in rauhe Berge zurück.* Goethes Osterspaziergang. Ich glaube, es gibt keine Situation ohne ein Gedicht des Meisters. Das ist eine fremde Welt, die erst vom Frühling befreit werden muss und in der der Winter nie ganz besiegt ist, sondern in den Bergen hockt und auf seine baldige Rückkehr wartet. Sehr fern von unserer Sonneninsel.«

»Was würde Goethe hier schreiben?«

»Nichts. Gar nichts würde er schreiben. Er würde Nüsse ernten, im Meer baden und das Leben genießen.«

»Hätte das Goethe gereicht?«

»Uns reicht es.«

Max schüttelte den Kopf, noch, wollte er sagen, noch reicht es uns, aber es wird nicht ewig reichen, aber er sagte es nicht, denn er wusste, Engelhardt würde das nicht verstehen, er glaubte an die Insel und die Sonne. Zweifel daran war Verrat.

Es war noch dunkel, als sie zur Mission ruderten. Das Meer lag glatt und schweigend, das einzige Geräusch die Ruder im Gleichtakt. Engelhardt kannte das Gefühl, den leichten Dunst über dem Wasser, das ruhige Glück, doch diesmal war keine Schlinge im Boot, keine Keule und keine Rassel, kein Hai würde kommen und er nicht zum Mörder werden, heute nicht, doch das stimmte nicht, zum Mörder wurde man nur ein einziges Mal, Mörder blieb man, das wusch keiner ab, nicht das Meer und nicht die Sonne, auf ewig würde er der bleiben, der den Schädel eingeschlagen hatte, mit der Holzkeule und einer blutigen Lust, und er sah auf den Hinterkopf des Musikers, der bei jedem Schlag des Ruders nach links nickte, sich wieder aufrichtete, das blonde Haar, das längst schon verfilzt war, ob der Schädel ebenso hart war wie der eines Hais oder bei einem einzigen Schlag schon zerbrechen würde? An der Mole der Missionsstation lagen Dutzende Kanus. Die Kirche würde voll sein, einige Pfund Tabak kostete das den Pater, eine Ration dafür, dass sie kamen, und eine zweite, damit sie ein Lendentuch anlegten und die Frauen ihre Brüste verhüllten. In der Kirche wurde geredet und gelacht, Engelhardt erkannte ein paar der Wörter und Sätze, ihre Sprache hatte er nicht vergessen, obwohl es Monate her war, dass er mit ihnen gesprochen hatte. Die Flügeltür der Kirche stand offen. Es roch nach Kerzen und Weihrauch, den ein schwarzer Ministrant schwenkte. Er erkannte Kabua trotz der Dunkelheit, nicht das Gesicht, sondern die Haltung des Häuptlings, aufrecht und sprungbereit und doch entspannt wie eine große Katze. Kabua winkte ihm zu, setz dich, sagte er auf Tolai, rutschte zur Seite, wies auf den Platz neben sich und wiederholte es auf Deutsch, setz dich August, aber Engelhardt ging nach vorne, wo der Pater Plätze in der ersten Reihe reserviert hatte für die zwei Weißen Kabakons und den Leiter der Handelsniederlassung auf der Nachbarinsel, Besitzer des einzigen Grammophons auf ihren Inseln.

Es wurde nur kurz still, als der Pater vor den Altar trat, die Arme ausbreitete, der Herr ist wahrhaftig auferstanden, dann fingen die Eingeborenen wieder an zu reden, irgendwo wurde gestritten, eine Frau schimpfte auf ihren Mann, Väter diskutierten den Preis für eine Braut, das Schwein war nicht fett genug gewesen, mindestens ein Ferkel kostet das noch, sonst wird man das Mädchen zurückholen. Zwei Häuptlinge verfeindeter Sippen nutzten den neutralen Grund für Friedensverhandlungen, ein Huhn schritt über die Schwelle der Kirche, ruckte mit dem Kopf, war irritiert über die vielen Besucher, und der Alte in der letzten Reihe versuchte es zu packen und ihm die Gurgel umzudrehen, aber es flüchtete gackernd unter die Kirchenbänke, der Herr ist wahrhaftig auferstanden, wiederholte Pater Joseph, diesmal lauter und drohender, sodass es ruhig wurde, denn sie fürchteten um ihren Tabak, die Regeln waren klar, und mit ihm war nicht zu spaßen, sogar das Huhn hörte auf, verstört herumzurennen, suchte sich einen Platz unter dem Taufbecken, barg den Kopf unter dem Flügel und schlief wieder ein.

Pater Joseph öffnete die schwere Bibel, ließ den Blick durch die Reihen gleiten, fixierte einen jungen Kerl, der mit seinem Nachbarn flüsterte, bis er schwieg, und las, *als der Sabbat vorüber war, kauften Maria aus Magdala, Maria, die Mutter des Jakobus, und Salome wohlriechende Öle, um damit zum Grab zu gehen und Jesus zu salben. Am ersten Tag der Woche kamen sie in aller Frühe zum Grab, als eben die Sonne aufging,* machte eine Pause, zog seine Uhrkette aus dem Talar, runzelte die Stirn, las die Stelle noch einmal, diesmal langsamer und betonter, und mit dem letzten Wort ging tatsächlich die

Sonne auf, weit draußen auf dem Meer, ein Lichtstrahl fräste sich durchs Dunkel, ließ den Altar aufleuchten, die Blumen darauf und den goldenen Christus am Kreuz. Die Eingeborenen schnalzten anerkennend.

Max Lützow hatte sich inzwischen nach vorne gesetzt und das Akkordeon auf den Schoß genommen. Pater Joseph nickte ihm zu, und er fing an zu spielen. Die Kinder der Missionsstation sangen, alle in weißen Hemden und blauen Röcken und Hosen, *der Morgen rötet sich und glüht, der ganze Himmel tönt von Lob, in Jubel jauchzt die Erde auf, und klagend stöhnt die Unterwelt,* manche der Erwachsenen, die mehr oder weniger getauft waren, fielen mit ein, auch Kabua, der in der Mission aufgewachsen war, *der starke, königliche Held zerbrach des Todes schweren Bann. Sein Fuß zertrat der Hölle Macht: Aus harter Fron sind wir befreit,* sogar etwas in Engelhardt begann zu singen, das Kind, das er gewesen war und das noch immer in ihm lebte, zehn Jahre alt, vielleicht auch zwölf, sang voller Inbrunst wie damals in Nürnberg, rechts der Vater, streng, breit und wütend, auf der anderen Seite des Gangs die Mutter, leise und fast schon verstummt, sein Bruder war schon nicht mehr bei ihnen, er lebt bei den Engeln, hatte seine Mutter gesagt, und du hast ihn umgebracht, der Vater, vielleicht war er schon damals ein Mörder gewesen und blieb es und würde es zeit seines Lebens bleiben, *er, den der Stein verschlossen hielt, und den man noch im Grab bewacht, er steigt als Sieger aus dem Grab, fährt auf in strahlendem Triumph* und über allem dröhnte der Bass Pater Josephs, der noch immer mit ausgebreiteten Armen vor dem Altar stand, etwas grob, aber laut genug, *schon werden alle Klagen stumm, in Freude wandelt sich der Schmerz, denn auferstanden ist der Herr; ein lichter Engel tut es kund,* Lützows Tenor improvisierte, *dem Herrn sei Preis und Herrlichkeit, der aus dem Grabe auferstand, dem Vater und dem Geist zugleich, durch alle Zeit und Ewigkeit. Amen,* und selbst die gekauften Gottesdienstbesucher summten mit.

Die Sonne stieg schnell. Ihre Strahlen hatten sich schon von Christus abgewandt, vom Altar zurückgezogen, nur eine Lichtpfütze blieb an der Türschwelle.

Lützow schloss kurz die Augen, öffnete sie wieder und spielte die ersten Töne von Bachs Toccata in d-Moll.

Kabua hat Hunger. Gleich gibt es das süße Brot und die Eier, deswegen ist er hier und wegen des Tabaks, doch der Gottesdienst ist noch nicht zu Ende. Der zweite Weiße, der seit einigen Monaten auf Kabakon lebt, wird erst noch ein Lied spielen. Er ist schon oft bei ihnen gewesen, um ihre eigenen Lieder zu hören, jetzt gibt er ihnen eines seiner Lieder zurück. Es beginnt mit einer kurzen Frage aus Tönen, dreimal wird sie wiederholt, die Kinder stellen sie, die Frauen und die Männer, es ist die Frage an den Gott der Christen, wo er ist, sie rufen ihn, seinen Namen, laut wie die Schläge der Trommel, schließlich fragen alle gleichzeitig und durcheinander. Es ist Krieg zwischen den Gesängen. Sie schmerzen im Bauch, als hätte man ihm Obsidiansplitter ins Essen gemischt, die ihn von innen zerreißen, doch bevor er sich übergeben muss, wird Friede zwischen den Stimmen. Der Ruf geht über die Baumwipfel hinaus in den Himmel und verhallt und findet keine Antwort, deswegen fragen alle noch einmal, Gott der Christen, wo bist du, diesmal beginnen die Männer, Frauen und Kinder fallen mit ein, und dann stellt jeder Einzelne der Sippe die Frage, er hört seine eigene Stimme und die seiner Frauen, seiner Söhne und Töchter, immer drängender wird die Frage, sie tanzen die Frage und halten die Speere dabei in die Luft, genau so klingt das Lied, und doch ist kein Gott, der antwortet, und das Instrument erzählt vom Leben im Dorf, da sind die Trippelschritte der Hühner, das Grunzen der Schweine, Kopra wird getrocknet, die Frauen kommen von den Feldern mit der Ernte, Männer sitzen und reden, sammeln Muscheln am Meer, der Wind geht in den Palmen, die Frage ist längst vergessen und nicht mehr wichtig, wichtig ist die Kava, die gebraut wird, und dass der Chinese neue Äxte bringt, in einigen Monaten wird man ein Fest feiern, das Männerhaus braucht ein dichtes Dach, doch am Horizont ballen sich schwarze Wolken und kommen näher, ein ferner Donner aus Tönen rollt übers Wasser, es blitzt, ein Sturm zerreißt die Hütten, zerfetzt die Palmen. Zwei der Kanus voller Männer kentern, und keiner von ihnen wird das Ufer erreichen. Trauer liegt über dem Dorf und wieder die Frage nach dem Gott der Christen, und wo er ist, und der Gott spricht jetzt zu ihnen. Seine Stimme ist ruhig und sanft, nicht die Stimme des Donners und des Sturmes, und einen Moment später spricht er mit einer zweiten Stimme, zart wie die einer jungen Frau, und beide Stimmen winden sich umeinander wie Lianen im Wald. Er macht keine Versprechen, nicht wie die Zauberer ihrer Dörfer, er spricht nicht von den großen Dingen, sondern den kleinen, die nächste Stimme kommt dazu, immer feiner werden sie und doch immer deutlicher, auch die windet sich nach oben, die vierte Stimme, er gibt allen einfache Regeln, an die sie sich halten sollen, zuerst den Männern, dann den Frauen, immer die gleiche Regel, aber Einzelne widersprechen, sie wollen nicht gehorchen, nicht diesen Regeln, nicht diesem Gott, und sie werden lauter, und schließlich rufen alle durcheinander, vor allem die Zauberer, die die Macht der fremden Magie fürchten, Kinder fangen an zu greinen, Frauen singen ihre eigenen Lieder, er erkennt die Melodien, nur die Stimme des Gottes ist kaum noch zu hören in dem Lärm, sie wird leiser, fast schon verstummt sie, als ob es ein schwacher Gott ist, den sie niederschreien, so scheint es für einen Moment, aber dann fährt seine Stimme gewaltig in den Lärm mit der Kraft eines großen Kriegers, sie widersprechen zwar noch, aber ihr Widerspruch hat sich verändert, sie widersprechen mit der Stimme Gottes, die aus ihrem eigenen Mund kommt und die gleichzeitig wütend ist und traurig und voller Sehnsucht, dass es einen im Kopf schmerzt, Kabua kennt das Gefühl, wenn ein Sohn stirbt, so fühlt sich Gott, und er spricht die Sprache der Menschen, und sie sprechen mit seiner Stimme und singen für ihn, und er ist in den Tönen und in der Stille danach. Kabua steht auf. Er hat das Gefühl, er hat schon gebetet.

Eine Dienerin der Theologie«, wiederholte Pater Joseph, »das ist die Aufgabe der Musik im Gottesdienst, eine Dienerin und kein Ersatz, da muss man aufpassen. Sie ist kein Sakrament, kein Zeichen, das als sichtbare Handlung die unsichtbare Wirklichkeit Gottes bewirkt.«

»Aber sie ist der Predigt überlegen«, sagte Lützow. »Deswegen hat man Bach schon als jungen Mann angegriffen und getadelt, immer wieder: Zu viele Variationen mache er, zu viele fremde Töne mische er in sein Orgelspiel, sodass die Gemeinde verwirrt sei, so schrieben sie, das müsse er unbedingt lassen, das gaben sie ihm tatsächlich schriftlich, der größte Komponist, der bis dahin gelebt hatte, und das Konsistorium der Kirche wollte ihm vorschreiben, wie er zu spielen habe, sogar die Anzahl der Töne. Schön melodisch sollten sie außerdem alle sein, bloß nichts Schräges, aber die Gemeinde war nicht verunsichert, das zeigen Berichte aus der Zeit, verunsichert war der Priester, der nicht mehr wusste, ob er das Vaterunser schon gesprochen hatte, die Gemeinde wusste: In der Musik war alles gesagt und durch die Musik, und deswegen gingen sie nach dem Orgelspiel und vermissten nichts.«

»Als der Spielmann auf den Saiten spielte, kam des Herren Hand auf ihn«, sagte Engelhardt, *Buch der Könige*, fügte er mit vollem Mund hinzu, so habe er empfunden, was hier passiert sei, auf Lützow habe die Hand Gottes geruht, aber er verstehe natürlich, dass der Pater bitter sei, das sei sein gutes Recht.

»Für einen Sonnenanbeter kennen Sie die Heilige Schrift ziemlich gut«, sagte Pater Joseph anerkennend. Engelhardt schien es besser zu gehen. Die Gegenwart des Musikers war heilsam, oder die Beichte, die er abgelegt hatte. Seither hatte er ihn nicht wieder so trübselig erlebt wie damals auf dem Strand, und jetzt legte er noch nach und zitierte Psalm 150, Singet dem Herrn ein neues Lied, Lobet ihn mit Posaunenschall, lobet ihn mit Psalter und Harfe! Lobet ihn mit Pauken und Reigen, lobet ihn mit Saitenspiel und Flöte! Lobet ihn mit hellen Zimbeln, lobet ihn mit lauten Zimbeln! Alles, was Odem hat, lobe den Herrn, wenn das so in der Bibel stehe, habe Lützow doch alles richtig gemacht.

»Mir ist die Musik meines Namensvetters zu arithmetisch«, Bach schüttelte den Kopf, griff nach einem vierten Stück Osterzopf und bestrich ihn mit Honig. »Zu viel Mathematik und nicht genug Seele. Das ist keine Musik, sondern Architektur. Er baut ein Haus aus Tönen, aber er belebt es nicht.«

»Das haben die Wilden anders empfunden«, sagte Engelhardt, »und ich auch. Ich hatte das Gefühl, mein Bruder spricht zu mir. Er ist schon lange tot, seitdem ich ein Kind war, und immer war er verschwunden, aber gerade habe ich seine Stimme gehört, das war tröstlich und erschreckend zugleich, und es lag an der Musik. Wenn ich Schubert höre, dann öffnet sich etwas in mir nach ganz innen, aber bei diesem Stück von Bach öffnete sich etwas den Himmeln entgegen und dem Gott, an den ich schon lang nicht mehr glaube.«

»Wenn es Sie zurück in den Glauben führt, hat die Musik ihre Schuldigkeit schon getan und ich will nichts mehr sagen.«

»Amen«, sagte Lützow, der glücklich war, endlich wieder ein Konzert vor Leuten zu spielen, wieder zu merken, dass ihre Ohren sich öffnen und ihre Seelen in einem gemeinsamen Takt schwingen, darum ging es, außerdem hatte er in einem der Zwischenspiele der Fuge wieder jene Musik gehört, um deretwillen er auf die Insel gekommen war, ein Singen der Himmel. Er hatte gleichzeitig gespielt und gelauscht, einige Takte lang ging das so, die Astralmusik, die er nie vernommen hatte in den letzten Monaten, obwohl er so viel Zeit mit Hören verbracht hatte, doch vielleicht war das der Fehler gewesen, nicht im Hören war die Musik des Himmels, sondern im Spielen, das beobachtete er in der nächsten Zeit immer genauer, verbrachte Tage auf der Insel des Missionars mit dem

Akkordeon, in einer abgelegenen Bucht am Meer, wohin die Kinder ihm nicht folgen konnten. Stand unter einer Palme in Kabakon und dirigierte ein unsichtbares Orchester. Segelte sogar zweimal nach Herbertshöhe, um auf dem Klavier des Gouverneurs zu spielen, immer wieder Bach, das lag nahe nach dem Erlebnis an Ostern, aber es funktionierte nicht.

»Weil ich nur für mich spiele«, sagte er zu Engelhardt nach wochenlangen Experimenten, »aber es geht nicht nur um mich, sondern um das Publikum, die Unio mystica mit dem Hörer, wenn alle verschmelzen in der Musik, dann erst erklingt die Astralmusik, ich habe einen Fehler gemacht, ich muss wieder vor Menschen spielen, in der Scala, im La Fenice, in Berlin.«

»Aber die Insel? Die Sonne? Die Ruhe und der Frieden hier. Du hast geschrieben, dass du entzückt bist von Kabakon und es keinen Platz auf der Erde gibt, der alle Anforderungen deines Ideals so befriedigt. Dass du dir keine besseren Lebensbedingungen denken kannst. Dass jeder, der hierherkommt, auch hier bleiben wird, ich habe deinen Brief gelesen und irgendwann wird er vielleicht in der *Vegetarischen Warte* erscheinen und Zehntausende werden es lesen, wie wirkt es da, wenn du wieder in Europa bist? Sie werden dich einen Lügner nennen. Einen Heuchler. Bleibe hier. Hier bist du gesund geworden. Weißt du noch, wie du gekommen bist? Nervös und bleich, ein Opfer der Städte und des Lärms. Vollgepumpt mit Medikamenten. Alkohol. Kokain. Hier erst bist du rein geworden, und nur hier bleibst du rein. Kehrst du zurück, wird deine Seele wieder grau und verschleiert. Dein Gesicht wird wieder fahl. Die Lider zucken wieder. Alles beginnt wieder von vorne, und glaube nicht, ich nehme dich ein zweites Mal auf. Wenn du gehst, dann gehst du für immer. Nach Berlin kannst du immer kommen. Der Stadt bist du egal, aber nach Kabakon kommst du nur ein einziges Mal. Wenn du es verlässt, hast du es auf immer verloren.«

Tagelang keine Gespräche mehr. Lützow schlief unter den Palmen am Strand, Engelhardt in der Nähe der Hütte, Manchmal trafen sie sich beim Baden, zufällig, grüßten mit einem Nicken, ein paar kurze Worte, na Max, was macht die Musik? Gut, gut, und die Sonne, August? Der Komponist packte die Koffer. Noch einen Tag, bis das Dampfschiff kam. Schade, auf diese Weise zu gehen, anders wäre es ihm lieber gewesen, doch er war Künstler, er hatte nie Rücksicht genommen auf andere Menschen und würde nicht jetzt damit beginnen. Nicht wehmütig werden, hier hatte er gelernt, was es zu lernen gab, und dass er kein Mensch für die Einsamkeit war. Ein Stück dieser Insel würde er mit sich tragen, nichts geht für immer verloren, außerdem war da die Musik der Wilden, ihre seltsamen Harmonien, die hatte er notiert, versuchsweise, es war nicht einfach, denn er musste neue Vorzeichen erfinden, Plus und Doppelplus für die Drittel- und Vierteltöne, und vielleicht doch eine Oper, später, wenn er Ruhe fand, *Kabakon oder der Sonnenorden*, er würde sie Engelhardt widmen, zum Dank, dann würde der ihm verzeihen. Den Artikel in der Vegetarischen Warte könnte er vielleicht noch verhindern, er hatte einen entsprechenden Brief schon geschrieben, auch wenn der nicht schneller in Europa sein wird als er selber, es wurde Zeit, dass auch die Südsee ans Telegrafennetz angeschlossen wurde.

Engelhardt sah mitleidig auf den schlafenden Max. Trotz der Monate hier war noch zu viel Nacht und Tod in ihm und rief ihn zurück in die Gruft der Städte, dort wird er tote Speisen essen, tote Luft atmen, totes Licht auf seiner Haut spüren und zugrunde gehen an den Giften. Er wird wieder zu einer künstliche Puppe, gehalten von unsichtbaren Fäden, die an ihrem Sarg arbeitet. Er wird den warmen Sonnentempel vertauschen mit der kalten Erdhöhle. Statt ein Unsterblicher wird er ein Langsamsterblicher werden. Dabei hatte er gerade erst wieder einen Bericht für eine Vegetarierzeitung in Deutschland geschrieben und geschwärmt von den märchenhaften Meerbädern, dem prachtvollen Panorama, der hochtropischen Vegetation, die in Ceylon nicht schöner sei, dem berückenden Schauspiel des Meerleuchtens und dass man hier den ganzen Tag nackend gehen könne und die Hitze daher nie lästig werde.

Er hatte die Wahrheit gesagt, aber warum handelte er dann ganz anders? Wer gegen die Tropen ist, ist gegen die Sonne, gegen das Leben, gegen sein besseres Ich, ein Verräter, ein Judas, der an seinem eigenen Verrat sterben wird, elend und allein, das muss er verhindern, dass der Freund sich selber die Treue bricht und meineidig wird, er muss ihn retten und an die Insel binden, so sanft schläft er, so zart, so brüchig das Leben und der Schädel, nicht wie bei einem Hai mit seinen Knochen aus Stein, aber selbst die konnte man brechen, um wie viel mehr war der Mensch gefährdet, war es Max, die blonden Haare über dem Kopf. Engelhardt hielt die Nuss in der Hand, die er geerntet hat und in der Nacht trinken wird, sie war schwer, zwei oder drei Kilo, von seiner Lieblingspalme, die allein ihn schon fast ernähren könnte und Max dazu, der ein Verbrechen plante an seiner Insel. Vom Wald her kreischten Möwen und das mitten in der Nacht, das Meer leuchtete, am Himmel das Kreuz des Südens und eine schmale Sichel des Mondes. Im Schlaf stöhnte der Freund, als ob er wüsste, dass er ins Verderben geht, aber er geht offenen Auges, und das kann er nicht zulassen, er wird ihn retten, aber wie? Eine Möglichkeit gibt es immer. Irgendwann kommt man an den Punkt, von dem aus es kein Zurück mehr gibt. Das ist der Punkt, der erreicht werden muss, jetzt ist er da, sonst ist es zu spät, das Schiff wird morgen schon kommen, da wäre ein Weg, aber Weg ist nur ein Wort, es gibt keinen Weg, es gibt nur ein Zögern, wohin mit der Nuss in seiner Hand? Aber es ist schon so unendlich spät und er selbst müde, soll Judas sehen, wo er bleibt, mit drei Küssen wird er ihn verraten, Zeit zu schlafen, ihn ruft seine Kuhle im Sand.

Am nächsten Morgen war alles ganz leicht. Die Sonne schien besonders duftig, das Meer umschmeichelte ihn, Max schlief noch im Sand, ein paar hundert Schritte weiter. Er ließ ihn schlafen, kein Grund, den Freund zu wecken. Die erste Papaya war leicht faulig, aber die nächste fest und doch reif, und der Geschmack explodierte im Mund. Ein Paradiesvogel schrie, aber der Musiker schlief. Engelhardt las ein paar Gedichte. Max schlief, auch als ein Schwarm Tauben über die Schalen der Früchte herfiel, schlief, als die Sonne stieg, als das Postschiff tutete, wieder abfuhr und einen Schwall Kohlengestank in der Luft ließ, Erinnerung an das Leben in Städten, schlief, als die Sonne am höchsten stand und selbst Engelhardt sich für ein paar Stunden in den Schatten der Palmen setzte, Max schlief zu lange. Schließlich versuchte er, ihn zu wecken, aber neben dem Freund lag eine Nuss im Sand, groß und schwer, und die Stirn war blutig und schwarz von kleinen Fliegen, ein Auge stand offen, aber er atmete, feucht und schwach und keuchend. Engelhardt sah nach oben zur Palme, die die Nuss auf Max geworfen hatte, sie wollte, dass er bleibt, die Palme selbst sorgte dafür, dass er blieb, trotzdem war ihm schlecht, er hatte Angst und wollte schreien, aber er schrie nicht, sondern öffnete die Nuss mit der Axt und goss dem Freund die Milch übers Gesicht, das würde ihn heilen, dachte er, aber auch eine Stunde später ging es ihm nicht besser, und den Kräutersud konnte er nicht schlucken, Max, Mensch, wach auf. Er hielt den Kopf in seinen Armen, so dünn war der Schädel der Menschen, er wiegte ihn in seinen Armen, froh, dass der Freund nicht zum Verräter wurde, alles wird gut Max, du bist kein Judas, alles wird gut, aber wie, wenn der sich kein bisschen rührte? Immer wieder die Fliegen, die er vertrieb, der röchelnde Atem, das Herz schlug noch, Anna hätte die passenden Mittel für ihn, ob Max jemals wieder aufwacht und ob er jetzt endlich die Astralmusik hört?

Ohne zu Zögern kam Kabua mit, obwohl Engelhardt seit Monaten nicht mehr mit ihm gesprochen hatte. Er war dabei, ein Opossum auszunehmen, legte das Messer zur Seite, wischte die Hände an einem Grasbüschel ab. Schweigend gingen sie durch den Wald, schweigend betrachtete der Häuptling den Kopf des Musikers, schweigend die Nuss, die neben ihm lag, schweigender Blick zu Engelhardt, der die Augen abwandte. Max wimmerte leise wie ein sterbendes Kind. Das Gesicht zog Fratzen, als Kabua mit den Fingerspitzen drüberfuhr. Ich frage den Zauberer, sagte er schließlich auf Deutsch, die Sprache klang schwer in seinem Mund, wie aus Messing. Er verschwand und Engelhardt blieb allein, verscheuchte Fliegen, es wurden mehr, noch nie hatte er auf seiner Insel so viele Fliegen gesehen, der Teufel war nah und grub nach der Seele des Freundes. Engelhardt flüsterte ihm Namen von Komponisten ins Ohr, Bach, nicht vergessen, Bach, den willst du wieder spielen, Mozart braucht dich, *Kabakon oder der Sonnenorden*, deine Oper, Max, die Musik der Wilden auf den großen Bühnen der Welt, zwei Fruchtesser auf der Suche nach Wahrheit, Max, aufwachen, du hast noch viel vor, aber der stöhnte nicht einmal mehr, das Herz schlug langsamer und widerwillig.

Kabua kam mit einem der Alten aus dem Dorf und drei jungen Männern. Sie setzten sich im Kreis um Max und begannen zu singen, mit geschlossenen Augen, wiegenden Oberkörpern. Dem Alten fehlte das linke Ohr, dicke Narbenwülste auf beiden Schultern, die Zähne abgeschliffen und rot vom Betel. Er gab den Rhythmus vor und die Melodie, eines der Lieder vielleicht, die Max kannte und das er notiert hatte, einen Faden aus Klängen fädelten sie ihm durchs Ohr, um ihn zu retten, doch plötzlich hob der Alte die Hand, und das Lied brach ab.

Mit einer Axt köpfte er die Nuss neben Max, wusch sich die Hände mit dem Kokoswasser, nahm einen Stein und schärfte damit einen Haifischzahn mit langsamen Bewegungen, sehr gründlich und geduldig, hielt ihn immer wieder ins Licht, strich weiter über den Zahn, steckte ihn in den Mund, probierte ihn mit der Zunge, schliff weiter, nickte schließlich befriedigt zu einem der Männer, der den Kopf von Max hielt, während der Alte mit einem einzigen Schnitt des Zahnes die Kopfhaut aufschnitt. Ein Ton wie zerreißendes Seidenpapier. Der Junge knotete ein paar Fäden in das Haar von Max und zog daran. Haut klappte vom Schädel, schmatzte, hing rot über die Ohren, skalpiert wie Sam Hawkens aus Winnetou, der Lehrer Old Shatterhands, *wenn ich mich nicht irre, hihihihi*, das sagte er auf jeder zweiten Seite, Max stöhnte, der Alte sprach ein paar Worte, es klang beruhigend, die Iris von Max drehte nach oben und verschwand, die Seele des Menschen ein weißes und fremdes Nichts.

Die Nuss hatte dem Freund den Schädel zerschlagen, den zarten Knochen, eine brüchige Schale, viel Kraft hatte das nicht gekostet, im Gegenteil, viel zu schnell brachen die Schädel der Menschen, ganz anders die der Haie, bei denen brauchte es Wut und Angst, bei den Menschen genügte auch eine kleine Enttäuschung. Weiße Splitter steckten im roten Brei. Der Zauberer nickte zu einem der anderen Jungen, der reichte ihm einen geschliffenen Obsidian, mit dem er Knochenstücke aus dem Schädel fischte. Er nahm sie mit dem Mund vorsichtig vom Steinmesser und spuckte sie in den Sand. Das Loch im Schädel war groß wie eine Kinderhand. Darunter das Hirn, grau und faltig, das kannte Engelhardt nur aus seiner Kindheit, panierte Lammhirne mit Speck, Sonntagsessen, drei- oder viermal im Jahr, damals hatte ihm das noch geschmeckt, nicht anders das Hirn von Max, nur ohne Panade, die Lappen, die der Alte anhob, um Splitter zu suchen, sehr systematisch, darin steckte Max, wenn man nur wüsste, wo die Musik sitzt, könnte man sie herausschneiden, und Max würde für immer auf der Insel bleiben und glücklich sein, aber er konnte den Alten nicht fragen, der jetzt befriedigt aussah und den Obsidian zur Seite legte, eine Muschel nahm und die gesplitterten Knochenränder schliff, den Kopf des Kranken zur Seite gedreht, damit kein Knochenmehl in den Schädel staubte. Mit Kokoswasser wusch er die Wunde, schloss das Loch mit einem Bananenblatt, legte die Hautlappen darüber, nähte sie mit dem Faden zusammen und rasierte die Haare. Wieder taufte er den Schädel mit Kokoswasser. Einer der Jungen hatte in der Zwischenzeit einen Helm aus Rotangbast geflochten. Der Zauberer setzte ihn Max über den Schädel. Wieder sangen sie, der Alte blies Zaubermittel in die Luft. Dann ließen sie ihn allein. Meer rauschte, Sonne sang, Max stöhnte, das Herz war aus dem Rhythmus geraten, Fünfvierteltakt, die Iris schwamm wieder ein wenig nach unten, ein blauer Halbmond im Augenweiß.

Engelhardt hatte Max ein Lager am Strand bereitet, drehte seinen Körper jede halbe Stunde ein wenig weiter, ein Uhrzeiger im weißen Sand, damit die Sonne ihn immer beschien. Sie allein würde ihn heilen, sie und die Kokosnuss. So wie sie dafür gesorgt hatte, dass er auf der Insel blieb und nicht zurückkehren konnte in das Reich der Nacht, der Kälte, des Bösen. Wie man aus Nüssen Kerzen und Seifen macht, die den Menschen äußerlich erleuchten und reinigen, macht die Kokosnuss ihn auch innen hell und ganz rein.

Er badete das frisch operierte Haupt in Kokoswasser, tröpfelte es auf die gesprungenen Lippen von Max, flößte ihm kleine Schlucke ein, wachte tagsüber bei ihm, las ihm vor, von Kepler die *Harmonia mundi,* in der er über Planeten schreibt, als sei es Musik, das musste Max gefallen. Tief in ihm war vielleicht einer, der es verstand. Engelhardt wachte nachts, legte ihm die Hand auf die Stirn, wenn er stöhnte, verabreichte den bitteren Tee, den Kabua jeden Tag in einem hohlen Kürbis brachte, massierte die Hände, die sich langsam in sich verkrallten, damit würde Max nie wieder Klavier spielen können, nie wieder Geige, mit solchen Händen könnte er bleiben, sie würden wahre Jünger der Sonne sein, niemandem untertan und für immer frei.

Kabua blieb immer öfter bei ihm zum *Limlimbu.* Gemeinsam schwiegen sie über den Hai.

Auch Pater Joseph kam häufig. Er betete für Max und lud Engelhardt dazu ein. Er kniete mit dem Missionar im Sand und betete leise mit ihm, *gelobt seiest du Vater Helios,* ein anderer Gott, ein älterer als der der Christen. Manchmal tauchte Max dabei auf, öffnete die Augen, sah sie an, ohne sie zu erkennen, trank ein wenig, hob die Hände, blickte verständnislos darauf, versank wieder, wo ihn keiner je würde erreichen können. Die Narbe am Schädel verheilte, was blieb, war ein Wulst, verdeckt durch die Haare, der Herr wird sich seiner annehmen, hatte Pater Joseph noch vor ein paar Tagen gebetet, auch ohne Beichte. Er wird bald gesund, sagte er jetzt, als Max wie im Schlaf vor sich hin brabbelte, leise sang auf Italienisch oder Spanisch, das konnten sie nicht wirklich erkennen, die Füße zuckten im Takt und die rechte Hand dirigierte ein fernes Orchester.

»Wir sollten ihm Musik vorspielen«, schlug Pater Joseph vor.
»Singen?«, fragte Engelhardt. »Oder Akkordeon spielen?«
»Das Grammophon. Wir fragen Bach, ob er uns das ausleiht. Das ist zwar schwer, aber Herr Lützow ist noch lang nicht transportfähig.«

Bach zögerte keine Sekunde, als Pater Joseph ihn fragte, sondern sortierte sofort einen Stapel Platten in eine Kiste, schraubte den Lautsprecher und die Kurbel vom Grammophon, kramte in einer Schublade des Schreibtischs nach Nadeln, trug alles zum Kanu des Paters, aber Vorsicht mit dem Tonarm und bloß kein Salzwasser aufs Holz, wir wickeln besser alles in Papier, außerdem komme ich mit, ich will sehen, welche Musik ihn am ehesten heilt.

Pater Joseph ließ seiner Missionsstation von Bachs Hausdiener über die Trommelsprache ausrichten, dass er erst am kommenden Morgen zurückkehren werde, und gemeinsam ruderten sie nach Kabakon.

Es war schon spät, als sie landeten. Engelhardt saß am Strand, den Kopf des Musikers in seinem Schoß. Der schlief wieder oder war in einer Ohnmacht versunken, die so tief war, als würde er nie wieder erwachen.

Bach montierte das Grammophon auf dem Tisch, den Pater Joseph und Engelhardt geschreinert hatten.

»Schubert?«, fragte er, »Schumann, Mozart, Bach oder Händel? Etwas Modernes? Debussy vielleicht oder Ravel, die neuen Franzosen sind sensationell anders. Was Leichtes? Johann Strauss, Vater oder Sohn, ich habe beide, oder Paul

Lincke, da könnten wir sogar mitsingen, das macht die Berliner LuftLuftLuft, so mit ihrem holden DuftDuftDuft, wo nur selten was verpufftpufftpufft, ich habe seine Oper gleich dreimal gesehen, ist keine klassische Musik natürlich, aber vielleicht hilft es ihm doch, weil er in seinem Zustand einfache Melodien braucht und einen schmissigen Takt.«

Engelhardt sah die Platten durch. »Stabat mater«, sagte er »davon hat er viel gesprochen. Pergolesi, den kenne ich gar nicht, sollen wir damit beginnen?«

»Eigentlich der falsche Tag dafür«, sagte Pater Joseph. »Das singt man am Fest der Sieben Schmerzen Mariä, aber das ist erst in ein paar Monaten und so lange können wir nicht warten. Außerdem passt der Text zu seinem Zustand. Es geht um Wunden und Leiden und die Überwindung des Todes.«

Bach schraubte eine neue Nadel ein, »die Guten von Marschall, die verwende ich nur hier, die halten fünf oder sechs Platten lang, bei den anderen muss man schon nach einer Seite auswechseln, die sind zwar viel billiger, aber bei dem Porto hierher lohnen die Teuren sich trotzdem.«

Er drehte die Kurbel, Töne schwebten über den Strand, eine Violine, und eine Stimme setzte ein, die so voller Leid war, dass sie die ganze Insel verwandelte, mit einem Mal war nichts mehr konkret, der Strand nicht der Strand und die Palme kein Baum, das Meer war nicht wirklich und nicht die Sonne, die im Westen ermattet vom Himmel fiel. Die Musik war kein Gebet, wie das Stück, das Max in der Kirche gespielt hatte, es war die Klage einer einsamen Frau, die vergebens auf Trost wartete. Jeder der Männer auf dem Strand fühlte sich schuldig und vermied es, den anderen anzusehen, nur über das Gesicht von Max ging ein Lächeln, selig wie das eines Kindes, und einen kurzen Moment lang beneideten sie ihn.

Engelhardt blätterte durch einen Band mit griechischen Fabeln. Er hatte eine vage Ahnung, welche Geschichte er suchte, irgendwo im hinteren Teil des Buches, er hatte es lange nicht in den Händen gehalten, als ein Blatt aus den Seiten glitt, brüchig, die Ränder ausgefranst. Er kümmerte sich nicht darum, eine Fabel mit einem Frosch und einem Fuchs, irgendetwas in dieser Richtung war es. Er las einzelne Überschriften, hielt das Blatt in den Fingern, öffnete es nebenbei und sah sich und Anna.

Sie waren mit Fidus auf der Lichtung im Jungborn gewesen, am Rand einige Buchen, er erinnerte sich an die jungen Blätter, fast waren sie essbar, als Fidus Halt gerufen hatte und Anna bat, sich hinzuknien, und Engelhardt, sich zu ihren Füßen zu legen, ein paar Momente nur, Striche in seinem Skizzenblock, jetzt schau in den Himmel. Schließe die Augen. Fidus' Stimme war hoch wie die eines Mädchens, wenn er aufgeregt war, genau so. Nicht mehr bewegen, oder doch, winkle das Bein an, den rechten Arm hoch. Nein, den rechten, habe ich gesagt, ja, und jetzt still. Es ist ein Bild der Trauer, hatte Fidus gesagt, trotz der Sonne und der Nacktheit, zwischen euch ist ein Sehnen, das niemals erfüllt wird. Ein Maler malt nicht, was die Leute sehen, sonst ist er kein Maler, sondern er malt, was tatsächlich ist. Er schaut die verworrenen Wurzeln des Daseins. Deswegen ist die Malerei die höchste der Künste.
Er hatte Fidus die Fabeln ausgeliehen und der hatte das Bild darin vergessen oder es ihm geschenkt. Engelhardt betrachtete es lange. Damals hatte er die Trauer nicht erkannt, sondern gedacht, Fidus nehme sich ein wenig zu wichtig, schließlich war es Sommer. Heiß war es und licht, und alle waren sie jung und schön und noch am Anfang. Jetzt sah er sie.

Regen fiel immer seltener, ein kurzer Guss noch am Morgen, man wurde nicht einmal richtig nass dabei, so fein waren die Tropfen und so warm, dass sie direkt auf der Haut verdunsteten, und irgendwann hörte er ganz auf, ohne dass man es merkte, und Engelhardt musste im Tagebuch nachschlagen, um festzustellen, dass es schon seit vier Wochen trocken war. Die schönste Zeit war gekommen. Max genas langsam. Hin und wieder kam noch der Zauberer, streute ein paar Kräuter in den Wind, betastete den Schädel, nickte zufrieden, trank eine halbe Kokosnuss und kippte die andere Hälfte über den Musiker.

Bevor Max wieder sprach, sang er einige Wochen lang kleine Melodien, trug Kirchenchoräle vor, eine Stimme nach der anderen, trällerte Schlager, pfiff Arien, summte Wiegenlieder, stimmte Duette an und wartete erstaunt auf die Antwort, er jodelte, brummte, stöhnte, winselte, imitierte Klavier, Geige und Orgel, tänzelte über den Strand, dirigierte unsichtbare Orchester. Stundenlang drehte er die Kurbel des Grammophons. Bach hatte es ihnen gelassen, der Musiker braucht das viel dringender als ich, und wenn ich Sehnsucht bekomme, schaue ich bei Ihnen vorbei, aber passen Sie mir auf den Schubert auf, hören Sie, der ist mir heilig. Max hörte das gleiche Stück zwanzig Mal hintereinander, wenn Engelhardt ihm nicht die Platte umdrehte, zwanzig Mal oder dreißig und jedes Mal mit der gleichen neuen Begeisterung, Augen geschlossen, Kopf leicht ins Schallrohr geneigt, gleich kriecht er rein, sagte Bach, als er das sah, passen Sie auf, wenn er erst einmal drin ist, kriegen Sie ihn nicht wieder raus.

Max war wahllos und glücklich, solange der Teller sich drehte. Die Nadeln waren längst stumpf geworden und Engelhardt schliff sie mit Muscheln nach. Beim Schwimmen musste er besonders auf den Freund aufpassen, denn der tauchte gerne und beobachtete Fische und vergaß dabei, wieder nach oben zu kommen. Engelhardt las ihm viel vor, pflückte die besten Nüsse für Max, die reifsten Früchte, ließ ihn mit Kabua gehen, damit er eine Nacht bei den Wilden verbrachte und deren Gesänge hören konnte.

Als Max anfing zu sprechen, wusste er nichts, nicht einmal seinen Namen, nicht seinen Beruf, nicht, warum er auf dieser Insel war. Engelhardt überlegte, in den leeren Kopf neue

Erinnerungen einzupflanzen. Er könnte erzählen, dass sie schon immer hier lebten, Max würde es glauben, er war arglos wie ein Kind, die Kokospalme war ihre Mutter, der Vater das Meer, wie in den Geschichten der Wilden. Dass er sein Bruder wäre, warum nicht, sie lebten wie Brüder, wie gute Brüder, die sich liebten und nicht gegeneinander kämpfen mussten und keiner würde im Wasser versinken, Abel und Abel, die Zwillingsseelen, geliebt von der Sonne, das könnte er sagen. Dass es keine Welt gibt außerhalb dieser Insel. Dass alles, was einmal war, untergegangen ist und nur sie und ein paar andere überlebt haben. Untergegangen an ihrem Dreck, ihrer Technik, dem Lärm, den verlogenen Träumen. Dass Gott sie auserwählt hat wie Noah, obwohl, die Geschichte mit der Arche kennt Max nicht mehr, die muss er nicht bemühen. Alles würde er ihm sagen können, ein leeres Buch ist sein Schädel, er könnte ihn beschreiben. Er könnte ihm eine goldene Vergangenheit malen. Liebende Eltern, sorgende Schwestern, Lehrer voller Verständnis. Er könnte ihn reich machen oder bettelarm. Ihm sagen, dass er gesucht werde als Verbrecher, als Mörder, und er nur auf dieser Insel sicher sei. Er könnte ihn zum Sklaven machen. Du schuldest mir hunderttausend Mark und musst sie abarbeiten. Er könnte einen gefallenen Mönch aus ihm machen. Dein Orden hat dich verstoßen, weil du eine Dreizehnjährige geschwängert hast. Ein Opfer des Meeres, dein Schiff ist gekentert mit all deinem Besitz, deiner Frau, deinen Kindern, vor Trauer hast du dich ins Nichtwissen gestürzt.

Er war frei, Max nach seinem Bilde zu formen. Er war sein Gott. Aber er wollte ein guter Gott sein und sagte ihm einfach die Wahrheit, Stück für Stück, immer so viel, dass Max es gerade begriff.

Zu viel Kokoswasser, er konnte es nicht mehr ertragen, diese trübe Brühe in brauner Schale, sicher sehr gesund, natürlich, die Muttermilch der Palmen, so nannte es Engelhardt, das edelste Geschenk der Natur an die Menschen, nur damit solle man Kinder aufziehen, aber immer war es zu warm, immer ölig und schwer, immer schwammen kleine Fasern darin. Aus einem Bergbach würde er gerne trinken, klares Wasser, kalt und mit einem metallischen Geschmack. Aus einem Brunnen in Weinbergen, das Wasser leicht und weich vom Löss, aus einem See, der nach Algen schmeckt und dunkler Erde. Er hatte Sehnsucht nach Wein, herbem Chianti, frechem Muskateller, hochnäsigem Bordeaux und dem ganzen anderen Zeug, das sie einem servierten in den guten Restaurants der Metropolen, er hatte sich nie darum gekümmert, was er trank, er mochte die Wirkung, aber jetzt vermisste er auch den Geschmack. Er wollte wieder Menschen sehen, nicht nur den Pater und Engelhardt, auch wenn er ihm sein Leben verdankte, monatelang hatte der ihn gepflegt, selbstverständlich war er ihm dankbar, aber das reichte nicht, um hierzubleiben, Dankbarkeit war ein sehr verderbliches Gut und seine war schon verfault. Außerdem brauchte er Musik, echte Musik, die lebte, und nicht die Leichen auf ausgeleierten Platten; sein Klavier brauchte er, seine Violine, endlich wieder ein Streichkonzert spielen, gemeinsam mit Freunden, verbunden durch die Musik. Ein Orchester dirigieren und aus lauter Individuen einen gemeinsamen Körper schmieden. Er wollte wieder durch eine Straße gehen, Entscheidungen treffen, gehe ich rechts oder links?, und sehen, was daraus entsteht. Schönen Frauen folgen auf den Boulevards von Paris, sie überholen und sich entscheiden, ob das Gesicht hält, was der Hintern verspricht. Er brauchte wieder Möglichkeiten, ein Ziel, er brauchte wieder Zeit, die verging, das war das Schlimmste hier, dass die Zeit stand und er älter wurde, ohne dass etwas geschah, außer den ewiggleichen Bädern im ewiggleichen Meer, den Gesprächen über Bücher, dem Klettern auf Palmen, Spaziergängen am Strand, es war das ewige Glück hier, jeder Tag so schön, dass es die Hölle war. Außerdem hatte er die Musik des Himmels schon lange nicht mehr gehört, Zuhörer braucht es da, und nur deswegen war er hierhergekommen, ein Missverständnis, aber zu gehen war nicht einfach, denn Engelhardt würde das nicht dulden. Er konnte nicht abreisen, nur fliehen, doch das machte nichts, Besitz hatte er kaum, er würde ihn hier zurücklassen, nichts da, was er vermissen würde, nur würde die Flucht mühsam werden, noch immer war er schwach. Manchmal schmerzte der Schädel, vor allem wenn der Nordwestmonsun wehte, also brauchte er Hilfe. In ein paar Tagen fuhr ein Postschiff von Herbertshöhe ab, wenn er das erreichen könnte, wäre er in ein paar Monaten in Deutschland, er hatte schon mit Kabua gesprochen, er würde ihm ein Segelboot leihen und zwei Jungs, um überzusetzen, es war nicht weit, aber der Wind wehte zu stark, meinte der Häuptling, er solle lieber noch ein paar Wochen warten, aber der Wind war egal, wichtig war, dass er das Schiff erreichte. Er würde Engelhardt schreiben, später, wenn er zu Hause war, auch die Oper hatte er nicht vergessen, obwohl er inzwischen zweifelte, ob das die Musik der Zukunft war, einen Versuch war es trotzdem wert, sie war anders und neu, bloß wegkommen musste er erst einmal, das war das Wichtigste, und Engelhardt durfte nichts davon merken. Daher keine Abschiedsworte, sondern freundliche Diskussionen über die Rolle der Musik in Platons Staat, sogar manche Tonleitern wollte Platon verbieten lassen, weil sie die Seele in Aufruhr brachten, ein weiser Entschluss, meinte Engelhardt, diktatorisch fand Max es, ein letztes Bad im Meer, die weißen Korallen im Wasser, er würde sie vermissen und war doch froh, sie nie wieder zu sehen, Schwärme von Fischen, die Seekühe. Ein letztes Mal eine Palme besteigen, die letzte Papaya, die letzte Nacht, er schlief nicht, hörte noch einmal das Meer, den Wind, das Rauschen des Regens am Morgen, nickte Engelhardt kurz zu, ich gehe Musik sammeln bei unseren Wilden. Der Freund saß am Tisch, schrieb gerade, winkte zurück, viel Erfolg, Max. Er ging über den Strand, drehte sich noch einmal kurz um, sah auf die braune Gestalt vor der Hütte. Im Wald tropfte es von den Bäumen. Kabua gab ihm die Hose, die er dort schon vor einigen Tagen deponiert hatte, die Joppe, die er bei seiner Ankunft getragen hatte. Der Stoff war brüchig geworden. Die Aufzeichnungen mit den Liedern der Wilden hatte er in Ölpapier gewickelt und deponierte den Packen unter seinen Füßen. Die zwei Jungs setzten die Segel, der Wind fuhr hinein, das Boot löste sich vom Strand, und Max Lützow war wieder frei.

Der Wind zerriss die Wolken, die Sonne brach durch, Kabakon lag grün und leuchtend. Gegenüber die Missionsstation mit der Kirche, vielleicht war das die Gestalt Pater Josephs, der vor ihr stand, Hand über den Augen, als nehme er Abschied. Max winkte ihm, aber die Figur am Strand reagierte nicht, vermutlich sah er ihn nicht. Die Wellen am Riff waren höher als sonst, ihr Donnern erschreckend, erst beim dritten Versuch überwanden sie die Schwelle zum offenen Meer. Der Wind dahinter war noch stärker. Seine Begleiter sahen sich zweifelnd an, ich gebe euch viel Geld, sagte Max, das verstanden sie, ein Erfolg der Missionare, und sie warfen sich gegen das Ruder, bis das Boot widerwillig drehte. Die Ausleger ächzten, ein Windstoß schlug ins Gesicht, doch sie waren erfahrene Seeleute, er war sicher, nur ein paar Dutzend Meilen, und auf ihn wartete der Luxus eines richtigen Schiffes. Er würde erster Klasse reisen, in den vergangenen Monaten hatte er kein Geld ausgegeben, das würde er sich leisten und gleich ein Konzert im Speisesaal geben. Er schloss die Augen und träumte sich heim.

Als er sie öffnete, war der Himmel grau verschmiert. Aus dem

Wind war ein Sturm geworden, die Jungs sahen unsicher aus, aber er trieb sie an, nach Herbertshöhe, einhundert Reichsmark und für jeden ein Messer, er zeigte die Richtung, immer gegen den Wind, auch wenn man die Küste nicht mehr erkennen konnte, denn sie lag, wo das Grau immer schwärzer wurde, aber er konnte nicht umkehren, Engelhardt wartete sicher schon; wenn er jetzt scheiterte, hatte er erst einen Monat später Anschluss an die Dampfer der Royal Mail. Wellen brachen sich über dem Rumpf des Schiffes, er hatte Angst um seine Aufzeichnungen, er hätte sie besser verpacken sollen, aber das wäre zu auffällig gewesen. Die nächste Woge zerschlug einen der beiden Ausleger, das Boot schlingerte, Böen zerfetzten das Segel, das Wasser schäumte, einer der Bootsführer holte die Reste des Segels ein. Die Jungs begannen zu paddeln, wieder zurück Richtung Kabakon, hastig und vergebens, das Boot trieb quer nach Osten, Max griff ein Paddel und ruderte Richtung Herbertshöhe, richtete aber nichts aus, so wenig wie die anderen, eine Strömung zog sie in den Sankt-Georgs-Kanal, Max hatte von ihr gehört, sogar Dampfpinassen trieb sie nach Südosten, sie mussten rudern, sonst kam er zu spät, das war das Wichtigste, rudern, als der ganze Himmel schwarze Nacht wurde, rudern, als jede einzelne Welle sich über dem Schiff brach, rudern, als der Regen kam und die Blitze, das einzige Licht, rudern, als die miteinander kämpfenden Gewitter zusammentrafen und sich entluden, als Irrlichter übers Wasser tanzten, als das Meer schäumte und tobte, als die Erde schwankte, ein Wetter wie aus dem Freischütz, zweiter Akt, sechste Szene, er hatte ihn einmal in Hannover dirigiert, seine Lieblingsstelle, die ganze Welt bricht auseinander, da wäre er gerne Paukist gewesen, aber warum ausgerechnet Hannover, was soll er dort, Herbertshöhe, da fährt sein Schiff ab, da muss er hin, in ein paar Tagen. Im Freischütz ergreift der Schwarze Jäger bei dem Gewitter die Hand von Max, ausgerechnet Max, sein Name, das ist kein Zufall, und auch hier taucht der Teufel gleich auf und greift nach ihm und seiner Seele, also musste er rudern. Die beiden Jungs hatten schon aufgehört. Der eine jammerte und der andere flehte seine Ahnen an. Max musste rudern, bis er geronnene Kokosmilch erbrach, die Finger bluteten, rudern, als der Schädel explodierte, rudern, bis er nicht mehr wusste, warum oder wohin, rudern, bis das Paddel entglitt und er auf den Rücken sank, den wunden Kopf auf einem Papierklumpen, die Arbeit von Monaten, doch das war egal. Hauptsache, er kam auf sein Schiff, erste Klasse, jeden Tag ein frisches Leintuch auf dem Bett, das war das Wichtigste, das Schiff, dann wird am Ende der Schlusschor des Freischütz singen: *Wer rein ist von Herz und schuldlos im Leben, darf kindlich der Milde des Vaters vertraun.*

Als die letzte Welle das Boot an die Küste warf, brach der Rumpf, splitterte Holz, stürzte der Mast, wurde Max ins Wasser geschleudert, schlug mit dem Kinn auf, spuckte Zähne aus und ließ sich sinken. Ruhig und friedlich war es hier unten, das Meer wiegte einen in den Schlaf, doch er wurde nach oben gerissen, irgendeiner zog an ihm, schlang die schwarzen Arme um seinen Hals, der Schwarze Jäger war hier und grub nach seiner Seele, aber er war zu schwach, um sich zu wehren. Blut lief aus ihm heraus. Die Arme schleppten ihn weiter hinauf, weg vom Wasser. Schritte verschwanden. Er regte sich nicht.

Aus dem Felsen vor ihm schob sich eine rote Schere, ein eckiger Kopf klappte hinauf, zwei Stielaugen fixierten ihn lange Zeit. Der Krebs bewegte schließlich ein Bein nach dem anderen nach vorne, er war groß wie zwei Männerhände, ein zweiter folgte ihm, ein dritter, sie stiegen über die Kiesel, der nächste Krebs folgte, ein ganzer Schwarm, immer schneller krochen sie über die Steine, der Fels gebar sie, und sie kletterten übereinander, eine Welle aus Panzern mit erwartungsvoll klappernden Scheren. Er wollte aufstehen und sie vertreiben, aber sein Körper gehörte schon nicht mehr ihm, nicht der Arm, der jahrelang den Geigenbogen gehalten hatte, nicht die

Finger, sein größtes Kapital, sie würden nie wieder Tasten berühren, nicht einmal rufen konnte er, nur die Lider schließen, zum Glück spürte er nichts, sah nichts, roch nichts außer Salz und Tang, nur die Ohren funktionierten noch, hörten es leise in der Luft wie ein Wind, eine Grille, wie ein ferner Gesang, unendlich weit weg. Ein A. Aber nicht in der Luft, er hatte sich getäuscht, sondern innen, da entstand das, ein Ton, immer wieder angeschlagen, Fuß auf dem Pedal, vierhundertsiebenunddreißigeinhalb Schwingungen pro Sekunde, der alte deutsche Kammerton, in Italien hatte er höher gelegen, in Frankreich viel niedriger, doch nicht ganz rein, etwas anderes schwang mit, das Klavier war alt, und er hörte das Vibrieren der C-Saite, hörte das Zimmer, in dem das Klavier stand, die kleine Stube, zu klein für den Ton, der gefangen blieb und sich nicht ausbreiten konnte, sondern sich brach an den Wänden, den groben Holzdielen, der Tür. Hämmern vom Hof her, ein Pferd wurde beschlagen, der Klavierhocker quietschte, er hatte sich das Sofakissen draufgelegt, um an die Tastatur zu kommen, drei oder vier war er da, höchstens, A-H-C-H-A, zuerst die aufsteigenden Achtel, dann absteigende Viertel, die Spannung durch das Gis mit dem Daumen, nach der Wiederholung C-D-E, das Lied schraubt sich nach oben, Schumanns einsames Waisenkind, er spielte das Stück und weinte dabei, denn er war das Kind, einsam und verlassen der Welt ausgesetzt, das erste Mal, dass ein Stück ihn selbst angerührt hatte, selbst bei der Wiederholung weinte er, die Trauer ließ nicht nach, ein wunderbares Gefühl, damals hatte er beschlossen, Musiker zu werden. Andere Töne kamen über ihn, das As-Dur Adagio der *Sonate pathétique*, voller Trost, eine Hand auf dem schmerzenden Schädel. Alles wird gut, aber Beethoven jagte andere Töne hinterher, ein arpeggierter Sextakkord, der Beginn des *Sturms*, schwer, ernst, geheimnisvoll und getrieben von einer Unruhe, die das Herz stolpern ließ, irgendetwas war mit dem Stück, er musste sich erinnern, aber das war nicht einfach, nur Fetzen im Kopf, Shakespeare, um den ging es, das hatte Beethoven gesagt, um ein Stück von Shakespeare, *Der Sturm* hieß es, ein Mann strandet auf einer Insel, gelesen hatte er das nicht, er las nicht, aber das wusste er und dass Beethoven sagte, wer die Sonate verstehen will, soll das Stück lesen. Er hatte etwas verloren, es musste etwas geben, aber er griff immer daneben und weinte, Weinen ging noch, auch wenn sonst nichts mehr funktionierte, und Bach weinte mit ihm und tröstete ihn gleichzeitig im b-Moll-Präludium des Wohltemperierten Klaviers. Es tat so gut, einen Freund zu haben, der einen verstand, auch wenn er Durst hatte, das merkte er erst jetzt, er musste unbedingt etwas trinken, heiß war es; ein gleißendes Licht prügelte auf ihn ein, aber *Sie konnten nicht trinken das Wasser, denn der Strom war verwandelt in Blut.* Haydn war das. *Israel in Ägypten.* Seine erste Oper. Die Intervallschritte der Chöre hatten ihn erschreckt und er hatte nach der Hand seiner Mutter gegriffen. Sie war trocken und kalt, und er hörte, wie sie auf der Bühne vor Durst krepierten, aber das war weit weg, alles war weit, nur sein Durst war echt und nah und er musste aufwachen, ans Wasser und trinken, und es war der Paukenwirbel aus Haydns Es-Dur-Symphonie, der ihn nach oben riss, Tote weckte der auf, aber noch immer war er nirgends angelangt, noch immer in einem Zwischenreich, noch immer verwirrt, immer noch durstig und längst nicht an der Oberfläche, aber mit einem Mal war das egal, denn er hörte die Musik, wegen der er nach Kabakon gekommen war, das Universum selber vibrierte, es war Instrument und Klangraum und sang für ihn, und er erkannte, dass er die Musik immer schon hätte hören können, denn das Lied der Welt spielte von Anbeginn an, alles tönte und würde nie wieder verklingen, die Steine tönten, das Meer tönte, die Bäume, über ihm der Himmel tönte, tönend zog die Sonne ihre Bahn, die Sterne tönten, die fernen Galaxien, sein Körper tönte und seine Seele, die sich von ihm trennte und Ton wurde unter Tönen, Lied unter Liedern, Schallwelle und Klang.

Die Häuser von Herbertshöhe klammerten sich ohne viel Hoffnung an die Küste, ein Streifen Zivilisation zwischen Urwald und Meer, verurteilt zum Untergang, dachte Pater Joseph, während der Wind die Segel blähte, aber was heißt schon Zivilisation: ein Postamt, eine Krankenstation, Beamte im Fieber, Pflanzer, im Herzen Geld und Zwiebeln im Atem, ein paar Kirchenleute wie er, die mehr dem Gekreuzigten ähnelten als dem Auferstandenen. Die Boys rauchten im Boot und steuerten es mit einem leichten Zug an den Seilen oder einer Bewegung der Ruderpinne, die er kaum wahrnehmen konnte. Die Zivilisation würde scheitern wie das Christentum. Auf Neu-Pommern hatten sie vor ein paar Tagen Pater Rascher umgebracht, er war einer der Besten gewesen, wenn auch ein wenig zu streng, er hätte seine Diener nicht anketten sollen, wenn sie gegen das sechste Gebot verstießen, das hatte er ihm immer gesagt: keine Ketten, aber Pater Rascher war nicht zu überzeugen gewesen. Eine andere Sprache verstehen sie nicht, du bist zu lax mit ihnen, mein lieber Joseph, viel zu lax, das wird sich rächen, doch jetzt war Rascher tot und gefressen und alle Schwestern und Missionare der Station, die Monstranz zerschlagen, die Hostien zertreten, die Kirche angezündet. Neu-Pommernland ist abgebrannt, sang Pater Joseph leise vor sich hin, schüttelte den Kopf, ließ die Hand durchs Wasser gleiten, das war das Fieber, er brauchte dringend Chinin, wenn man anfing, Kinderlieder zu singen, stand man direkt vor einem Anfall.

Er kühlte seine Stirn mit ein paar Tropfen, aber die verdunsteten sofort. Nur das Salz blieb, bitter und rau.

Alle würden hier untergehen, allein Engelhardt würde überdauern, weil der alle Zivilisation von sich geworfen hatte, die Kolonie würde er überleben und die meisten der Missionare, auch wenn die letzten Monate nach Lützows

Weggang schwer gewesen waren für Engelhardt. Er war mager geworden seither, denn aß nur noch Nüsse.

Er hatte viel geschrieben, das war sein Trost gewesen, hatte tagelang gesessen an seinem Felsen, die Füße im Meer, Wort um Wort auf ein Blatt gekritzelt, das er anschließend nicht einmal durchlas, sondern zerknüllte und ins Meer warf, bevor er das nächste Blatt beschrieb. Ein paar Mal kam er bei ihm vorbei, um sich Tinte zu leihen oder einen neuen Block, schrieb weiter, warf weg. Es ist nicht wert, es aufzubewahren, sagte Engelhardt, wenn es gelungen ist, werde ich es Ihnen zeigen, vorher nicht. Ich übe nur, es ist eine Vorbereitung.

Wann er merken wird, dass es perfekt ist, hatte er ihn gefragt. Daran, dass kein Wort mehr verändert werden kann, war die Antwort gewesen, doch das ist nur bei dem Wort Gottes der Fall, hatte er gedacht, die Worte der Menschen sind immer willkürlich und frei, aber das sagte er nicht, sondern gab ihm Tinte und Papier, bis der Strom der Wörter allmählich nachließ wie der Regen, wenn die Trockenzeit kommt.

Engelhardt hatte nicht mitkommen wollen zur Hauptstadt, obwohl er wusste, dass dort ein paar zukünftige Mitbewohner angekommen waren, zwei Freunde und ein paar andere, die wegen einiger Briefe des Musikers nach Kabakon wollten, insgesamt fünf oder sechs Gäste.

Seine Boys holten das Segel ein und legten das Boot an. Krähen kreisten über einem Berg brauner Algen. Es roch nach totem Fisch und Jasmin. Ein Fischer hämmerte Nägel ins morsche Holz.

Im Hotel Deutscher Hof würde Schwester Theodora warten. Sie kam aus Temeschburg, war jung und gesund und ihr Glaube naiv wie der einer Achtjährigen. Sie hatte in einem Brief von der Bekehrung der sündigen Heiden geschwärmt, deren Seele sie retten wolle, auf den hin er beim Bischof nachgesucht hatte, sowohl sie als auch andere Schwestern doch in Zukunft nicht bei ihm einzusetzen, sondern in Gegenden, in denen sie nicht binnen weniger Jahre eingehen würden, er habe genügend Schwestern begraben, aber der Bischof war hartnäckig geblieben, ein Opfer im Dienste Christi sei Gott wohlgefällig.

In der Apotheke besorgte er Johanniskrautöl für Engelhardt und Chinin für sich selber. Der Apotheker gab ihm ein Herbarium für Engelhardt mit, der sammle immer wieder Heilpflanzen der Eingeborenen und schicke sie zur Bestimmung an eine Universität in Australien. Pater Joseph war erstaunt, denn davon wusste er nichts und wollte gerade nachfragen, als der Apotheker nach draußen zeigte. Ein Mann ging barfuß über die Straße, groß, breit, bärtig, an der Seite eine Frau, die braunen Locken offen über den Schultern, herausfordernder Blick in die Augen von Pater Joseph, der wegsehen musste, das war ihm lange nicht passiert. Er forderte eine Revanche, aber die Frau drehte ihm schon den Rücken zu. Sie trug ein sackartiges Gewand aus ungebleichtem Leinen.

»Fruchtesser«, sagte der Apotheker, kramte in einer Schublade und suchte Salbeipastillen. »Nicht die einzigen. Die ganze Stadt ist voll von ihnen, fünfundzwanzig oder dreißig, ich habe sie nicht gezählt, aber sie sind überall. Die meisten schlafen nicht im Hotel, sondern in den Plantagen. Da soll es sehr sündig zugehen, wenn das stimmt, was man so hört, oder ganz natürlich, je nachdem, das ist eine Sache der Auslegung. Sie wollen nach Kabakon, in drei Tagen fährt das Postschiff. Herr Engelhardt bekommt eine Menge Gesellschaft. Das liegt an den Briefen und Berichten des Musikers, in denen er von der Insel schwärmte. Keinen idealeren Platz auf der Erde gebe es. Das haben die Leute geglaubt.«

»Er erwartet nur drei oder vier Freunde.«

»Er wird sich wundern. Manche von ihnen sind sogar nackt gelaufen, bis der Gouverneur drohte, sie sofort wieder retour nach Deutschland zu schicken. Das half. Es sind ein paar schöne Frauen dabei, aber Verzeihung, Pater, das ist Ihnen ja ganz egal. Einige von ihnen waren bei mir und haben sich nach dem Meister erkundigt und waren beleidigt, als ich nicht wusste, wer damit gemeint war.«

Der Apotheker schüttelte den Kopf, addierte die Beträge, ließ die Registerkasse klingeln und verabschiedete sich vom Pater.

Wo die Straße zum Haus des Gouverneurs abbog, stand eine Gruppe Leinengekleideter um einen Mann mit Gitarre herum und sang *ein freies Leben führen wir.* Ihre Gesichter waren schon braun gebrannt von der Überfahrt, aber die Augen waren noch klar, die Iris weiß. Das würde sich bald ändern. Die Gitarre war verstimmt und eine der Saiten schepperte, aber das störte keinen der Sänger, *ein Leben voller Wo-ho-nne.* Pater Joseph vermisste plötzlich Max Lützow. Der Musiker würde nie wieder das Akkordeon spielen.

Der Gouverneur sah alt aus und grau.

»Ich bin seit sechs Tagen im Fieber«, begrüßte er ihn, »der dritte Anfall in den vergangenen zwei Wochen, es bringt einen um, und das verdammte Chinin schlägt auch nicht mehr an, obwohl ich doppelt so viel nehme, wie mein Arzt mir verschreibt. An welchem Tag hat der Herr die Malaria erschaffen, und warum überhaupt, oder büßen wir damit unsere Sünden? Außerdem planen die Stämme im Süden einen Aufstand, die Pflanzer wehren sich gegen neue Bestimmungen zur Behandlung der Schwarzen, ein Käfer frisst die jungen Palmsetzlinge, und jetzt ist auch noch die Stadt voller Spinner.«

Er hustete in ein Taschentuch, betrachtete angewidert den Auswurf, faltete es zweimal und steckte es in die Brusttasche.

»Die werden nicht lange hier bleiben«, sagte Pater Joseph.

»Aber was machen die auf Kabakon? Außer Scherereien? Die Hälfte wird am Fieber eingehen, die andere Hälfte am Sonnenstich.«

»Das haben Sie Herrn Engelhardt auch prophezeit und jetzt ist er schon ein paar Jahre hier.«

»Herr Engelhardt ist ein besonderer Fall. Ich verstehe nicht, was er macht, und ich verstehe erst recht nicht, warum er das macht, aber ich habe Respekt vor seiner Konsequenz und seinem Willen. Aber die anderen hier? Keine Idee, keinen Plan, nur auf der Suche nach einem Meister, der ihnen sagt, was sie tun sollen. Ausgerechnet Herr Engelhardt. Ein Meister!«

»Das ist sicher nicht, was er sein will.«

»Aber das muss er werden. Das sind dreißig Leute, die wollen einen, der ihnen sagt, was sie tun sollen, und wenn er sich verweigert, wird ein anderer das übernehmen.«

Hahl hustete wieder, wandte dabei sein Gesicht ab, würgte kurz.

»Haben Sie ein Auge auf Kabakon, Pater, das bitte ich Sie.«

Pater Joseph nickte, ging und tätschelte im Garten der Tochter des Gouverneurs über das Kraushaar. Ein hübsches Kind, das der genauso zurücklassen würde wie seine schwarze Frau. Was sollte er mit der in Nürnberg beim Gottesdienst in der Sebalduskirche? Auf dem Weg zum Markt in der Weißgerbergasse? Sie teilten Tisch und Bett, und am Ende würde nur der Schmerz bleiben.

Im Garten des Deutschen Hofes saß eine Gruppe in Leinenkleidern und diskutierte.

»Wir sollten uns dagegen auflehnen. Jetzt und hier. Wir sind nicht mehr in Deutschland.«

»Es ist eine Frechheit von diesem Krawattenaffen.«

»Eine Unverschämtheit. Preußischer Sturkopf von Gouverneur.«

»Stellt euch doch nicht so an, es ist doch nur für ein paar Tage.«

»Das ist egal, ein paar Tage sind schon zu viel; ich will hier nicht in Kleider gezwungen werden, weil Nacktheit unanständig ist. Dabei sind doch Korsettläden das Schweinischste und Unsittlichste, was sich denken lässt, und jede Frau, die eines trägt, eine Hure.«

»Falsch. Noch unanst...«, leichtes Stottern, neuer Ansatz.
»Unanständiger ist die Badehose, weil sie mit Gewalt den
Blick auf gewisse Stellen lenkt und mit Fingern auf sie zeigt,
als ob etwas Heimliches versteckt wird. Nichts entsittlicht
den Menschen so sehr wie die Badehose.«
Der Sprecher hob seinen Kopf, sah stolz in die Runde, ein
Junge, nicht älter als neunzehn, roter Ausschlag unter der
Nase, wie hingerotzt.
»Aber bald sind wir beim Meister und gehen ohne falsche
Scham.«
Pater Joseph begrüßte sie, und einen Augenblick lang war
es still, während sie ihn musterten, die Segelhose, Stoff-
schuhe, das zerschlissene Hemd und das Holzkreuz um
den Hals.
»Kreuze haben wir abgelegt«, sagte der Junge, »hier trägt
keiner ein Kreuz. Wir sind die Vorhut einer neuen Epoche.
Wir sind Übergangsmenschen auf dem Weg in das Licht, die
wahren Aristokraten des Körpers auf Pilgerfahrt.«
»Amen«, sagte Pater Joseph und machte sich auf die Suche
nach Schwester Theodora, die in ihrem Zimmer vor einem
Bildnis der Muttergottes kniete. Sie war ein Bauernmädchen
mit dem zufriedenen Gesichtsausdruck einer frisch gemol-
kenen Kuh und dem Geruch nach Sauermilch.
Er gab ihr höchstens zweieinhalb Jahre, seufzte bei dem
Gedanken, ihr Grab auszuheben, die vierte Schwester, die er
beerdigen würde, schob sich aber ein Lächeln ins Gesicht,
als sie ihn erschrocken ansah, und gab ihr die Hand, willkommen in Neuguinea, Schwester Theodora.
Sie schwatzte wahllos vor sich hin und erzählte von ihren
Eltern, dem Pfarrer im Dorf und ihren Lieblingsstellen in
der Bibel, während sie ihren Koffer packte. Plapperte von
dem fürchterlichen Wetter bei der Überfahrt in der Nähe von
Gibraltar, als sie die Treppen hinunterstiegen, tagelang hatte
sie gedacht, ihr letztes Stündlein habe geschlagen, aber dann
habe der Herr sie schließlich erhört, aber noch schlimmer

als die Wellen seien diese seltsamen Menschen an Bord gewesen, mit denen man kein vernünftiges Wort habe reden können, zumindest kein anständiges, weil sie sündig waren wie Teufel und tagelang in den Beibooten lagen, vor den Blicken der anderen nur halbwegs geschützt und so, wie Gott sie geschaffen habe. Jedes Mal habe sie ein Kreuz geschlagen, wenn sie daran vorbeigekommen sei, wirklich jedes Mal, und sie habe viele Kreuze geschlagen in den vergangenen Monaten.

Sie gingen durch den Garten zur Straße, während Theodora erzählte, dass diese Menschen manches Mal nachts so laut geworden waren, dass auch das Wachs in den Ohren und der Rosenkranz nicht mehr geholfen hatten, und sie glücklich sei, mit ihm auf die Insel zu kommen, wo die Wilden die frohe Botschaft empfangen würden, denn die waren ja echte Heiden, während die mit den Leinenkleidern ja doch nur Ketzer seien, die bis in alle Ewigkeit in der Hölle schmoren würden, apropos Hölle, ob es hier eigentlich immer so heiß sei oder eine Ausnahme, was sie schwer hoffe, denn diese Temperaturen könnte ja kein Mensch ertragen, zumindest kein normaler.

Die zukünftigen Kokosesser riefen ihr Bemerkungen hinterher, die sie weder hörte noch verstanden hätte, es ging um die Schwesterntracht und die wahre Schönheit der Menschen, die nicht versteckt werden müsste, doch Pater Joseph hörte es und verstand es und merkte sich die Sprecher. Theodora quasselte weiter. Sie hatte die notwendige Naivität, vielleicht würde sie gerade deswegen hier überleben.

Die Sänger waren verschwunden, dafür traten jetzt Herren mit Stehkragen und Zylinder auf, gemessene Schritte, am Arm die Frauen in Rüschenkleidern, Droschken heuchelten Geschäftigkeit, fuhren die Straße hinunter, wendeten, wieder hinauf, man grüßte sich, hob den Hut, guten Tag, gnädige Frau, und nahm sich die Vorfahrt an der einzigen Kreuzung, mein Herr, ich muss doch sehr bitten.

Ein Tennisball flog über eine Umzäunung, verfehlte den schwarzen Briefträger in der Uniform der Deutschen Post und blieb im Staub der Straße liegen. Pater Joseph bückte sich, hob ihn auf, blies den Dreck weg und steckte ihn ein, trotz des tadelnden Blicks von Theodora, es ist für die Jungs von der Mission, sagte er. Es würde nicht einfach mit ihr werden, dafür war sie zu simpel.

Am Hafen die Frau mit den braunen Locken, dem Blick einer beleidigten Königin, auf der Schulter die Pranke des Bären, der sie hielt wie eine Beute. Verdammt, grollte der, ein paar Jahre habe ich gewartet, ein paar Wochen, aber jetzt sind mir ein paar Tage zu viel. Heute will ich zu ihm und nicht auf das verfluchte Schiff warten, und wenn ich nach Kabakon schwimmen muss, es kann nicht so weit sein.

»Dreißig Meilen«, sagte Pater Joseph. »Ich würde es nicht tun. Die Strömung ist zu stark.«

Der Bärtige drehte sich um, langsam, aber mit der Intensität eines Tieres, sah ihn an, Augen zusammengekniffen, die Hand noch immer auf der Schulter der Frau, schließlich ein Lächeln.

»Sie müssen Pater Joseph sein, August hat Sie genau beschrieben.«

Ein fester Händedruck, sie prüften sich beide.

»Dann sind Sie Walter Bethmann, ich habe viel von Ihnen gehört, und nur Gutes. Und Sie sind Anna.«

Sie strich sich durch die Haare, kurzes Nicken zur Begrüßung, ein Augenblick der Stille, bis Schwester Theodora sich zwischen sie schob, sich vorstellte, über ihre Ideen sprach bezüglich des Lebens in der Mission, die Warnungen, die ihre Familie ihr noch mitgegeben hatte, Kinderkrankheiten, vorsorgliche Impfungen, Lieblingsrezepte. Anna nahm sie bei beiden Händen, umarmte sie, trotz ihres Sträubens, du bist ein liebes Kind, das habe ich schon auf dem Schiff gemerkt. Theodora errötete, Hilfe suchende Blicke zu Pater Joseph, der versuchte, Anna nicht anzusehen, die ihn direkt anstarrte, das heißt: nicht anstarrte, sondern durch ihn hindurch, ein unangenehmes Gefühl, als sei er gar nicht vorhanden.

»Wenn Sie nach Kabakon wollen, kann ich Sie mitnehmen, wir haben viel Platz ihm Boot«, sagte er. Theodora rollte mit den Augen, Anna nickte, Bethmann nahm dankend an.

»Aber einer fehlt noch, Pastor, wir waren zusammen mit August beim Militär, unser Gitarrespieler, wenn Sie noch ein paar Minuten warten, der ist leicht zu finden, immer den Ohren nach, meistens singt er.«

Pater Joseph nickte.

Der Haufen Algen war verschwunden und der Duft nach Jasmin. Jetzt roch es nur noch nach totem Fisch.

Komm rein ins Meer, rief Anna, aber er kam nicht, sondern blieb am Strand sitzen, an seinen Fels gelehnt, der ihm Sicherheit gab, weil er schon gestern hier gewesen war und es immer sein würde, die Oberfläche rau und porös, eine sanfte Rundung, die gemacht war, seine Wirbelsäule zu stützen, so wie Sisyphus seinen Fels hatte, hatte auch er seinen, aber der Trick war: nicht rollen, nicht kämpfen, sondern die Aufgabe der Götter schlicht ignorieren und stattdessen den Fels sich zum Freund machen. Nur in einem waren er und der Grieche sich ähnlich, denn jeder Tag war wie der andere, Mann und Fels waren im Laufe der Zeit zusammengewachsen, sodass man kaum noch unterscheiden konnte, was Fleisch war und was Stein.

Alle Tage waren sich gleich gewesen. Bis heute.

Jetzt war alles anders, das Licht hatte einen neuen Glanz, das Meer war unruhiger, der Wind wehte aus der falschen Richtung und über dem Strand kreiste ein Vogel, den er nicht kannte.

Er beobachtete Wilhelm, der sich von seiner Gitarre getrennt hatte und durchs seichte Wasser platschte, Purzelbäume schlug, Fische jagte, dabei sang, über Wasser und darunter, und ihm hin und wieder etwas zurief, was er nicht verstand.

Anna schwamm mit ruhigen Bewegungen.

Walter kraulte mit kräftigen Zügen bis zum Riff, natürlich, das flache Wasser genügte ihm nicht, deswegen durchtauchte er die Brecher und wagte sich sogar weiter raus als Pater Joseph, und der glaubte an Gott. Der Kopf des Freundes war kaum noch zu sehen, verschwand immer wieder, tauchte auf, wurde kleiner und ferner. Hinter Engelhardt das Gepäck seiner Gäste, der Seesack Wilhelms, Walters Holzkisten und die fünf schweren Koffer, die Anna mitgebracht hatte, lauter Ballast, lauter Materie, davon hatte er sich längst getrennt, alles weggegeben, was nicht unbedingt notwendig war, neulich erst sein letztes Paar Schuhe an einen der Brüder von Kabua, weil der sie so interessiert betastet hatte, allein die Bücher gestatte er sich, denn die waren im Grunde nur reiner Geist, und das Grammophon, das Bach nicht wieder mitgenommen hatte, als er nach Deutschland zurückgekehrt war, weil die Fracht dreimal so teuer gewesen wäre wie ein neues Gerät.

Seit drei Stunden waren sie hier und er noch immer geschockt, denn er hatte nichts von Anna gewusst. Dass die anderen kamen, war abgemacht, aber kein Wort von Anna. Überraschung, hatte sie gerufen, war aus dem Boot des Paters gesprungen, durchs Wasser gelaufen und ihm um den Hals gefallen, Überraschung, August.

Ein Moment der atemlosen Stille, ihre Arme um seinen Hals, die schweren Brüste, ihr Schamhügel, den sie nach vorne schob, nur ein wenig, aber so, dass er ihn spürte und an die letzte Begegnung dachte im Centralbahnhof in Köln, Kohlenstaub in der Luft; es hatte genieselt, als ob es nie wieder aufhören würde, und er hatte gefroren, weil er den warmen Mantel schon verkauft hatte, und ihr eine Haarsträhne von sich gegeben, was ein Fehler war, denn sie hatte ihn angeschaut, du bist so süß gesagt und die Haare in den Wind fallen lassen, die brauche ich nicht, ich bin mit dir schon immer verbunden, worauf er sich geschämt hatte, wegen seiner sentimentalen Geste und weil er nichts von dieser Verbindung gespürt hatte, während er sie gehalten hatte wie jetzt. Immer spürte er sie ganz in der Umarmung, immer ihren Unterleib, die Oberschenkel, mit denen sie sich leicht gegen ihn lehnte, was ihn erregte und mehr noch beunruhigte, weil er nicht verstand, ob eine Aufforderung darin lag oder sie diesen Gruß ihrer Hüfte jedem zukommen ließ, den sie hielt. In Köln hatte die Lokomotive einen Pfiff ausgestoßen und er war eingestiegen, stand in der Tür und sah ihr nach, als der Zug langsam anfuhr und sie immer kleiner wurde, die Hand in der Luft; sie winkte nicht, sie hob nur die Hand. Kurz hatte er überlegt, abzuspringen, es wäre der letzte mögliche Moment, und vielleicht wäre er gesprungen, wenn sie weniger still gestanden hätte.

Ein Sehnen, das niemals erfüllt wird, ist zwischen euch, hatte Fidus gesagt, daher die Trauer, die in ihm war, als der Zug nach Hamburg fuhr, das Schiff von dort übers Meer, eine Trauer, die nur ganz langsam verschwunden war in den Monaten und Jahren, die Sonne hatte sie schließlich geschmolzen, und jetzt war sie wieder da, als sei nichts passiert, als hätte er sich nicht von allem gelöst mithilfe der Sonne und der Nüsse, dabei war er doch frei, seit Jahren schon war er frei von allem und glücklich dabei, an nichts gebunden, nicht an die Welt draußen und an keinen Menschen, schließlich hatte er alles, was er brauchte, Licht, Palmen und Bücher, was braucht ein Mensch mehr, dachte er, als sie ihn rechts und links auf die Wange küsste, schau mich nicht so verdattert an, August, ich bin's, alles ist gut, und er konnte nichts antworten, denn Walter kam, packte ihn, hob ihn hoch, Mensch, du bist mager geworden, bekommst du hier nichts Anständiges zu essen? Noch breiter und größer als früher war er und ein wenig bedrohlich, der älteste Freund, den er hatte. Wilhelm hatte geflucht, weil die Gitarre nass geworden war, hatte sie vorsichtig an seinen Seesack gelehnt und war zu ihnen gekommen und hatte alle drei mit seinen langen, knochigen Armen umfasst.

Schön, dass wir wieder beisammen sind, hatte er gesagt, nur Fidus fehlt, aber der wollte nicht kommen oder konnte nicht, verstehst du, hat eine Menge Aufträge und gut bezahlt noch dazu, und Diefenbach grollt ihm deswegen. Aber immerhin, wir sind hier und im Paradies und in zwei Tagen fast dreißig weitere Jünger des Sonnenordens, deine Insel ist berühmt, August, und du bist es auch, man redet viel über dich in Deutschland, das liegt an den Briefen des Komponisten. Hier lebe man ohne die Hast der Kultur und wahrhaft kom-

munistisch, hat er geschrieben. Ich freue mich, den kennen-
zulernen. Ist er hier?

Engelhardt hatte den Kopf geschüttelt. Lange Geschichte,
hatte er gesagt, erzähle ich später.

Anna stieg aus dem Wasser, fuhr durch die lockigen Haare,
die Geburt der Venus, nur dunkler und voller als bei Botticelli,
sie war noch schöner geworden, seit er sie bei Diefenbach gesehen hatte, runder und weicher, nur ihr Blick war fordernd,
wie er immer gewesen war, und ein wenig spöttisch, manchmal kalt und nie leicht zu ertragen. Er erinnerte sich an sie,
mehlbestaubt in Diefenbachs Küche, nackt bei den Pappeln,
wo Fidus sie malte, lesend am Bach, wie sie bei ihm saß, als es
ihn fieberte. Der Morgen, als sie Hand in Hand ging mit Walter und er beschloss, den Jungborn zu verlassen und beide
nicht wiederzusehen. Jetzt war sie seine Verlobte, das hatte
Walter gesagt, sie werden heiraten, vielleicht hier auf Kabakon
nach dem Ritual der Wilden. Eine Nuss wird über dem Braut-
paar geöffnet und beide mit dem Kokoswasser getauft, das
hatte er Walter vor einigen Monaten geschrieben. Engelhardt
solle ihr Zeuge sein.

Sie streckte die Arme über den Kopf, griff mit der rechten
Hand das linke Handgelenk, zog sich ein wenig in die Länge,
reckte sich nackt und begehrenswert, ging auf ihn zu, gleich
würde sie neben ihm sitzen, und er legte sich das Tuch über
die Lenden. All dem war er längst entkommen, ein Paradies
ohne Eva hatte er sich errichtet, einen Sonnentempel ganz
ohne Frauen, und die, die sich angekündigt hatten, waren
keine Gefahr, Fräulein Henning vom Jungborn, groß, bläu-
lich und hager, die Arme behaart wie ein Mann, und Bella
Nonnenmacher mit dem Gesicht eines Lateinlehrers, die
hätte er beide ertragen können, aber nicht Anna, die ihre
Hand auf seine Schultern legte, schön, dich wiederzusehen,
ihre Stimme so tief und vertraut, dass er nicht antworten
konnte, hilf mir, Vater Helios, betete er stumm.

»Ich habe dich immer gespürt«, sagte sie, »egal wo ich war und egal wie weit weg du warst, schon bevor ich dich kennenlernte, wusste ich, dass es dich gibt, nur wusste ich nicht, ob ich dich jemals finden würde. Du bist der Freund meiner Seele mehr als alle anderen, mehr auch als Walter, aber er ist der Mann an meiner Seite, das ist etwas anderes, und ich finde es großartig, dass du das achtest und ich hier leben kann mit dir und ihm auf dieser Insel. Wir werden das Paradies neu errichten. Wir werden mit allen, die kommen werden, eine Welt errichten, ohne Besitz und ohne Neid, den der Besitz erzeugt. Wir werden ein Beispiel sein für unzählige andere. Sie werden kommen und sehen und werden bekehrt. Ich bin stolz auf dich.«

Wilhelm stolperte aus dem Wasser, prustete laut, ließ sich rückwärts wieder hineinfallen, platschte wie ein Kind, kroch schließlich zu ihnen, breitete sich im Sand aus, stöhnte vergnügt. »Ein Paradies ist deine Insel, hier kann man leben, und ich freue mich darauf, zu sehen, wie es den anderen gefällt. Ein paar der Leute kennst du noch von Diefenbach her. Bradtke kommt und Fräulein Henning, die Riesenfrau mit dem dezenten Oberlippenbart. Dann eine Menge von Leuten aus dem Jungborn, über ein Dutzend, sehr streng, sehr deutsch, wie ich finde, für sie bist du der Meister. Ich habe nicht widersprochen, auch wenn ich dich besser kenne. Eines Tages wird dein Name in einem Atemzuge mit dem von Christus oder Buddha genannt werden, glauben einige von ihnen wenigstens. Und noch einmal so viele kommen aus ganz Deutschland zusammen, Nacktgeher, Fruchtesser, Militärflüchtlinge, Yogaübende, Gottsucher, Sozialisten, Körperbildner, Atemlehrer, Ausdruckstänzerinnen, Turner, Naturheilkundler, Selbstreformer, Gesellschaftsreformer, Genossenschaftler, Makrobiotiker. Ein bunter Haufen, wir werden eine Menge Spaß haben zusammen.«

Walter stieg aus dem Meer, kraulte sich das Wasser aus dem Bart.

»Es ist schön, dass ihr hier seid«, sagte Engelhardt. »Ich habe viel gelesen und viel nachgedacht in den vergangenen Jahren. Ich freue mich, das mit euch zu teilen. Wir werden uns alle erneuern.«

»Aber erst nach dem Essen«, sagte Wilhelm.

Anna hatte Lampen vermisst, aber er hatte hier nie welche gebraucht. Sterne und Mond hatten gereicht, und die Nacht war zum Schlafen, normalerweise, aber nicht diese Nacht, die war zum Reden, während sie zu viert am Strand lagen, in den Himmel blickten, über den das Kreuz des Südens zog und hin und wieder eine Sternschnuppe.

Erinnerst du dich, Walter, wie wir uns das erste Mal ausgezogen haben, weil der Maler das befahl? Der Wettlauf, wer schneller nackt ist? Weißt du noch, August, unsere Wanderungen durch Deutschland und das Bergsteigen in den Alpen? An jeden Schritt erinnere ich mich und wie du mich beim Abstieg vom Tödi getragen hast. Wisst ihr noch, die Strafkompanie. Die Nächte im Schlamm? Stundenlang das Gewehr auseinandernehmen und wieder zusammenbauen? Wie Diefenbach den Kopf schräg legte, wenn ihm etwas wichtig war?

Nur über Anna schwieg Engelhardt, über das Annabuch, das Diefenbach ihm weggenommen hatte, seine Annabibel, kein Wort davon, und von den Seiten über ihre Haare. Die Augen. Den Mund. Die Biegung der Wirbelsäule. Er schwieg über das, was Fidus gesagt hatte, sie ist natürlich und unverdorben wie die Wilden, ein reines Wesen, eine Lichtbringerin, denn all das war vorbei, nur die Gegenwart war wichtig, und dass man sie ganz erlebte, kein Wort über Anna und kein Gedanke, während Wilhelm nach der Gitarre griff und ein paar Lieder zupfte, beiläufig wie ein lauer Wind, während die Wellen leise den Takt schlugen, Walter die Melodie summte und er selbst dabei einschlief; es war gut, Freunde zu haben.

Am nächsten Morgen brachte er Wilhelm bei, auf die Palmen zu klettern und die richtigen Nüsse zu ernten. Der lernte schnell, er war kräftig und leicht, und gemeinsam saßen sie im Wipfel eines Baumes und blickten übers Meer auf die blaugrünen Berge der Gazellenhalbinsel. Wilhelm erzählte von Deutschland, das immer kälter wird, immer ungeistiger, immer materieller und auf dem besten Weg ist, unterzugehen, und sich diesem Untergang verzweifelt entgegenstemmt und Kathedralen des Konsums baut, die immer größer und abstoßender werden. In Berlin hat gerade das KaDeWe eröffnet, ein perverser Einkaufstempel, so nennen das die Leute sogar, ein Tempel, als wüssten sie, dass sie ums Goldene Kalb tanzen, und als ob ihnen das dennoch ganz gleich ist, während man nicht weit davon das Hotel Adlon für zwanzig Millionen Goldmark erbaut hat, das Wilhelm II. selber mit dem Kaiserwalzer eingetanzt hat, und der erste Gast ist passenderweise ein amerikanischer Erfinder gewesen, Edison, der die Menschen mit seiner Glühbirne und dem künstlichen Licht verführt, während Engelhardt hier auf der Insel das echte und wahre Licht entdeckt hat, nach dem sich so viele sehnen. Er selber hatte immer wieder Zeit im Gefängnis verbracht. Mal, weil er barfuß gegangen war. Ein andermal, weil er auf der Straße gestanden und Lieder gesungen hatte. Wegen Landstreicherei, als er versucht hatte, Deutschland auf möglichst geradem Weg von Lindau nach Hamburg zu durchwandern. Weil er Flugblätter verteilt hatte gegen den Flottenbau. Von Kabakon zu hören habe ihm immer Mut gemacht, alleine zu wissen, dass es eine Möglichkeit gab, um allem zu entfliehen, wenn es endgültig unerträglich wird. Ob Engelhardt überhaupt wisse, wie wichtig er und seine Insel für viele in Deutschland seien?

Engelhardt sah in der Ferne Anna und Walter über den Sand gehen, seine Hand auf ihrer Schulter. Es tat ihm weh, aber seine Aufgabe war größer, schon in zwei Tagen würden dreißig Menschen hier leben, sie brauchten Essen und ein klares Ziel, von Anfang an mussten sie wissen, worum es hier ging und dass Glück nur in der Beschränkung liegt.

Zwei Tage später standen sie am Strand und erwarteten die Ankunft des Postschiffs. Sie trugen Leinengewänder und Engelhardt sein Hüfttuch, um nicht den Unmut des Kapitäns zu erwecken. Anna hatte *Willkommen* auf eine Decke genäht und diese zwischen zwei Palmen gespannt.

»Ihr seid die ersten Apostel des Sonnenordens«, hatte Engelhardt zu Walter und Wilhelm gesagt, die neben ihm standen, während Anna Papayas schälte.

»Was ihr in der Obstbaukolonie Eden versucht habt, konnte nicht funktionieren, denn das wahre Eden liegt nicht nördlich des Wendekreises des Krebses, sondern im Süden. Die Zeit der Tropen hat jetzt begonnen.«

Anna hatte die Papayaschalen weggeworfen und alle lange angesehen.

»Sonnenpolitik muss die Menschenpolitik ersetzen«, hatte Walter gesagt, Luft geholt und die Arme erhoben.

»Wir werden von hier aus ein internationales tropisches Kolonialreich der Fruchtesser begründen. Wir legen um den ganzen Äquator ein Netz von reinem, nacktem fruktovorischem Leben, Kabakon ist nur ein Anfang gewesen, aber es geht nicht nur um uns, nicht um uns, sondern die ganze Menschheit, wir haben einen Auftrag, der über uns hinaus reicht.«

Nichts auf der Insel war so kalt wie Annas Augen, die durch Walter schnitten. Engelhardt ertrug nicht ihren Blick und wollte fliehen, aber wohin, wenn selbst die Südsee nicht reichte, sondern sie ihm hinterherreiste, über Tausende von Kilometern hinweg, was würde da eine Flucht nutzen ans andere Ende der Insel?

Das Schiff lag tiefer im Wasser als sonst, zum Glück war das Meer ruhig, sonst wäre es gekentert. Ein Gewimmel an Bord, Arme winkten, dünne Stimmchen schrien übers Wasser,

Kofferstapel am Bug, ein schriller Pfiff, dass Engelhardt zusammenfuhr, der Zug in Köln hatte den gleichen Ton gehabt, damals beim Abschied, der endgültig sein sollte. Anna sah ihn an, sie hatte ihn auch gehört und das Gleiche gedacht. Noch nie hatte der Kapitän hier gepfiffen.

Dieseltuckern, als die Ersten an Land sprangen, eine Kette bildeten, die Kisten auf den Strand schleppten, dazu Koffer, Leinensäcke, Tornister, Kisten, Körbe, Töpfe, Truhen, Taschen, zwei Fässer, einen Bottich, einige Ballonflaschen, ein kleines Ruderboot, einen Kontrabass, einen Fotoapparat, einen kläffenden weißbraunen Spitz, der sich sofort davonmachte und in den Palmen verschwand, verfolgt von einer Frau mit dem roten Gesicht einer angetrunkenen Bäuerin, Richard, komm sofort wieder her.

Die Übrigen kamen näher. Pastor nahm seine Gitarre und sang ein Lied von Meer und Sonne und Glück. »Nicht schon wieder«, maulte ein Junge mit Ausschlag unter der Nase, »monatelang mit dir auf dem Schiff war schlimm genug.« »Lass ihn doch«, Bella Nonnenmacher mit dem Lateinlehrergesicht, sie war bei Diefenbach gewesen.

Ein Mann schritt auf Engelhardt zu, auf dem Kopf eine weiße Kappe, das Gesicht haarlos, nicht einmal Brauen oder Wimpern hatte der Mann. »Wir erbieten dem Messias des Sonnenordens unseren Gruß und bitten, als Jünger hier Aufnahme zu finden. Wir waren alle gemeinsam im Jungborn. Mein Name ist Emil Friebel. Die Frau mit dem Hund und dem schwäbischen Dialekt ist Martha Held. Und der Junge, der die Gitarre nicht mehr hören kann, ist Ulrich Andersen. Die anderen sind Lena Köpper, Horst Remmele, Harald Schwudtke, Theo Kunkel, Anja Rieder, Walburga Silberman und Hubert Katz.«

Engelhardt nickte der Gruppe zu, die ernst und gefasst auf seine Antwort wartete.

»Ich bin Sarah«, sagte eine Frau, die abseits der Jungborner stand. »Die anderen hier sind Erwin, Kurt, Jonathan, Salomon, Karin, Hermine, Franz-Karl, Ludwig, David und Maja, und alle haben wir Hunger und Durst.«

»Wir begrüßen euch auf dem Mutterland des tropischen Sonnenordens als erste Kolonisten«, sagte Engelhardt und reichte jedem Einzelnen eine Kulau, frisch geerntet und aufgeschlagen. »Willkommen auf Kabakon. Trinkt das und dann kommt mit, wir haben etwas vorbereitet.«

Er führte alle am Strand entlang zu seiner Hütte, wo sie auf dem Sand Tücher ausgebreitet hatten und darauf Bananenblätter mit Obst, Gemüse und Nüssen.

Im Paradies muss keiner hungern und dürsten, sagte er. In Kokosschalen steckten die Stängel von Orchideen, eine Idee Annas. Auf Holzbrettern das Brot, das sie in einem Erdofen gebacken hatte. Nautilus-Muscheln gefüllt mit Mangostückchen. Blüten in frischen Papayas. Tomaten und Gurken, nur Kokoswasser gab es zu wenig. Emil Friebel, der Mann mit der Sonnenmütze, bot an, auf eine Palme zu klettern, um welche zu ernten, rutschte aber hinunter, fluchte, lutschte das Blut von dem Daumen, fragte Engelhardt, der die Palme ohne jede Mühe hinauftänzelte und junge Nüsse nach unten warf, die Bethmann köpfte und verteilte.

Engelhardt blieb einen Moment auf der Palme sitzen, geschützt von den Wedeln, sah in die Ferne, über sein Meer, auf die Nachbarinseln, in den weiten Himmel. Manches von dem, was sie unten sagten, verstand er sogar noch hier oben:

»Spspspsparta, sage ich nur, Sparta.« Das war der Junge mit dem Ausschlag im Gesicht. »Freiheit allein ist genug.« Weit draußen sprangen Delfine, aber die sah keiner von ihnen. »Nur die Keuschheit.« Walburga Silberman, ein seltsamer Name, deswegen wusste er ihn noch, die meisten der anderen hatte er wieder vergessen. »Der Körper in der Bewegung ist immer schön.« Ein Mann mit der Gestalt eines Turners. Er hatte einen Sack von Bällen mit auf die Insel gebracht. »Hier findet die Menschheit Heilung von Dunkelkrankheiten wie der Tuberkulose.« Eine der Frauen. »Endgültige Klärung der Nahrungsfrage.« Das war Walter.

Anna sagte nichts, sondern suchte mit den Augen den Strand ab, vielleicht nach der Frau mit dem Hund, die noch immer nicht aufgetaucht war, aber das war kein Problem, die Insel war klein genug, und es gab keinen Grund, sie zu suchen.

Die Leute vom Jungborn saßen zusammen um Friebel mit seinem Stoffhut. Weiter weg die paar, die er von Diefenbach kannte, Anna, Walter, Fräulein Henning, Bella und Bradtke, den mochte er nicht, der machte aus allem ein Geschäft und doch nie richtig Geld. Abgesondert von ihnen die dritte Gruppe, schwer einzuordnen, sie waren alle ganz unterschiedlich, und alle blieben bei sich, nur Wilhelm Pastor schoss wie ein Weberschiffchen von einer Gruppe zur anderen.

Schließlich glitt Engelhardt die Palme hinunter.

»Ich hoffe, es hat euch geschmeckt«, sagte er. »Aber noch seid ihr nicht angekommen. Noch hält die Zivilisation euch gefangen. Die Schande hat uns gekleidet«, sagte er, die Arme halb erhoben, als wollte er alle umfassen, »die Schande hat uns gekleidet, aber die Ehre macht uns wieder nackt.« Engelhardt zog das Leinentuch von den Hüften und warf es achtlos beiseite. »Schluss mit der Schande, lasst uns so gehen, wie Gott uns geschaffen hat.«

Lauter Jubel folgte, Klatschen, Pfiffe, Schuhe flogen durch die Luft, Hosen, Röcke, Socken, Leinengewänder, einer riss dem Glatzköpfigen den Hut vom Kopf und schleuderte ihn davon.

Engelhardt öffnete eine Nuss und spritzte Bella Nonnenmacher ein paar Spritzer Kokoswasser ins Haar. »Ich taufe dich und ernenne dich zum Apostel der Kokosnuss. Mit dieser Taufe legst du deine Nationalität ab, deine Herkunft, deine Rasse, deinen Beruf, deinen Glauben, deine Ängste, deine Vorurteile und wirst ein reines Kind der Sonne.«

Sie kniete sich vor ihm nieder. Neben ihr ging Sarah auf die Knie, die ein Amulett aus Japan um den Hals trug; Yin und

Yang seien das, hatte sie allen auf dem Schiff erklärt, das Männliche und das Weibliche in innigster Umarmung, beziehungsweise Natrium und Kalium, die man immer ausgewogen zu sich nehmen müsse, wie ihr japanischer Lehrer herausgefunden hatte.

Emil Friebel, Turnlehrer und Kraftsportler, Verfasser des *Katechismus der Athletik* und pleitegegangener Gründer der Trainerschule für körperliche und geistige Vervollkommnung, nahm den Hut ab und entblößte die Glatze. Fräulein Henning beugte den Kopf. Ihre Haare waren jetzt schon verfilzt. Sie wusch sie nie, denn Seife ist des Teufels.

Wilhelm faltete übertrieben die Hände, summte einen Choral und ließ sich in den Sand fallen, als Engelhardt ihn taufte. Anna hielt die Augen geschlossen. Alle warteten darauf, erlöst zu werden von ihrem bisherigen Leben. Salomon hatte Tränen in den Augen. Er war der Älteste hier, über vierzig, die Haare schon grau, die Augen klein, wach und lebendig. Er war Buchdrucker gewesen, tagsüber spezialisiert auf Nachdrucke der Klassiker und nachts auf Flugblätter für die Sozialistische Arbeiterpartei. Zwei Jahre Gefängnis, nicht wegen der Klassiker, verflucht seien Bismarck und die verdammten Nationalliberalen und ihre Angst nach den Attentaten auf den Kaiser, verflucht die ganze Politik. Anschließend ein halbes Jahr in Jaffa, aber das war nicht das gelobte Land, das er sich erhofft hatte, die Erde war alt und ausgelaugt, hier würde nie etwas Gutes entstehen, daher kehrte er nach Frankfurt zurück, wurde Vegetarier, ging nackt, druckte *Kraft und Schönheit. Zeitschrift für vernünftige Leibeszucht* und eine Reformzeitschrift für Aktfotografie, vielleicht war das der Weg, jenseits der Politik und der Religion. Als er den Brief des Musikers gelesen hatte, entschloss er sich innerhalb von einer halben Stunde, Deutschland ein zweites Mal zu verlassen.

Engelhardt taufte Jonathan Bauer mit den breiten Schultern und dem blonden Zopf, der auf der Flucht vor dem Militärdienst war; aus zwei Gefängnissen war er ausgebrochen und hatte einmal gleich drei Polizisten krankenhausreif geschlagen.

Walburga Silberman wurde getauft, die ehemalige Schauspielerin, immerhin hatte sie mit Max Reinhardt gespielt, in Maxim Gorkis *Nachtasyl*, sie war die junge Hure und er der Pilger; das Publikum hatte geweint, als sie ihre Sätze von der Bühne geschleudert hatte, *könnt ihr überhaupt begreifen, was Liebe ist, wirkliche, echte Liebe? Und ich habe sie gekostet, diese wirkliche Liebe*, was doppelt gelogen war, denn weder die junge Prostituierte in dem Stück hatte das, sondern die Liebesgeschichten nur erfunden, noch die Schauspielerin, die nicht einmal mit erfundenen Liebesgeschichten aufwarten konnte, es hatte sich einfach nicht ergeben, und die auch deswegen immer dicker geworden war und aus ihren Rollen hinauswuchs in ein Leben hinein, in dem sich kurze Engagements in Revuetheatern abwechselten mit dilettantischen Selbstmordversuchen, ein Kreislauf, aus dem sie erst der Jungborn gerettet hatte, wo sie vierzig Pfund und ihre Depressionen verlor.

Er taufte Hermine Korten, die seit Jahrzehnten schon Gott suchte und nirgends fand, aber auf ihrem Weg zu ihm den Lotossitz perfektioniert hatte und den einarmigen Handstand, und den Atheisten Franz-Karl Lamprecht, der sich bemühte, seinen Glauben endlich ganz loszuwerden und den ganzen Tag von der Abwesenheit Gottes redete. Engelhardt nahm ihm die Brille von der Nase und warf sie ins Meer. »Ab jetzt wird zwischen dir und der Welt keine künstliche Glaswand mehr sein. Du wirst alles so sehen, wie es dir bestimmt ist zu sehen.« Lamprecht schwankte, als er zurück zu seinem Platz ging.

Der Junge mit dem Ausschlag ließ sich taufen und erhoffte heimlich Heilung davon und von seinem Stottern. Die übrigen Frauen aus dem Jungborn gingen auf die Knie: Lena Köpper mit den dicken Hüften und Anja Rieder, die sich am ganzen Körper enthaart hatte und aussah, wie ein Kind. Neben ihnen David Teitelbaum. Das bedeutet Dattelpalme, hatte er Engelhardt beim Essen erklärt, deswegen bin ich hier, mein Name führt mich in den Palmenhain und nicht nach Palästina, obwohl ich Herzl gelesen habe, aber ich wollte kein Jude mehr sein, sondern Mensch, nichts anderes, ich danke dir, August Engelhardt.

Getauft wurde der Wotanist Theo Kunkel, der seine Briefe in Runenschrift schrieb und mehrmals festgenommen worden war, weil er Gottesdienste gestört hatte, und versucht hatte, einen Zug entgleisen zu lassen, der die Ruhe eines germanischen Kraftplatzes störte.

Engelhardt träufelte Kokoswasser auf Hubert Katz, der Nacktwandern, tägliche Darmspülungen und minutenlangen Atemstillstand propagierte, und alle anderen, an deren Namen er sich schon nicht mehr erinnerte. Schließlich stellte sich sogar Walter vor Engelhardt, überragte ihn, senkte kurz den Kopf.

»Jetzt mach schon, tiefer geht es nicht.«

Engelhardt kippte ihm den Inhalt einer vollen Nuss übers Haupt.

»Viel hilft viel, Walter.«

Dann badeten sie lange. Immer wieder kamen ein paar aus dem Wasser, aßen etwas, schwammen weiter, ließen sich von den Wellen im seichten Wasser wiegen, die Gesichter fröhlich, die Körper befreit von einer Last.

Hinterher sollten sich alle auf dem Strand aufstellen, Bradtke wollte ein Gruppenbild machen für *Die Schönheit*, er kannte den Herausgeber, ein Exklusivvertrag für Nacktbilder aus Kabakon, gerne auch welche von den Eingeborenen, zwanzig Mark pro abgedrucktes Bild, und wenn genügend zusammenkamen, eine Ausstellung bei seiner Rückkehr. Er postierte das Stativ, schraubte die Kamera fest, schob die Glasplatte ein, die Frauen nach vorne in die erste Reihe und

Engelhardt in die Mitte, und jetzt nicht mehr bewegen. Lächeln gefror auf dreißig Gesichtern, schmolz beim *Gut so, das war's schon.* Anschließend ein paar Bilder in Kleidern für die *Vegetarische Warte*, die drucken keine Nackten. Fotos von Ballspielen am Strand. Zwei Männer, die Nüsse öffnen. Pastor mit Gitarre und Chor. Anna bei der Bananenernte. Maja beim Ausdruckstanz.

Und jetzt eines von Engelhardt.

Der schüttelte den Kopf, aber Walter kam.

»Mensch, August, stell dich nicht so an, natürlich machen wir ein Foto von uns. Nur wir zwei, wir und Anna, die Leser sollen nicht denken, das hier sei eine Veranstaltung für Männer.«

Bradtke stellte sie an den Rand der Pflanzung, die Füße im Gras, hinter Engelhardt eine junge Palme. Walter hatte sich ein Tuch um die Hüften gewickelt und aus dem Berg von Kleidern ein Hemd rausgesucht. Anna trug ein Leinenkleid, im Haar einen geflochtenen Kranz. Engelhardt den üblichen Lendenschurz.

Anna stand in der Mitte und hielt beide Männer im Arm. Er genoss die Berührung, sanft war sie und leicht und doch deutlich.

»Jetzt gleich nicht mehr bewegen«, sagte Bradtke. Walter machte einen halben Schritt nach vorne, schob Anna mit sich, die Engelhardt loslassen musste. Der blieb hinten stehen.

»Gleich zähle ich bis drei, dann rührt ihr euch nicht mehr.«

Anna ließ den Arm von Walters Hüfte sinken und lehnte sich zu Engelhardt.

Eins.

Walter zog Anna zu sich herüber. Engelhardt spürte der Berührung ihrer Hand nach, ein Sehnen an der Stelle, wo sie gerade noch lag.

Zwei.

Sie wehrte sich lächelnd gegen Walter. Der schimpfte leise in seinen Bart.

Drei.

Aufregung auf dem Strand, lautes Geschrei, die rotgesichtige Bäuerin kam, mit ihrem Hund auf dem Arm, jedenfalls sah es danach aus. Sie schrie, dass alle zusammenliefen, sogar aus dem Meer kamen sie, aus dem Palmenwald, aus der Bibliothek, hier gibt es Neger auf der Insel, brüllte sie, Neger, ein ganzer Stamm auf der anderen Seite der Insel, alles voller Neger, und die haben meinen Richard gefressen, und ließ fallen, was sie im Arm hielt, ein blutiges Fell. Einfach gefressen.

Erst als die Sonne schon untergegangen war, hatten sich alle wieder beruhigt, nur Martha schluchzte noch manchmal, sie hatte sich sogar gegen die Taufe gewehrt, die würde sie nachholen müssen, damit sie wirklich hier heimisch wurde. Emil Friebel, der Mann mit dem Hut, hielt sie im Arm und tröstete sie, die Wilden würden von der Insel verschwinden, keine Sorge, Engelhardt habe sie bislang geduldet, weil genügend Platz war für alle, aber jetzt müssten sie gehen, nicht weinen, Martha, sie werden gehen, auch wenn Maja widersprach. Die Einheimischen kennen den Boden, sagte sie, sie kennen die Pflanzen, das Wetter, sie können uns helfen, hier zu leben, wir sind Anfänger, ohne sie und ihre Erfahrung sind wir verloren. Walter saß in der Zwischenzeit mit dem Stotterer zusammen und machte Pläne. Hütten für alle würde man in den nächsten Wochen bauen, wie im Jungborn, offene Fenster mit leichten Vorhängen davor. Das Fundament graben für ein Gemeinschaftshaus, hier würden Versammlungen stattfinden. Bäume müssten gefällt werden und Büsche gerodet. Sie würden Beete anlegen, Stachelbeeren pflanzen und Radieschen, den Strand von Steinen und Muscheln säubern, Latrinen buddeln, Uhren an Palmen nageln, damit man nicht verloren ging in der Zeitlosigkeit, Tische und Bänke zimmern, denn auf dem Boden saßen nur Wilde. Eine Glocke anschaffen, die zu den gemeinsamen Mahlzeiten rufen würde. Die Arbeit aufteilen: Manche würden

Früchte sammeln, andere auf Palmen klettern und Nüsse ernten, Brot backen, den Tisch decken, wieder abräumen. Bestellungen müsste man aufgeben: Zimmermannsnägel, Teller, Saatkartoffeln, Weizengrütze, Hängematten, Sauerkraut und Briefumschläge.

Sie hatten keine Ahnung, was sie erwartete, dachte Engelhardt, aber das würde er ihnen heute nicht sagen.

Am Morgen war er als Erster wach. Die Sonne stand tief überm Meer. Einige Herzschläge lang hielt die ganze Welt ihren Atem an. Dann erst rührte sie sich, schickte eine Welle an den Strand, warf einen Vogel in die Luft, schob eine Schildkröte an Land und schleuderte weit draußen einen Delfin über die Wogen. Im Sand lagen die Jünger des Kokosordens. Er ging zwischen ihnen hindurch und spürte ihre Hoffnungen, schmeckte ihre Ängste, sah die Zufälle, die sie hierher geführt hatten, die verworrenen Fäden, an denen sie hingen. Er hörte ihre geheimen Wünsche. Fühlte ihr Leid, heiß und brennend bei manchen, bei anderen dumpf und ewig, als sei es jenseits aller Zeit. Mühselig und beladen waren die meisten und warteten darauf, von ihm ans Licht geführt zu werden. Er summte leise sein Kabakon-Lied, *Nicht die Weisheit bringt uns Segen / Weise Tat nur bringt uns Glück / Darum wollen wir uns regen / Und zum Sonnengott zurück / Auferstanden ist die Menschheit / Sonnenkinder sind sie alle / Gott, der Herr, hat sie erlöset / Von dem tiefen, tiefen Falle.*

Es war lange her, dass er das Lied gedichtet hatte, es hatte ganz am Anfang seines Weges auf der Insel gestanden. Jetzt trug er Verantwortung dafür, dass sie alle das Glück fanden, sein Glück, das Glück der Nuss und der Sonne. Manche lagen verkrümmt wie Kinder, die schlecht träumen, manche frei und leicht, als hätte sie einer ausgegossen. Walter hatte im Schlaf den Arm um Anna gelegt. Ihr Atem ging schwer.

Engelhardt glitt ins Meer und ließ sich vom Wasser tragen, schwamm auf dem Rücken, sah die letzten Spuren der Sterne, den Flug der Möwen, den Tod einer Wolke. Frei sollten seine Jünger sein, ohne Last leben, deswegen hatte er sie getauft, aber das war nicht genug. Noch hielt die Welt der Dinge sie gefangen. Sie selber hatten ihre Ketten mit auf die Insel gebracht. Es war an ihm, sie zu befreien.

Als er aus dem Meer stieg, rührte sich noch immer keiner der Schlafenden. In seiner Hütte suchte er lange nach Zündhölzern. Er hatte sie nie gebraucht, schon ein Feuer war künstlich und schwach im Vergleich zum Licht der Sonne, außerdem war Feuer der Beginn der Zivilisation, es war die Ursünde, mit der der Mensch sich die Natur untertan gemacht hatte, anstatt in ihr zu leben, aber wie alles Böse trug auch das Feuer einen Keim des Guten in sich, und den würde er nutzen.

An der Mole türmte sich das Gepäck der Jünger. Ein oder zwei Koffer waren bereits geöffnet, der Kontrabass lehnte in seinem Sarg am Stamm einer Palme, Rucksäcke waren aufeinandergetürmt, Töpfe warteten darauf, auf einem Herd zu stehen, die Fässer waren so leer wie die Ballonflaschen. Ein Taubenschwarm flatterte von der Seemannskiste auf, als er näher kam. Er öffnete sie. Eine zusammengeschobene Angelrute, eine Lodenjacke von Peek & Cloppenburg, eine Packung Zigarren, Bettbezüge aus Leinen, jeweils eine Flasche Eau de Cologne, Maggi und Riesling von der Mosel, eingepackt in Wollpullover, Reitpeitsche, ein Etui mit zwei Duellpistolen, ein Tennisschläger, eine Winterweste aus geflochtenem Panamastoff, die zuerst brannte. Kleine grünliche Flammen knisterten am Rand der Weste, fraßen sich nach innen, wurden heller und gelber, sprangen von dort auf die Bespannung des Schlägers, die zusammenschnurrte, bevor der Rahmen sich verkrümmte, um sich selber wand, aufloderte, während der schwere Duft der Zigarren durch die klare Morgenluft zog. Die Jacke brannte erst, nachdem das Parfum blauviolett explodiert war.

Engelhardt öffnete den nächsten Koffer. Die Bücher darin legte er beiseite, Bücher waren Geist, die durften bleiben, genau wie der Kontrabass, der zwar Materie war, aber Immaterielles schuf. Nur die Kleider warf er ins Feuer, eine Hutschachtel, Puderdöschen, drei Haarbürsten und sechs Kämme, die beim Verbrennen bestialisch stanken. Er warf die Körbe und Ballonflaschen hinein, die nur dazu dienen konnten, etwas aufzubewahren, und damit ein Verrat waren an der Gegenwart zugunsten der Zukunft. Die Flaschen zersprangen mit einem befriedigenden Knall. Im nächsten Koffer fand er eine homöopathische Reiseapotheke, die er nicht verbrannte, und Aspirin, das im Feuer landete. Zwei Fotoalben verbrannte er wegen der schädlichen Anhaftung an Vergangenes, das Gedichtbändchen legte er zu den anderen Büchern, warf Lippenstift ins Feuer, Wangenrouge, Tanzschuhe, Schmuck, ein Toupet aus Echthaar, Rasiermesser, Uhren, Krawatten, ein paar Regenschirme, eine Aktentasche, einen Herrenschal, einen Regenmantel von Mackintosh, Seidentücher, Klosterbitter, drei Flaschen mit Haarseife, einen spanischen Fächer, ein Spätzlebrett, Schokolade, einen Badeanzug, einen Rechenschieber, leerte den nächsten Koffer aus, als er die Rufe der anderen hörte, zuerst noch ganz fern, traumverloren und müde, dann lauter und näher, und schließlich umringten ihn alle, Sand im Haar, Schlaf in den Augen und Empörung.

»Wir sind Magenmenschen«, sagte Engelhardt. »Wir sind gebunden an die Erde und an die Dinge, aber um frei zu werden, müssen wir uns davon lösen. Nur die größte Beschränkung der materiellen Bedürfnisse macht aus uns Hirnmenschen, Lichtmenschen und Sonnenmenschen.«

»Ich brauche die Sachen.« Wütend und weinerlich.

»Nur wenn wir den Besitz hinter uns lassen, werden wir erlöst und verwandelt«, sagte Engelhardt. »Wir sind nicht hier, weil die Sonne scheint und das Leben leicht ist, wir sind hier, um neue Menschen zu werden. Wir leben, wie Christus gelebt hat, wie Mohammed oder Buddha. Alle Religionsstifter sind Kinder der Tropensonne. Nur hier kann der Mensch wahrhaft altruistisch und bedürfnislos sein. Wo die Sonne dem Menschen alles gibt, kann der Mensch dem Menschen alles geben. Christi Reich war das Reich der Sonne, nicht das Reich der Dinge. Deswegen bitte ich euch:

Vollendet, was ich begonnen habe. Erkennt, dass die Freiheit nicht umsonst zu haben ist. Dass auch ein Schmerz darin liegt, aber dass es sich lohnt, diesen Schmerz zu ertragen. Ich verspreche euch, er wird kurz sein und die Belohnung unendlich groß.«

David Teitelbaum war der Erste, der vortrat, seinen Tornister aus dem Haufen zog, kurz in beiden Armen hielt, als würde er sein Gewicht abwiegen, mit einer zärtlichen Geste ins Feuer gab und mit ernstem Gesicht danebenstand, während die Flammen sich durch die Lederhülle fraßen, aufblakten, als aus dem entstandenen Loch ein Seidentuch fiel, ein Holzkästchen, ein blauer Stoffbeutel, der hell aufloderte, bis nichts mehr übrig blieb als ein glimmender Brocken. Anna hatte inzwischen ein paar Bücher aus ihrem Koffer sortiert, wuchtete ihn in die Flammen, drehte sich um, ging ins Meer und schwamm davon, ohne sich weiter ums Feuer zu kümmern.

Engelhardt wandte sich ab und ging. Die anderen würden sich auch ohne seine Hilfe befreien.

Du verlangst viel von ihnen, meinte Walter später, und einmal werden sie sich deswegen gegen dich wenden, aber Anna kam dazu und widersprach, zuerst würden sie Angst bekommen, weil ihnen nichts mehr blieb als das bloße Leben, aber langsam würden sie erkennen, dass nur darin die Freiheit lag, und so war es.

Als das Feuer erloschen war und alle ihre Taschen, Koffer, Beutel und Truhen geopfert hatten, liefen sie zuerst über die Insel wie betäubt, nackt, aber eingehüllt in eine schwere Trauer. Keiner redete mit dem anderen, der Verlust wog schwerer, als aller Besitz je gewogen hatte, ein Phantomschmerz, als hätten sie sich nicht von ein paar Kleidern getrennt, sondern ihrem rechten Arm, als sei nicht ein Schmuckkästchen verbrannt, sondern ihr Auge. Gleichzeitig waren sie stolz auf sich, überrascht von ihrer Großzügigkeit den Flammen gegenüber, fast schon euphorisch, und genossen dieses Gefühl, am meisten diejenigen, die besonders viel von dem mitgeschleppt hatten, was jetzt als Aschewölkchen über der Insel stand. Erste Gespräche, hast du gesehen, wie mein Morgenmantel verbrannte? Die Lederschuhe habe ich erst einmal getragen, aber wer braucht hier schon Schuhe? Die Brosche war von meiner Tante, aber als Klümpchen im Sand ist sie fast schöner als vorher. Ich weiß nicht, warum ich den Zinnpokal eingesteckt habe, aber ich bin froh, dass er nicht mehr existiert. Keine Seife mehr und kein Haarwaschmittel, ich frage mich, wie ich in drei Monaten aussehe. Die Ersten badeten wieder im Meer, schwammen leichter als jemals zuvor, schwebten auf dem Wasser, waren wütend und dankbar.

Wer am wenigsten braucht, kommt den Göttern am nächsten, sagte Engelhardt ihnen beim Abendessen, und so richteten sie ihr Leben auf der Insel ein. Noch Monate bis zur Regenzeit, also brauchte es keine Hütten, kein Bett, kein Haus für die ganze Gemeinschaft, nur eine Senkgrube buddelten sie im Wald. Reine Menschen wurden sie, und das Tier, der alte Adam, starb, das spürte Engelhardt, und mit ihm die Scham und das Bedürfnis, etwas zu haben. Lachende, unsterbliche Sonnenkinder wandelten über die Insel, ihr Denken und Tun veredelt und geadelt von den erhabensten Repräsentanten der Natur, den Palmen.

Alle Fragen finden hier eine Antwort, schrieb der Buchdrucker Salomon in einem Brief an die Heimat: die soziale Frage, die Friedensfrage, die Frauenfrage, die Bodenfrage, die Kleiderfrage, die Wohnungsfrage. Damit der Sozialismus gesund und weltumfassend wird, muss der Äquator die Heimat der Menschen werden. Dann wird der Staatsbürger zum Weltbürger, der Landsmann zum Sonnenkind.

Friebel überlegte derweil, wie es weitergehen könnte, Deutschland reichte schließlich weiter als nur von der Maas bis an die Memel und weiter als vom Etsch bis an den Belt. Groß-Deutschland verteilte sich auf vier Erdteile. Es gab

Deutsch-Westafrika, Togo und Kamerun. Deutsch-Ostafrika. Es gab einen herrlichen Besitz in der Südsee. Von Kabakon aus müssten sie daher zuerst den Bismarck-Archipel besiedeln, dann Neuguinea und die Inseln des Stillen Ozeans, schließlich das tropische Zentral- und Südamerika, das tropische Asien und das äquatoriale Afrika. Ein Patriot denkt zu eng, Heliotropen brauchte es, die Patrioten der Sonne.

Bradtke rechnete seine Fotos in Reichsmark um, knapp zweitausend müssten das inzwischen schon sein, und entwarf im Geist einen Brief an den Kaiser: *Die rationale Nationalökonomie muss sich fragen, wo sich das Individuum geistig und körperlich in der idealsten Weise zu entfalten vermag? Die Antwort ist eindeutig: In den Kokoshainen. Diese geben mit dem Minimum an Land und dem geringsten Arbeits- und Kostenaufwand die meiste und beste Nahrung, denn wo ein Viehzüchter lebt, können sechs Ackerbauern leben oder 32 Kokospflanzer. Kokospflanzungen sind sozialökonomisch und kosmopolitisch sinnvoll und gleichzeitig nationalökonomisch und patriotisch.*

So oder so ähnlich würde er argumentieren und anschließend um einen Kredit bitten, um die deutschen Besitztümer in der Südsee zu verdoppeln, unter seiner Regie, natürlich.

Karin machte indische Gymnastik am Strand und sammelte Heilpflanzen im Wald. Maja verbrachte viel Zeit bei den Eingeborenen, um ihre Sprache und Tänze zu lernen, obwohl das nicht alle guthießen, schließlich hatten die den Hund getötet, und nicht nur das, sogar gefressen hatten sie ihn, was Fräulein Henning mit einer stillen Genugtuung erfüllte; sie hatte den blöden Köter nie leiden können und Monate mit dem kläffenden Vieh auf dem Schiff verbracht. Friebel trainierte mit Hanteln, David Teitelbaum las sich durch Engelhardts Bibliothek. Pastor brachte Horst Remmele Gitarrespielen bei. Sarah und Hermine lernten, Kuchen aus Bananen und Taro zu backen. Jonathan tauchte tagelang in den Korallen. Anja lag in der Sonne und Martha im Schatten. Manche spielten Fußball mit den Kindern der Wilden, andere schnitzten Figuren aus

Treibholz. Theo Kinkel schrieb Gedichte, Hubert Katz Briefe und Walburga Silberman ein Theaterstück über ihr Leben auf Kabakon, *Die Kokosesser* würde es heißen, obwohl sie auch vieles andere aßen, noch jedenfalls, aber das wollte Engelhardt ändern, er hatte es ihnen vor einigen Tagen in einer der Versammlungen angekündigt. Noch drei Monate lang dürften sie alle Früchte essen und alles Gemüse, dann würde es Zeit sein, sich ausschließlich von Nüssen zu ernähren. Zwei Jahre lang würde ihre Zeit als Nussesser dann dauern, bevor sie sich anschließend nur noch vom Licht der Sonne leben würden.

Er hatte sehr ernst ausgesehen dabei, und keiner hatte ihm widersprochen. Seither gab es immer weniger Obst und immer mehr Nüsse, als müssten sie langsam darauf vorbereitet werden, nichts anderes mehr zu sich zu nehmen, dabei wuchsen hier fußballgroße Orangen, kiloschwere Ananas, alle Arten von Bananen, saftige Mangos und außerdem jede Menge deutsches Gemüse wie Unkraut. Sie ging heimlich in den Wald und aß das Obst dort direkt von den Büschen, immer in der Furcht, dabei gesehen zu werden, aber sie ahnte, dass sie nicht die Einzige war, denn immer häufiger verabschiedeten sich welche zu Spaziergängen im Wald. Dort fand sie Schalen von Früchten halb im Laub vergraben. Jemand hatte ihre Papayas geplündert, ohne dass es diese Früchte bei den offiziellen Mahlzeiten gab. Ein Messer war in den Ästen eines Mangobaumes versteckt.

August kommt immer wieder zu ihm. Er hat keine Zeit für Limlimbu, aber eine Wunde am Bein. Einer der Weißen hat ihn verhext, vielleicht der große Mann mit dem Bart, er ist groß, aber leer, nur eine Hülle, in ihm ist niemand für immer, sondern unterschiedliche Wesen wohnen abwechselnd darin. Ein anderer Mann ist bei ihm gewesen und hat ihm Zahlen gezeigt und gesagt, dass Kabuas Männer mehr Kopra machen müssen, aber er lacht darüber, er glaubt nicht an Zahlen. Als der Mann wieder kommt, gibt er ihm von der Kava, und der Weiße vergisst die Zahlen und das Kopra und lacht mit ihm.

Die Weißen bringen neue Dinge auf ihre Insel. Die Jungen treten jetzt jeden Tag nach dem Ball mit ihnen, es ist wie ein Jagdspiel, aber sie lernen nichts dabei. Jeder der Weißen hat vier oder fünf Geister mit sich gebracht. Seine eigenen Vorfahren klagen, es wird zu eng auf der Insel, aber die Weißen werden bleiben über die Zeit des Regens hinaus, obwohl sie noch keine Hütten haben. Er wird ihnen helfen, welche zu bauen, wenn sie ihn fragen. Sie werden bezahlen mit Geld, davon haben sie viel, oder mit Dingen, die er nicht kennt, auch wenn sie nur wenig besitzen. Ein Feuer hat alles verbrannt, erzählen sie, aber er glaubt ihnen nicht wirklich, denn wenn sie einzeln kommen und er sie fragt, dann gibt es immer noch etwas, das sie vor den Flammen gerettet haben, und sie kommen oft, vor allem, um Essen zu kaufen, gerösteten Taro und manchmal ein Stück Fleisch. Sie starren gierig auf die Schweine, aber die werden gemästet für das Singsing in drei Monden. Nie darf einer der anderen Weißen sie sehen. Sind einmal zwei von ihnen im Dorf, blicken sie aneinander vorbei. Nur die dünne Frau kommt öfter, fast jeden Tag, aber sie isst andere Dinge, ihre Wörter isst sie, ihre Lieder und ihre Tänze. Wie der Musiker, der jetzt tot ist und dessen Geist wieder auf Kabakon lebt. Unruhig ist er und weint nachts und will Rache für seinen Tod, aber einer der neuen Männer besänftigt ihn immer wieder. Er sitzt oft an der Windseite der Insel und schlägt auf ein Instrument mit sechs Drähten und singt laut dazu. Er ist ein Zauberer, wenn er singt, verschwindet sein Kopfweh. Manchmal schleichen seine Frauen, um ihn zu hören, denn die Lieder sind fremd und machen sie stark und schön. Manchmal kommen weiße Frauen zu seinen. Sie streichen sich über die Gesichter und tauschen Worte. Hinterher sind seine Frauen lauter als sonst. Er weiß nicht, ob ihm das gefällt. Seit ein paar Tagen ist eine der Weißen bei ihnen. August hat sie gebracht. Sie hat Fieber. Ihr Körper ist hart und behaart wie der Stamm einer Palme. Der Zauberer glaubt, dass sie stirbt. August besucht ihn und fragt, wie er seine Männer führt, ohne dass sie sich widersetzen, aber er lacht darüber, sie widersetzen sich dauernd. Das ist nicht die Antwort, die August will, aber es gibt keine andere, außer dass es hilft, hin und wieder einen Mann einer feindlichen Sippe zu töten, damit sie ihn respektieren, aber August will nicht töten, nicht einmal Tiere, er ist manchmal ein dummer Kerl.

Walter kam auch nach vier Monaten noch immer auf keine Palme. Engelhardt schüttelte den Kopf darüber. Er verstand es nicht, denn der Freund war kräftiger als er, größer, wütender, wenn ihm etwas nicht gelang, aber die Palmen widersetzten sich ihm. Einmal hatte er immerhin die untersten Wedel berührt, aber der Stamm war nicht länger gewesen als sechs oder sieben Meter. Auch jetzt schaffte er es nur fast, du kannst das Walter, einfach nur hochklettern, aber er rutschte wieder hinunter, fluchte über einen Splitter in der linken Hand, die verdammten Scheißpalmen, und darüber, dass sie als Deutsche dieses Negerzeug essen müssten, überhaupt die Sache mit den Negern, das ist ein Fehler, August, dass du die ganze Zeit bei ihnen bist und ihnen vertraust und den Zauberer gebeten hast, sich um Fräulein Henning zu kümmern, wer weiß, was der mit ihr anstellt, Malaria hin oder her, die besseren Ärzte gibt es in der Hauptstadt der Kolonie, warum müssen es die Wilden sein mit ihrem Tamtam, die haben nicht einmal Chinin, sondern reiben ihr die Beine mit Wurzelsaft ein, das habe ich selber gesehen, roter Saft, ausgerechnet, seit drei Wochen schon liegt die Arme im Fieber. Wenn sie stirbt, ist hier die Hölle los. Das mit den Negern ist eine hübsche Idee von dir, aber du verwechselst deine Ideen mit der Realität, du musst sie anpassen an die Wirklichkeit, sonst geht hier alles vor die Hunde.

»Die Wirklichkeit wird überschätzt«, sagte Engelhardt.

»Das hast du schon einmal gesagt, in den Bergen, ich erinnere mich, wir waren vom Bifertenfirn Richtung Tödi gestiegen. Ein Unwetter zog auf und ich wollte umkehren, aber du wolltest auf den Berg, unbedingt, die Wirklichkeit wird überschätzt, die Idee des Aufstiegs ist wichtiger als ein bisschen Regen, aber es fing an zu hageln, und wir hockten unter einem Felsvorsprung, nass und kalt.«

»Und stiegen dann doch auf. Die Sonne schien auf dem Gipfel, weit drunten die Wirklichkeit der Wolken. Man darf nicht unten bleiben.«

»Die Wirklichkeit hier ist, dass viele Hunger haben und Lust auf richtiges Essen. Manche planen schon einen Ausflug nach Herbertshöhe. Kartoffeln, Fleisch und ein oder zwei kühle Bier. Viele haben einen Sonnenstich, weil du nicht willst, dass sie im Schatten sitzen. Franz-Karl vermisst seine Brille und kann nichts lesen. Andere nerven die Tropennächte, zwölf Stunden Dunkelheit, so lange kann kein Mensch schlafen, und Licht haben wir auch keines, Lampen sind künstlich, hast du gesagt, und Feuer verboten. Es gibt Streit, weil manche nichts mehr haben, weil alles verbrannte und andere ihre Sachen heimlich gerettet haben. Die Ersten geben beim Postschiff schon Bestellungen auf. Du willst kontrollieren, was sie tun, aber das ist ein Fehler. Du musst ihre Gedanken kontrollieren, dann ergeben sich die Handlungen von selber. Alle müssen das Gleiche denken und fühlen, das ist der Weg. Sie brauchen eine starke Idee, nur Nüsse zu essen ist zu wenig, es muss zwingender sein, größer und schöner, was du ihnen gibst, es muss deutscher sein, achte mal darauf, wer immer bei dir ist, die Neger und die Juden, vielleicht ist das der Fehler, da kommt er ja schon, der kleine David Teitelbaum, kaum redet man von ihnen, wir hätten besser darauf achten sollen, wer hier auf die Insel reist, überlege dir das, August.«

David grüßte sie freundlich, er wolle bei der Ernte helfen, stieg die Palme hinauf, schnitt Nüsse aus der Krone, und Walter ging zurück an den Strand.

»Wir müssen das Richtige tun«, sagte Engelhardt zu David, »und dann darauf achten, wie es unser Denken und Fühlen beeinflusst. Wir können nicht die Köpfe kontrollieren, aber die Hände.«

David nickte und schrieb im Kopf mit. Er würde alles notieren, was Engelhardt sagte. Das würde ihm helfen, ein ganzer Mensch zu werden.

Engelhardt ließ ihn allein und spazierte an die Ostspitze der Insel. Wenn Walter doch recht hatte, musste er ihnen noch viel mehr erklären. Manchmal gab es zu viele Stimmen auf der Insel, zu viele Meinungen, er verstand sie nicht. Er war zu einfach geworden, mied die Diskussionen und sammelte lieber Schneckenhäuser. Nur darum ging es, langsam und voller Freude über den Strand zu laufen und Muscheln zu suchen oder im Wald Nüsse zu ernten, ein Buch zu lesen oder zu schwimmen, in den Himmel zu sehen, ein Gedicht zu sprechen, ein Sonnenmensch zu werden, rein und leicht und wie Gott, doch sie verstanden ihn nicht. Zu wenig sei das, hatte Walter gesagt, zwingender müsse es sein, größer und deutscher. Anna folgte ihm, das merkte er plötzlich, ihr Gesicht voller Trauer, die sie nicht erklären wollte, frage nicht, August, sie hatte geweint, frage nicht, du hast schöne Muscheln. Er schenkte sie ihr. Sie hörte dennoch nicht auf zu weinen, ein geflochtenes Lederband in ihren Haaren, ihre Augen blau und stumpf, als habe sie einer mit Sand abgerieben. Haben sich deine Träume erfüllt, August? Er schüttelte den Kopf, ich weiß nicht, ich bin noch nicht ans Ende der Träume gelangt. Sie lächelte und wollte ihn umarmen, aber sie waren beide nackt und sie die Frau eines anderen, deswegen drehte er sich weg, da hinten sind noch mehr Muscheln, ich hole sie dir, stapfte durchs Wasser davon, und als er sich umdrehte, war sie verschwunden.

Abends rief Engelhardt die zukünftigen Kokovoren zusammen. Zum letzten Mal gebe es heute Früchte, zum letzten Mal Brot. Eigentlich müsse der Mensch als Krone der Schöpfung sein Speisefett von gleichrangigen Geschöpfen nehmen, also im Grunde vom Menschen selber. Die Menschenfresserei entspreche der Forderung der Logik, allerdings widerspreche sie der Forderung des Herzens. Die Palme allerdings liefere ein der Muttermilch und dem Menschen ebenbürtiges Fett. Nur sie sei dem Menschen ebenbürtig. Das allein sei die Nahrung des Menschen. Früchte in der Form seines Hauptes, vegetabile Menschenköpfe seien die Nüsse. Der Menschenschädel gleicht dem gewölbten Himmelsdom, so wie die Nuss. Wer die Nuss esse, esse den Himmel, esse das Gehirn der Natur. Die Kokosnuss gebe mit der geringsten Menge die größte Kraft, den feinsten Geist, die höchste Ausdauer, der Baum des Lebens sei die Palme, im Christentum das Sinnbild des Sieges des Lebens über den Tod. Ihr griechischer Name sei sogar gleichbedeutend mit dem Phönix, der aus der Asche wiedererstand. Die Religion der Religionen, und das sei die Religion der Liebe und der Wahrheit, müsse und werde auf dem Kokovorismus ruhen. Das Christentum von heute sei deswegen mehr Form als Inhalt, weil es mit Verachtung und Gleichgültigkeit über die Frage hinwegsehe: Was isst du, mein Bruder? Was trinkst du, Schwester? Welche Luft atmet ihr, Geliebte? Die Kokosnuss sei der Stein der Weisen, so endete er und bekräftigte es noch ein- oder zweimal: der Stein der Weisen.

Er setzte sich erschöpft. So viel hatte er lange nicht am Stück geredet.

David war der Erste, der aufstand und zustimmte. Anna folgte ihm. Wilhelm. Sarah und Maja nickten. Der Buchdrucker. Jonathan. Bella Nonnenmacher. Andere zögerten. Kopfschütteln, kaum zu sehen, denn die Nacht war schon über die Insel gefallen. Von irgendwoher schrie ein Vogel.

»Das schwächt uns«, sagte Emil Friebel schließlich. »Nur Nüsse zu essen macht uns mager und krank. Das ist Verrat an uns und unserer Rasse.«

»Ich wusste nicht, dass es jetzt auch hier um Rasse geht«, sagte Salomon. »Ich dachte, es geht um Sonne, Freiheit, Gesundheit, Glück und die Erziehung des Leibes.«

»Leibeserziehung heißt nicht, sich mit Hanteln zu kräftigen.« Friebel nahm den Hut ab, wischte den Schweiß von der Glatze, setzte ihn wieder auf. »Nicht nur. Leibeserziehung heißt, gegenüber dem Erbstrom seiner Rasse alles zu meiden, was den Leib als rassischen Wertträger schädigt. Darum geht es, aber es wundert mich nicht, dass ihr dem gegenüber so gleichgültig seid.« »Ich bin das Sprechen nicht mehr gewohnt«, sagte Engelhardt. »Erst recht nicht das Sprechen zu so vielen Menschen. Das ist vielleicht ein Fehler. Ich habe in den letzten Jahren höchstens mit einem Menschen geredet, und das war meistens ich selber. Vor allem habe ich zugehört. Dem Meer, dem Wind und den wenigen anderen. Ich bin hierhergekommen, weil ich mich und die Welt verstehen wollte. Ich habe dafür alles abgestreift, was mich hinderte, Mensch zu sein, und ich habe eines gelernt: dass nichts, was man glaubt oder weiß oder meint, noch Bestand hat, wenn man einem lebendigen Menschen begegnet. Trifft man einen Menschen, versagt jede Theorie. Hier gibt es keine Rasse. Keine Nationalität. Keine Armen und keine Reichen. Keine, die oben stehen, und keine unten. Hier gibt es nur Sonnenkinder. Deswegen gehen wir nackt.«

»Nicht nur«, sagte Martha. »Nicht nur deswegen. Es gibt noch andere Gründe dafür. Ein Grund ist die natürliche Auslese.«

Gemurmelter Widerstand.

Martha schüttelte den Kopf, weil die anderen so schwer von Begriff waren. »Wenn man Kleider trägt, schaut man nicht auf den Körper, sondern den Besitz. Die Millionärstöchter sind gefragt, auch wenn sie hässlich sind. Deswegen die Geldgier einer gewissen Rasse, die der unseren nun mal unterlegen ist.«

Sarah stand auf. »Ich kann Spagat. Das kannst du nicht. Ich kann auf den Händen gehen. Das kannst du nicht. Ich kann tanzen. Das kannst du nicht. Ich kann fünf Sprachen sprechen und drei weitere lesen. Ich kann Flöte spielen. Ich kann jeden Mann hier haben und glücklich machen, das können fast alle hier bestätigen, und du könntest weder das eine noch das andere, selbst wenn du die einzige Frau auf der Insel hier wärst. Wo bin ich dir unterlegen?«

»Streitet euch nicht«, sagte Erwin. »Dazu gibt es keinen Grund. Es wird Platz für alle Rassen geben.«

»Ich brauche den Platz aber jetzt«, sagte Sarah. »Auf dieser Insel. An diesem Strand.«

»Natürlich gibt es Grund zu streiten«, sagte Friebel. »Die Reinheit einer Rasse ist nun einmal naturgegeben und damit schutzwürdig. Würde jedes deutsche Weib öfter einen nackten germanischen Mann sehen, dann würden sie nicht fremden Rassen nachlaufen. Aus Gründen der gesunden Zuchtwahl fordern wir daher schon lange die Nacktkultur, damit Starke und Gesunde sich paaren, Schwächlinge aber nicht zur Vermehrung kommen.«

»Genau«, sagte Ulrich, brauchte allerdings lange dafür, er war zu aufgeregt, verdammtes Stottern, »durch das Nacktgehen wird die körperliche und sittliche Entartung des Volkes verhindert. Stattdessen fördert es die Heranziehung eines gesünderen, schöneren und edleren Menschengeschlechtes. Das genau ist für uns der Sonnenorden.«

Durch bewusste Zuchtwahl, wollte er noch sagen, und durch planmäßige Rassekultur auf sexual-biologischer Grundlage, aber die Wörter waren zu schwierig, dabei hatte er sie immer wieder geübt, vielleicht das nächste Mal.

»Ein Geschlecht ohne diesen Ausschlag im Gesicht«, sagte Salomon, »und ohne Sprachfehler, das wäre ja schon mal ein Fortschritt.«

Engelhardt stand auf. Es wurde still. Er schüttelte verwundert den Kopf.

»Ihr zweifelt daran, Sonnenmenschen zu sein. Ihr zweifelt daran, dass ihr frei seid von allem, was euch hielt. Ihr seid voller Zweifel, weil ihr vergiftet seid vom Leben in den Städten, vergiftet von der Nordsonne, vergiftet von der falschen Nahrung für euren Magen, euren Kopf, euer Herz. Ihr habt Schlechtes zu euch genommen: das falsche Essen, die falschen Gespräche, die falschen Bücher, das falsche Licht, die falsche Luft, die falsche Umgebung. Deswegen der Streit.

Deswegen seid ihr noch Karikaturen. Fragmente. Noch seid ihr Kandidaten des Todes statt freie Menschen. Nur um die Freiheit geht es, die die Sonne uns gibt, und die Nüsse. Das ist die Zukunft. Darum geht es, und nicht um irgendwelche Rassen. Das ist ein Wort aus der Vergangenheit.«

Schwester Theodora stand auf dem Strand, winkte mit beiden Armen und rief ihm noch hinterher, aber Pater Joseph hörte nur einzelne Silben, *hau-gel-kom*, ihre Jungmädchenstimme, so hell und durchdringend, dass er in den vergangenen Wochen immer wieder überlegt hatte, wie er sie zum Schweigen bringen könnte, und Fantasien entwickelt hatte, die einem Mann der Kirche definitiv nicht anstanden, sodass er immer wieder Zuflucht im Gebet nehmen musste, Herr, erfülle mein Herz mit grenzenloser Geduld, doch ohne nachhaltige Wirkung, denn sie redete pausenlos, erzählte jede Situation ihres Lebens drei- oder viermal, immer aus unterschiedlichen Perspektiven, als bestünde sie aus einer Handvoll Personen, mal war sie bei ihrer Firmung gestolpert und die Kerze hatte ihr Kleid angezündet, ein andermal stammten die Narben auf ihrem Unterarm von heißem Fett, das in der Küche übergelaufen war, oder ihr Bruder hatte sie angesengt oder ihr Vater gestraft.

Eure Rede sei Ja, ja; nein, nein. Was darüber ist, das ist vom Übel, hatte er ihr gepredigt, aber sie hatte nicht begriffen, was er damit meinte, sondern weitergeredet, selbst während ihrer ersten Fieberanfälle, die sie erstaunlich gut überstanden hatte. Außerdem liebten die Kinder sie, sie machten sich zwar über sie lustig und respektierten nie ihre Anordnungen, aber sie liebten sie doch, und darauf kam es an.

Seit Wochen war er nicht mehr auf Kabakon gewesen, konnte aber seit ein paar Tagen das Anwachsen einer kleinen Siedlung an der Westspitze der Insel beobachten, direkt gegenüber der Missionsstation. Es waren vier oder fünf Hütten, vermutlich aus Palmwedeln. Nie sah er mehr als ein Dutzend Menschen. Die sind alle nackt, hatte Schwester Theodora mithilfe seines Fernglases festgestellt und sich bekreuzigt, einmal für jeden Nackten, der in ihr Blickfeld trat, guter Gott erlöse mich, alle nackt, und sie tanzen um das Goldene Kalb herum. Pater Joseph hatte ihr das Fernglas aus der Hand genommen und sie in die Küche geschickt. Sie tanzten nicht ums Goldene Kalb, sondern um das Grammophon, das Bach hiergelassen hatte, aber es waren längst nicht alle neuen Bewohner der Insel, Walter Bethmann und Anna fehlten, dafür erkannte er Wilhelm Pastor mit der Gitarre und zwei der Frauen aus Herbertshöhe.

Die Strömung war stark und er musste heftiger paddeln als sonst, um nicht abgetrieben zu werden. Erst als er die Insel im Osten umrundet hatte, wurde das Meer ruhiger. Die Hütte Engelhardts wirkte klein und geduckt neben den vielen anderen, die in der Nähe gebaut waren. Außerdem wuchsen mannshohe Grundmauern eines quadratischen Gebäudes mit einer Seitenlänge von mindestens zwanzig Metern. Das Holz kam von einer Schneise, die in die Palmenplantage gefräst worden war. Er zog das Kanu auf den Strand. Eine kleinere Gruppe am Meer machte Turnübungen, die Gesichter rot und konzentriert, angetrieben von einem Mann, der seinen Sonnenhut kurz abnahm, um ihn zu grüßen, und sich wieder den Übenden zuwandte, nicht nachlassen, noch zwanzig Liegestützen schafft ihr, das weiß ich, noch neunzehn, ihr seid keine Schlappschwänze, achtzehn, nein, August Engelhardt ist gerade nicht hier, siebzehn, er solle mit Walter Bethmann sprechen, sechzehn, das sei am besten.

Pater Joseph suchte bei den Hütten und erschrak, als eine Frau ihn von hinten anrief:

»Was sollen die Kleider? Hier gehen wir nackt.«

Sie war breit und rosig wie eine gut genährte Sau, das Gesicht grob, eine Frau vom Land mit dem breiten Dialekt der Leute von der Alb.

»Ich bin Missionar«, sagte Pater Joseph. »Ich bedecke lieber meine Blöße.«

»Und damit machen Sie die erst interessant. Erst die Kleidung sexualisiert den Körper und schafft das schwüle Begehren.

Wenn man sich auszieht, mindert man das Begehren und kann es besser kontrollieren. Daher gilt: keine Moral ohne Nacktheit. Wir leben hier nicht in gemeiner Sinnlichkeit, wie jene anderen, die wir vertrieben haben, sondern in einer edlen, vergeistigten, vornehmen und deutschen Sinnenfreudigkeit.«

»Das freut mich für Sie«, sagte Pater Joseph. »Ist August Engelhardt hier?«

»August ist irgendwo in den Palmen. Wir sehen ihn nur noch selten. Er isst nichts mehr, nicht einmal Nüsse, sondern trinkt nur das Licht der Sonne und das Nusswasser. Wir haben ihn enttäuscht. Er hat Großes geleistet, aber seine Aufgabe ist so gut wie beendet. Jetzt geht es um die Weiterentwicklung seiner Anfänge. Aber Walter Bethmann ist hier.«

»Christus und Paulus«, sagte Pater Joseph. »Ich kenne die Geschichte.«

»Nein, mein lieber Pater. Mit dem Christentum halten wir es hier nicht.« Die tiefe Stimme Bethmanns, der aus der Tür rechts gekommen war und ihm die Hand reichte.

»Wir sind keine Christen, sondern Indoteutonen.«

»Das heißt?«

»Teuto ist der Sonnengott, in dessen Namen unsere Vorfahren aus Indien nach Westen wanderten, nach Teutoland.«

»Ein Heidengott also.«

»Wenn Sie das so ausdrücken wollen. Unsere Vorfahren waren Sonnendiener, und deswegen habt ihr Christen später den Chor eurer Kirchen gegen Sonnenaufgang gebaut. Das Christentum hat den Sonnengott verdrängt und den jüdisch-christlichen Gott an seine Stelle gesetzt.«

»Die Liebe des wahren Gottes hat keinen Platz gelassen für die Götter der Heiden.«

»Leider. Das was eine traurige Konsequenz des Lebens im Norden. Die nordische Sonne ist zu wenig allmächtig, allgütig und allgegenwärtig, im Vergleich zur Sonne Indiens, als dass sie den Rang der Gottheit hätte behaupten können.«

»Also ist Teuto längst überwunden.«

»Nein, denn jetzt sind wir wieder am Äquator und verehren den sichtbaren Lichtgott. Gott ist tot, aber nur der unsichtbare Gott von euch Juden und Christen.«

»Das klingt nach Herrn Engelhardt, aber nicht ganz«, sagte Pater Joseph.

»August Engelhardt ist weit gegangen, aber nicht weit genug.«

»Die Siedlung an der Westseite ist also Ihr erster Außenposten?« »Das sind Abtrünnige. Die gehören nicht mehr zu uns. Haben vermutlich nie zu uns gehört.«

»Aber Pastor ist auch bei ihnen. Den habe ich erkannt. Durchs Fernglas. Der ist doch einer von Ihnen.«

»Auch der hat uns verlassen«, sagte Bethmann. »Bradtke auch. Und Bella Nonnenmacher, aber das ist egal. Man kann nicht zulassen, dass die Reinheit der Idee von Anfang an beschmutzt wird. Ein klarer Schnitt war notwendig.«

»Was sagt Herr Engelhardt dazu?«

»Fragen Sie ihn selber. Ich weiß nicht, wo er ist. Nicht bei den anderen, hoffe ich. Er gehört zu uns. Hier ist seine Hütte. Hier fing alles an, was sich ausbreiten wird von Kabakon in die ganze Welt. Er selber hat sich in den Wald zurückgezogen.«

»Es war interessant, mit Ihnen zu sprechen«, sagte Pater Joseph und reichte ihm zum Abschied die Hand.

Auf dem Strand machten sie Kniebeugen, siebenundsechzig, achtundsechzig, neunundsechzig, die Gesichter nicht mehr konzentriert, sondern verbissen, der Mann mit dem Sonnenhut turnte vor, der Körper glänzte von Sonne und Schweiß, er war vollkommen unbehaart, auf Wiedersehen, Pater.

Siebzig.

Er ging am Meer entlang Richtung Westen, die Füße im Wasser, bückte sich hin und wieder, um ein Schneckenhaus aufzuheben oder eine Muschel, besonders mochte er die *Telai*, so nannten sie seine Eingeborenen, türkisfarbene oder grünliche Streifen auf weißem Porzellan, ein leichter Blauton, den man erkannte, wenn man sie ins Licht hielt, die gab es auf seiner Insel viel seltener, wenn er hier genügend fand, könnte er ein Armband für Theodora machen, sie würde sich freuen wie ein Kind und erzählen, dass ihr Bruder ihr auch einmal einen Armreif geschenkt habe. Am nächsten Tag würde sie das Gleiche von ihrem Vater erzählen. Einer Tante. Ihrem Großvater.

Ein verwirrtes Kind. Er mochte sie gerne.

Ein Felsenkreis am Strand, mannshoch, rundgeschliffen, ein freundliches Gelb, dahinter eine kleine Gruppe Palmen, hier hatte Lützow oft gesessen und gelauscht, so hatte er das genannt, ich belausche die Welt und warte auf den einen Ton, der alle anderen umfasst, auch ein Suchender wie Engelhardt, sie suchten und zweifelten und waren sich nie ganz sicher. Er fragte sich, ob er selber auch einer war. Ein Pater sollte nicht suchen, er sollte gefunden haben und niemals zweifeln, gestärkt von einer Tradition, die zweitausend Jahre zurückreicht. Tut alles ohne Murren und ohne Zweifel, schrieb Paulus an die Philipper, na ja, wenigstens murrte er nicht, oder nur selten, wie sollte man nicht murren, wenn das Fieber kam oder man wieder eine Schwester beerdigen musste, zum Glück hatte Theodora sich wieder erholt, er würde ihr das Armband schenken und es hoffentlich nicht in ein paar Jahren mit in ihr Grab legen müssen.

Einen Moment blieb er stehen, Lützows Ton lag in der Luft, jedenfalls hatte er das gehört oder geglaubt zu hören, das war kein Vogel, die kannte er alle, ein leises Singen, kurz nur, dann war es vorbei. Er schüttelte den Kopf, stieg um die Felsen; wieder der Ton, aus der Mitte der Steine, die ein Fleckchen Sand umschlossen wie ein Nest, er sah hinein und wendete den Blick wieder ab, gut dass Theodora nicht hier war, sie würde sofort den Rosenkranz beten, sah wieder hin, ein braun gebrannter Rücken, kräftige Schultern, das Haar lang und zusammengebunden, bewegte sich auf und ab, aber das waren keine Liegestütze wie vorhin bei den anderen, keiner trieb ihn an, und niemand zählte mit. Unter dem Mann lag eine Frau, klein, hager, die Augen geschlossen, mit ihm verbunden durch einen langsamen Rhythmus, und Adam erkannte sein Weib Eva, und sie waren beide nackt, der Mensch und das Weib, und schämten sich nicht, aber Pater Joseph schämte sich, weil er nicht so schnell verschwand, wie er eigentlich sollte, sondern stehen blieb und sich bemühte, kein Geräusch zu machen, um sie nicht zu stören, als plötzlich die Frau die Augen öffnete und ihn ansah, stumm blieb, nicht rief, nicht reagierte, stattdessen ihren Blick in seinen knotete, dass er nicht wegkam. Wieder machte sie diesen Ton, nicht den Ton der Welt, er hatte sich getäuscht, das war nicht das, was Lützow gemeint hatte, das war der Ton der Menschen und der Sünde, aber was heißt das schon, Sünde, und er dachte ans Hohelied der Liebe, *aber mein Freund steckte seine Hand durchs Riegelloch, und mein Innerstes erzitterte davor. Da stand ich auf, dass ich meinem Freund auftäte, meine Hände troffen vor fließender Myrrhe an dem Riegel am Schloss.*

Alles symbolisch gemeint, hatte ihm der Bischof damals erklärt, alles rein symbolisch, die Myrrhe verweist auf das erste Buch Mose, der Riegel auf die Bundeslade, aber vielleicht hatte er sich getäuscht, denn jetzt erzitterte das Innerste der Frau vor ihm, und noch immer sah sie ihn an, bis einen winzigen Moment lang die Iris nach oben schwamm, die Augen brachen und Pater Joseph frei war und floh.

Ein paar hundert Meter entfernt stieg er ins Meer, nackt, wie er es von Engelhardt gelernt hatte, kühlte langsam ab, erholte sich mit jedem Zug seiner Arme, schwamm bis zum Riff und darüber hinaus und spürte, wie ihn das Wasser von jeder Schuld erlöste.

Es dauerte lange, bis er sich dem Lager der Abtrünnigen näherte. Zuerst sah er eine Frau auf dem Kopf stehen. Sie hatte die Arme unter dem Schädel gefaltet, stand umgekehrt darauf, die Beine im Schoß gekreuzt. Er nickte ihr zu. Ihre Stimme klang etwas gepresst, als sie ihn grüßte, und er hätte sie gerne gefragt, was sie sich davon versprach, aber sie wirkte nicht sehr gesprächig.

Als Nächstes traf er Pastor. Der saß mit seiner Gitarre an eine Palme gelehnt, die Augen halb geschlossen, die rechte Hand zupfte an den Saiten, die Finger der Linken glitten darüber, eine einfache Melodie entstand, zerfiel in einzelne Bestandteile, fand sich wieder, zerriss, war verschwunden und wurde abgelöst von anderen Harmonien, die vorüberwehten.

»Na, Pater, suchen Sie ein paar verlorene Schäflein?«

»Ich habe schon gehört, hier leben die Ausgestoßenen.«

»Genau, die im Aussatz.«

»Was ist passiert?«

»Was passieren musste. Engelhardt wurde zu streng, und nur manche wollte ihm folgen. Das frustrierte ihn und er beschloss, nichts mehr zu essen, und zog sich in die Wälder zurück.«

»Und ohne ihn ging es nicht?«

»Als er weg war, schmissen sie die Juden raus. Komisch eigentlich, plötzlich reden sie hier von Rasse, na ja, haben sie früher auch schon immer mal wieder, kenne ich schon von Fidus mit seinen feuchten Germanenträumen. Ich und ein paar andere sind gerne hierher mitgekommen.«

»Und Walter Bethmann? Engelhardts Freund?«

»Der strebt nach der Weltherrschaft. Und wir wollen nicht einmal die Insel beherrschen. Nicht einmal mich selber will ich beherrschen, deswegen sind wir doch hier, um ganz unbeherrscht zu sein. Das sehen die anderen nicht so. Sie glauben, man müsse zuerst den eigenen Geist bezwingen, dann den eigenen Körper, schließlich den Geist und den Körper der anderen und am Ende den ganzen verdammten Rest. Wie anstrengend.«

»Wo steht Herr Engelhardt?«

»August will niemanden beherrschen, sondern überzeugen. Deswegen hat er beschlossen, nur noch Sonne zu essen. Er will uns zeigen, dass es funktioniert. Dass wir neue Menschen werden können. Ich glaube das nicht. Das mit dem Nussessen hätte ich eine Weile probiert. Aber gar nichts mehr essen. Ich weiß nicht so recht.«

»Er hat sich so auf Sie gefreut. Auf Sie und auf Herrn Bethmann. Er hat viel von Ihnen erzählt.«

»Es tut mir leid, dass wir ihn enttäuschen. Trotzdem lerne ich von ihm. Das habe ich immer. Auch jetzt lerne ich von ihm. Ich werde so leben wie er. Nicht unbedingt hier auf der Insel, aber genau so. Eine Hütte, ein paar Bücher, keine Kleider. Allerdings eine Gitarre, das wird der einzige Unterschied sein. Und ich werde essen und trinken.«

Er spielte ohne hinzusehen einige Akkorde.

»Amerika vielleicht. Ich brauche keine Kokosnüsse, und was ich übers Fieber hier gehört habe, macht mir Angst. Kalifornien soll auch schön warm sein und malariafrei.«

»Und die anderen?«

»Die anderen Aussätzigen? Keine Ahnung. Mal sehen. Wir glauben an die Gegenwart. Wir baden im Meer, pflücken Nüsse, hören Musik, August hat uns das Grammophon mitgegeben, es ist berauschend, abends am Meer zu sein und nackt zu Schubert oder Mozart zu tanzen, erst recht, wenn man dieses Gebräu der Einheimischen getrunken hat, Kava heißt es, wir haben es von dem Häuptling, schmeckt zwar grauenvoll und sieht eklig aus, eine grünbraune Brühe, aber nach ein oder zwei Kokosschalen davon wird alles ganz klar, wissen Sie, was ich meine? Man versteht mit einem Mal die ganze Welt und alle Zusammenhänge und die geheimen Verbindungen zwischen den Menschen und ist gleichzeitig vollkommen entspannt dabei und kann reden und reden und reden, es ist wunderbar, wie die Worte aus einem fließen, und beim Tanzen bewegt sich der Körper ganz von alleine, man muss nicht selber den Fuß heben oder sich im Sand drehen, es passiert einfach. Die vollendete Gegenwart erlebt man damit. Walter und die vom Jungborn machen Pläne. Die glauben an die Zukunft. Das hat nichts mit uns zu

tun, außer mit Bradtke vielleicht, der sich überlegt, wie er Kava nach Europa exportieren kann, denn anders als beim Alkohol hat man am folgenden Morgen auch kein Kopfweh, das müsste man eigentlich gut verkaufen können, meint er.«
Pastor stand auf. »Ich zeige Ihnen unser Lager.«
Die Hütten bestanden nur aus ein paar Bambusstangen, zwischen die Palmwedel geflochten waren. Bradtke schaukelte in einer Hängematte, vor ihm ein Eimer, in dem zwei halbe Kokosschalen schwammen, »Kava«, rief er, »alle trinken Kava«, fiel fast heraus, die Augen rot, »auch Sie Pater, trinken Sie Gottes Wort in flüssiger Form, Sie werden es nicht bereuen, versprochen. Kommet her und trinket, die ihr mühselig und beladen seid, und alle Menschen werden Brüder. Der Sozialismus als Getränk, wir haben die Rettung der Welt gefunden, alle werden trinken, und es wird großer Frieden sein auf der Erden, wir sollten es Bethmann geben und den Jungbornern, die haben das am dringendsten nötig, aber es klappt noch nicht, verdammt noch mal, das Zeug fängt immer an zu gären, wir müssen es luftdicht machen, sonst kriegen wir es nicht rüber nach Deutschland, luftdicht, und niemandem verraten, dass die Frauen die Pflanze kauen und in den Kessel spucken, bloß nicht, sonst trinkt's keiner, und es wird nichts mit dem Frieden und Sozialismus und Gottes Reich, und das müssen wir unbedingt vermeiden, aber Sie verraten mich doch nicht. Sie sind doch ein guter Mann, hat unser August auch immer geschrieben, aber dem geht's ja gerade gar nicht mehr gut, der Arme, seitdem wir alle hier sind, oh du lieber Augustin, alles ist hin. Rock ist weg, Stock ist weg, Augustin liegt im Dreck, jetzt singt doch einfach mit, kennt ihr doch, Pastor: Hol die Gitarre und ein Lied zwei drei.«
»Er arbeitet noch an der richtigen Dosierung der Kava«, sagte Pastor entschuldigend.
»Halt, nicht weglaufen, es kommt noch besser, aber jetzt trinkt erst einen Schluck, das wird uns reich machen, und wenn nicht, dann etwas anderes: Nacktreisen, wir werden in

allen Zeitschriften inserieren, *nackt und unkeusch in der Südsee*, da werden sie alle kommen, Schluss mit öden Luftkurorten und Sommerfrische, hier findet der wirkliche Fremdenverkehr statt, und jeder wird jede beschlafen, wir garantieren mindestens zwei Akte pro Woche und Kopf, das wird genügen, sagte doch Luther schon, *der Woche zwier der Weiber Gebühr, schadet weder mir noch dir, machts Jahr hundertvier*, aber pardon, der ist ja bei der anderen Firma, tut mir leid Pater, habe ich vergessen, macht nichts, also Kava werden wir trinken, am Strand Fußball spielen, in Palmhütten wohnen und uns lieben ohne jede Beschränkung. Sarah kocht makrobiotisch, Karin heilt mit Kräutern, Ludwig turnt mit unseren Gästen und Maja bringt ihnen bei, auf dem Kopf zu stehen und auf den Atem zu achten. Klingt wie das Paradies. Kavatrinker statt Kokosesser. Zur Not darf auch Walter mitmachen und kann stramm über den Strand exerzieren, im Gleichschritt Marsch, meine Damen und Herren. Steigen Sie mit ein, wir könnten Sie brauchen, Sie kennen Land und Leute, und Ihr kleiner Gott ist sowieso schon lange so etwas von kaputt.«

Er rutschte aus der Hängematte und plumpste in den Sand.

»Und die Schwerkraft schaffen wir als Nächstes ab.«

Am Meer lag eine nackte Frau auf dem Bauch, ein Mann tröpfelte Öl auf ihren Rücken und begann sie durchzukneten. Drei andere Männer spielten Fußball mit ein paar schwarzen Jungs. Vor einer der Hütten stand ein dünner Kerl und machte Atemübungen wie ein Sänger vor einem großen Konzert. Andere tobten durchs Meer. Ein kräftiger Mann kam über den Sand, an der Hand die hagere Frau aus dem Felsennest, die Pater Joseph kurz ansah, lächelte, den Mund spitzte, als werfe sie ihm einen Kuss zu, bevor sie in einer der Hütten verschwand.

Pater Joseph beschloss, nie wieder hierherzukommen.

Engelhardt saß im Wipfel seiner Lieblingspalme. Blick weit übers Meer, die Nachbarinseln grün und vertraut, Herbertshöhe nur eine ferne Ahnung, dahinter der Urwald. Fontänen spritzten weit draußen im Wasser, es war die Zeit der Wale, wenn man schwamm, konnte man ihr Rufen im Bauchfell spüren.

Seine Arme taten ihm weh und sein Kopf. Sein Magen brannte. Er war es nicht wert, sich nur vom Licht der Sonne zu nähren, er war dabei zu versagen, obwohl es undenkbar war, dass ein so edles Organ wie das Gehirn von so einem schmutzigen Körperteil wie dem Magen-Darm-Kanal ernährt werden kann. Völlig unmöglich. Wider alle Logik. Das Gehirn zieht vielmehr die Kraft aus den nahe liegenden Haarwurzeln und diese werden von der Sonne ernährt, das wusste er, aber dennoch wehrte sein Körper sich, er musste ihn zwingen, auch wenn er jeden Tag schwächer wurde. Kaum kam er noch auf die Bäume.

Auge und Haar sind die besten Lichtkondensatoren, das Gehirn der beste Lichtakkumulator, das hatte er erkannt und schlüssig bewiesen. Also muss auch der Magen allmählich durch Haut und Haar und Auge ersetzt werden, durch die Luft- und Lichtverdauungsapparate. Je mehr man die Nahrung von der Sonne bezieht, umso mehr nimmt die Kraft und Macht der Erde über einen ab. Umso mehr ist man erhaben über die Vererdung und den Tod, auch wenn es sich anfühlte, als sei er ganz nah, aber vielleicht lag das am Fieber, immer hatte er Durst, kein gutes Zeichen, und der Urin war zähflüssig wie Honig. Vielleicht begann so die Unsterblichkeit, dachte Engelhardt, aber er glaubte es nicht.

Im Süden lag seine Bibliothek. Hier war er einmal glücklich gewesen, so schien es ihm jetzt, er war glücklich gewesen und allein. Ein paar hundert Schritte abseits davon die Hütten der Jungborner. Ein Palisadenzaun wuchs Meter um Meter ringsum. Am Dachstuhl des Gemeinschaftshauses flatterte eine Fahne, gelbe Sonne vor blauem Grund, davor der Umriss einer Palme. Morgens traten sie raus und grüßten die Fahne, er hatte es selber gesehen, in Reih und Glied, Hand aufs Herz, Augen zur Fahne, dann eine Rede Walters. Einer der Palmwedel knickte ab und fiel zu Boden. Es raschelte in den Blütenständen und eine schwarzbraune Schere schob sich nach oben. Ein Palmenkrebs, das widerlichste Tier auf der Insel, zehn Beine, ein paar Kilo schwer, einen halben Meter lang, der Palmentöter. Der Krebs hob seinen Kopf, als ob er Witterung aufnimmt, kroch näher heran. Engelhardt klammerte sich mit den Schenkeln am Stamm fest, packte ihn mit beiden Händen und hielt ihn hoch in die Luft. Die Vorderbeine mit den Zangen klappten auf und zu, die drei seitlichen Beinpaare furchten die Luft, eines streifte sein Gesicht, kratzte die Nase blutig, und Engelhardt ließ das Tier fallen. Der Krebs prallte gegen den Stamm, krallte danach, glitt ab, rutschte nach unten, drehte sich in der Luft und zerschellte auf den Felsen am Fuß des Baumes.

Früher einmal hätte er keine Tiere getötet, oder sich wenigstens schuldig gefühlt. Das war vorbei. Es gab keine Schuld.

Weit weg sah er Walter mit der Säge aus dem Palmenwald kommen. Sein Blutsbruder, bei Diefenbach hatten sie einmal am Feuer gesessen und sich versprochen, nie wieder Fleisch zu essen, ich schwöre, und sich mit einem glühenden Nagel gegenseitig ein Kreuz in die Oberarme geritzt als Zeichen, ein Kreuz in einem Kreis, und hatten Eisengallustinte hineingeträufelt, die schwarz verlief und sich entzündete und blieb. Engelhardt fuhr sich mit dem Zeigefinger über das Kreuz. Er konnte es sogar spüren, ein Zeichen, dass damals ein neues Leben begann und sie den Weg gemeinsam beschreiten würden, aber der Freund war schneller gegangen als er und viel weiter. Er war schon jenseits aller Zweifel auf sicherem Boden und schritt kräftig aus, während es unter Engelhardt noch schwankte.

Anna kam auf Walter zu. Walter redete auf sie ein. Engelhardt verstand nicht, was er sagte, er war zu weit weg, überhaupt hörte er nicht mehr richtig, nur ein Rauschen im Ohr, das nie mehr ganz abschwoll, aber er sah, wie Walter ausholte und Anna schlug. Sie hielt still, rührte sich nicht. Der Handrücken riss ihren Kopf nach hinten, einen Moment nur, dann sah es aus, als wäre es nie passiert. Engelhardt dachte daran, wie er sie retten würde, ihre Kutsche wird überfallen, sie gerät unter die Räuber, und er tötet sie alle. Gendarmen nehmen sie beim Nacktgehen fest, und er zersägt die Gitter im Gefängnis und befreit sie aus den Ketten. Haifische greifen beim Baden an, und er erschlägt sie alle mit der Keule.

Als er wieder aufsah, waren beide verschwunden. Vielleicht war gar nichts passiert. Er brach einen Ast aus dem Blütenstand und ritzte damit über das Kreuz im Arm, immer wieder, bis die Haut riss und Blut floss und das Zeichen nicht mehr zu erkennen war.

Viel später zog eine dicke Frau einen Holzkoffer aus einer der Hütten und pflügte damit durch den Sand. Sie hinkte leicht, ihr rechtes Bein war verletzt, und sie trug einen Verband über dem Knöchel. Friebel kam, der Glatzkopf mit Hut, sein Leib schweißglänzend, sah ihr zu, die Hände in die Hüften gestemmt, nahm den Hut kurz ab, strich mit der Hand über den Schädel, folgte ihr. Engelhardt konnte nicht hören, ob er mit ihr sprach. Schließlich ließ sie den Koffer sinken, setzte sich, Kopf in die Hände gestützt, Friebel ging, sie zog ihre Last weiter, zehn oder zwanzig Meter, blieb wieder sitzen, vollkommen erschöpft, das sah Engelhardt selbst aus der Entfernung, versuchte ein paar Schritte, taumelte, fiel, blieb liegen, und Engelhardt kletterte den Stamm abwärts.

Sie lag noch immer schluchzend im Sand, als er ihr die Hand auf die Schulter legte.

»Ich gehe zu den anderen«, sagte sie. »Ich genüge ihnen nicht mehr.«

Sie warf sich in seine Arme. Ihre Haut war feucht von Schweiß und von Tränen.

»Schon meine Eltern waren getauft. Mein Vater hat im Krieg gekämpft. Eiserneres Kreuz im Tausch gegen einen halben Arm, ein guter Tausch, fand er, es ging um Ehre und darum, dazuzugehören.«

Ein Heulkrampf schüttelte sie. Ihre Nägel krallten in seine Schulterblätter.

»Und die hier sagen jetzt, ich gehöre nicht mehr zu ihnen.«

»Wer?«, fragte Engelhardt, weil er das Gefühl hatte, etwas sagen zu müssen, auch wenn er nicht verstand, was passierte. Je näher die Menschen ihm kamen, desto fremder wurden sie ihm.

»Martha kenne ich seit fünfzehn Jahren, wir sind schon zusammen zur Schule gegangen. Emil ist einer meiner ältesten Freunde. Und jetzt bin ich nicht gut genug. Man kann nicht mehr mit ihnen reden. Das ist die Sonne. Die dörrt die Gehirne aus, und nur absurde Ideen überleben. Die Sonne und Bethmann, der vergiftet sie alle. Ich weiß nicht, woher er das hat. Vielleicht von Fidus, auf den beruft er sich dauernd, den kennst du doch auch. Der hatte die Idee zu einem germanischen Zeugungstempel. Die neuen Germanen sollten ihre Paarung als öffentlichen Akt zelebrieren. Männer und Frauen ziehen in Zweierkolonnen über eine Freitreppe in den Tempel der Erde und vereinigen sich im Zentrum des Heiligtums. Walter plant etwas Ähnliches hier im Gemeinschaftshaus, nur fehlen ihm ein paar reinrassige Frauen.«

»Ich helfe dir tragen«, sagte Engelhardt. Er hatte ihre Wörter gehört, aber den Sinn nicht verstanden. Sie redeten alle zu viel. Sie sollten mehr schweigen, das müsste man auf der Insel einführen, Schweigetage, jeweils sechs Stück, und der siebente wäre der Tag der Worte. Er packte den Koffer, aber der war viel zu schwer, was schleppte sie so viel Zeug mit sich rum, alles verbrennen, das sollte man alles verbrennen, warum war das nicht geschehen? Jeder Besitz tötet doppelt, den Besitzer und denjenigen, der ihn beneidet. Trotzdem brachten sie ihre Sachen zu dem Lager der anderen.

Bradtke kroch auf allen vieren auf Engelhardt zu, umklammerte seine Beine und fing an zu faseln. Ein Paar schlief mitten auf dem Strand miteinander. Vor ihnen tanzte Maja. Karin saß auf dem Boden und löffelte sich Sand in den Mund. »Das ist gesund«, rief sie ihm zu, »solltest du unbedingt auch einmal versuchen. Schon die Ägypter haben Nilschlamm gegessen. Empedokles empfahl selinusische Erde, und die heilige Hildegard heilte Lepra mit Erde von Ameisenhügeln. Korallensand besteht aus lebendigen Mineralien, auch der wird uns Menschen heilen.«

Engelhardt schüttelte den Kopf, sie waren verrückt, nichts hatten sie verstanden, überhaupt nichts, definitiv und vollkommen verrückt, und er müsste ganz von vorne beginnen mit ihnen, alles war falsch. Er stolperte, fiel hin, Versonnung und Unsterblichkeit, darum ging es. Er versuchte, sich aufzurichten, aber sein Kopf war zu schwer. Engelhardt atmete Sand und Salzwasser, das darf ich nicht, dachte er noch, nur Licht darf man atmen, die Strahlen der Sonne trinken, ihren Schein essen, Erde und Wasser ist falsch, dachte er, alles falsch daran. Er öffnete die Augen. Die Welt war blaugrün.

Der Mond hat schon zweimal den Weg über den Himmel gemacht, seit sie August gebracht haben. Nur einen Tag hat er ihn hierbehalten und dann zum Missionar gerudert. Im Fieber hat August nach Pater Joseph gerufen. Es ist wichtig, die Zeichen zu achten. Immer wieder bebt seither die Erde, weil einer Oha und Wakang weckt, die Rieseneidechsen, die tief unten liegen. Immer wieder fährt ein Geist in die Frauen, und sie stürzen zu Boden, und es redet aus ihnen und warnt vor dem Bösen, das kommt.

Er weiß noch, wie August vor ihm liegt: Sein Gesicht ist bleich. In seinen Augen wohnen rote Tiere. Kabua gibt ihm Wararo, das die Geister vertreibt und den Zauber, der auf ihm liegt, aber August schüttelt den Kopf, er ist müde und heiß und fährt auf die andere Seite zum Sterben, doch er stirbt nicht. Zweimal besucht Kabua ihn auf der Insel der Kirche. Der Pater ist in der Stadt. August liegt im Fieber, die Haut ist bleich und spannt über den Knochen wie das junge Fell einer Trommel. Er spricht nicht, aber dafür die weiße Schwester, die der Pater aus Herbertshöhe mitgebracht hat. Sie badet ihn in Worten, tupft ihm die Stirn mit einem Essiglappen und wäscht ihm den Schweiß vom Leib. Kabua sagt ihr, dass sie ihm Kokoswasser geben soll, damit er gesund wird und zurückkehrt nach Kabakon. Seit August fort ist, geschehen dort seltsame Dinge. Zwei Dörfer der Weißen gibt es jetzt auf der Insel. In dem einen wohnen Menschen, die keine Angst haben vor ihnen. Ein paar der Männer schlafen mit Kabuas Frauen, und er zahlt es ihnen heim und schläft mit ihren. Eine dicke Frau aus dem Dorf lebt sogar seit dem letzten Mond bei ihm. Keiner der Weißen will sie haben, also kommt sie zu ihnen, und er nimmt sie, auch wenn seine anderen Frauen schimpfen und sagen, sie riecht wie ein totes Opossum. Er mag den Geruch und dass sie so viel wiegt wie zwei andere Frauen zusammen. Mit ihr spricht er ihre Sprache, aber sie redet nicht viel, sondern arbeitet in den Feldern. Sie kann schwer tragen, und die anderen Männer wollen auch eine weiße Frau für die Felder, doch die anderen teilen höchstens ihr Lager und gehen wieder zurück.

Den Männern bringen sie Kava als Zeichen der Freundschaft und warnen sie. Sie können die Frauen stehlen, aber nicht die Früchte oder die Tiere. Wer das tut, wird sterben. Die Weißen lachen und glauben es nicht, bis einer die Masken am Geisterhaus berührt und Kabua ihm die drei Finger abschneidet, an denen die Macht der Dämonen hängt, um sie ihnen zurückzugeben. Die Weißen lachen nicht mehr, sondern schreien, und ein paar Tage lang nehmen sie auch keine Kava an, aber dann fragen sie wieder danach, nur der Mann mit den sieben Fingern geht nicht mehr aus der Hütte, wenn Kabua in ihr Dorf kommt.

Die Weißen in dem anderen Dorf fürchten sich und sprechen nicht mit ihnen und schützen sich durch einen Zaun. Sie roden Wald und bauen ein Boot aus den Palmen und immer mehr Hütten und ein Haus fast so groß wie die Kirche in der Mission. Der Bärtige ist ihr Häuptling. Nur er hat keine Angst, sondern kommt zu ihnen und spricht mit Kabua. Er sagt, dass sie die Insel verlassen sollen, es ist eine deutsche Insel, aber Kabua lacht ihn aus. Später gräbt der Zauberer die Fußspur des Bärtigen aus dem Sand. Seine Seelenkraft steckt darin, und der Zauberer wickelt den Sand mit dem Abdruck in ein Gamablatt und steckt es in ein Bambusrohr vom Geisterplatz. Dazu die stinkende Rinde von Sikapi, damit der Seele übel wird. Er verschließt das Rohr mit Baumwachs, setzt Muscheln darauf und ruft den weißen Kakadu, komm und zerreiße dem Mann den Leib und zerbeiße die Eingeweide, damit er stirbt. Dazu singt er, um die Geister zu rufen, die die Seele des Bärtigen ins Reich der Toten entführen. Bald wird er sterben, dummer Kerl, wie kann man so unvorsichtig sein und dem Feind die eigenen Fußspuren schenken?

Nur langsam tauchte Engelhardt aus dem Fieber auf, langsam und unwillig, denn er mochte es, überall konnte er sein und zu jeder Zeit und fliegen dazu, selbst die Toten lebten wieder und waren bei ihm, sein Bruder war nicht im Eis versunken, sondern bei ihm, groß und fordernd, nur ging er sehr schleppend, als hielte ihn wer. Diefenbach malte zusammen mit Fidus ein Annabild, ein Fresko an der Altarwand einer Kirche, Anna am Bach, Anna bei den Pappeln, Anna tanzt, der nackte Körper voll Mehl, an der Seite er selber. Er besuchte sich im Gefängnis, in dem er wegen Nacktgehens saß, jung, verletzlich und ungeheuer stolz, dort zu sein. Sah sich durch den Schlamm robben beim Militär. Die Stimme des Offiziers, ihr seid es nicht wert, fürs Vaterland zu sterben. Er stopfte ihm den Mund mit kaltem Schlamm. Max spielte für immer Akkordeon, Walter war noch sein Freund und Kabakon das Paradies.

Wachte er auf, saß Schwester Theodora bei ihm und fing an, zu reden oder zu beten, oder Pater Joseph, der nichts sagte, sondern ihm einen Schluck Kokosmilch gab, manchmal auch eines der schwarzen Kinder, die erschraken, wenn er sie ansprach mit einer Stimme, die aus der Ferne kam, das bemerkte er noch, bevor er wieder versank und sein Körper mit einer besonders schweren Form des Fiebers kämpfte, mit der zwei Dutzend Kolonisten in der Krankenstation in Herbertshöhe lagen; die Hälfte würde sie nicht überleben, darunter Finanzreferent Asmussen, der mit seinen schwarzen Boys schlief, der geheime Regierungsrat Bernauer, der den besten Schnaps der Kolonie brannte, und drei Missionare, die wetteiferten, wer von ihnen zuerst bei ihrem Herrn sein würde.

Engelhardt lief nicht um die Wette, sondern wachte schließlich wieder auf und richtete sich in der Missionsstation ein. Er zog eine Hose des Paters an, wegen der Schwester, und half ihm, ein neues Kreuz zu zimmern, das alte war morsch geworden, und der Heiland riss die Nägel aus dem brüchigen Holz. Sie deckten eine Seitenkapelle mit roten Ziegeln. Engelhardt unterrichtete die Kinder in Deutsch und Mathematik. Es machte ihm Freude, und er brachte ihnen Gedichte bei, *Herr von Ribbeck auf Ribbeck im Havelland, ein Birnbaum in seinem Garten stand,* und sie lernten sie und sagten sie auf, verstanden nur nichts, denn sie wussten nicht, was ein Garten war oder eine Birne oder die Havel. Pater Joseph zweifelte, dass eine Zeile wie *Kumm man röwer, ick hebb ne Birn* tatsächlich die Deutschkenntnisse der einheimischen Kinder hebt, sagte aber nichts.

Engelhardt ordnete die Apotheke und bestellte Naturheilmittel in Herbertshöhe, Ackerminze gegen Brechreiz, Gundelrebe und Bockshornklee gegen die Nebenhöhlenentzündung, an der eines der Mädchen litt, und Zinnkraut für die Blutungen Schwester Theodoras, deren Lebensgeschichten er anhörte. Mindestens achtzig Jahre alt hätte sie sein müssen, so viel hatte sie schon erduldet. Er erntete Kartoffeln. Besserte ein Boot aus und bestrich den Kiel mit Pech. Stritt mit dem Pater über die Paulusbriefe und schwamm mit ihm nackt an der Nordseite der Insel, weit weg von der Kirche und Theodora. Spielte Schach gegen einen der Jungen aus der Station und verlor. Pflanzte Tomaten. Trank Tee mit Gouverneur Hahl, der zur Inspektion gekommen war und gerade einen halben Tag auf Kabakon verbracht hatte. »Sie machen Fortschritte«, erzählte der Gouverneur, »die Siedlung wächst, und Herr Bethmann ist ein echter Preuße, klar, direkt und gut organisiert. Seine Ideen bezüglich der Zukunft sind ein wenig, na ja, ausgefallen, sage ich mal, aber das waren Ihre ja auch, Herr Engelhardt, und man kann gegen ihn sagen, was man will, aber er hat seine Leute im Griff, da ist echter Zug dahinter, ein Pfiff, und sie treten an wie beim Militär. Gefällt mir eigentlich sehr gut, der Mann, sollte sich bloß etwas anziehen.

Sorgen macht mir nur die zweite Siedlung. Wenn die Regenzeit kommt, steht keine von deren Hütten mehr, und wir müssen uns um die Leute kümmern. Eine lebt angeblich sogar bei den Wilden, ich habe sie nicht gesehen, aber es gab entsprechende Gerüchte, als eine der Frauen Kabuas. Eine weiße Frau bei den Schwarzen, das geht definitiv nicht, wenn sich das in Deutschland herumspricht, ist das das Ende der Kolonie, aber es soll sich um eine Jüdin handeln, das könnte unsere Rettung sein, denn es ist ja erwiesen, dass der Geschlechtstrieb bei denen hin und wieder ausgesprochen stark ausgeprägt ist. Eine andere der Frauen ist gerade dabei zu packen und wird mit mir nach Herbertshöhe kommen, Fräulein Henning, ich soll Sie von ihr grüßen, sie ist zwar wieder gesund, aber sie hält es nicht mehr aus, das verstehe ich, es sei die reine Sünde, was auf der Insel passiert, sagte sie, und ganz anders, als sie es sich erträumt hatte, aber dazu will ich mich nicht äußern, sie nannte keine Details, und ich glaube und hoffe, dass ich nicht alles wissen muss, aber ich fürchte, dass die zweite Siedlung demnächst an Syphilis eingehen wird; das wird einen schlechten Eindruck in unseren Medizinalberichten machen.«

Als Anna kam, las er gerade der Klasse ein Märchen vor. Dauernd unterbrachen die Kinder, was ein Wolf ist, was ein Jäger, Wackersteine, ein Brunnen, und er schüttelte den Kopf, klappte das Buch zu, erzählte von Rotkäppchen, das im Einbaum übers Meer paddelt, als der große böse Hai kommt, aber der junge Häuptling schneidet es später aus dem Bauch, und alle verstanden.
»Du hast Talent«, sagte Anna, als er fertig war, und trat aus dem Schatten. Er hatte sie nicht bemerkt. Sie trug ein weißes Leinenkleid, die Haare zusammengebunden, und sah kleiner aus, als sie war.
Ein paar Mal sei sie hier gewesen, als er krank lag, das erzählte sie, aber er erinnerte sich nicht, genau gesagt, er

erinnerte sich sehr gut daran, er im Fieber, sie an seinem Bett, hält seine Hand, singt ihm ein Lied, aber er hatte gedacht, er besuche im Traum den jungen August, Scharlach im Rachen und roten Schorf am ganzen Körper. Krankheit ist Unnatur, hatte Just im Jungborn gesagt und ihn streng angesehen, du bekommst keine Medizin, sondern Wickel mit Quark und Essig, Fieber reinigt den Körper. Anna hatte damals bei ihm gesessen, ihre kühle Hand auf der Stirn, ihre Lieder, leise und traurig. Das Leben geht im Kreis, nicht voran.

Er zeigte ihr die Missionsstation. Den Pater kannte sie, sie mochten sich, das war offensichtlich, er machte ihr sogar Komplimente wegen des Kleides und der neuen Frisur, und sie freute das. Engelhardt war erstaunt, darauf wäre er nie gekommen, er ist zu unbeholfen, die Bräuche der Menschen erscheinen ihm fremd, aber sie nahm ihn bei der Hand, zwischen uns braucht es keine Konventionen, sagte sie, von dir erwarte ich nicht, was ich von den anderen erwarte.

Allerdings erwartete sie seine Rückkehr. Alles zerfalle. Walter habe kein Gegenüber, das ihn zur Vernunft bringe. Sie schaffe es nicht, und keiner der anderen versuche es. »Die Leute um Pastor und Bradtke feiern, und die Jungborner folgen Walter blind. Ohne dich führt das in die Katastrophe. In Berlin hat vor ein paar Wochen ein arbeitsloser Schuster in der Uniform eines Hauptmanns einen Trupp Soldaten angeführt und die Stadtkasse in Köpenick beschlagnahmt. Inzwischen steht er vor Gericht. Mit Walter ist es ähnlich, er blendet alle um sich herum, du kennst ihn, August, du weißt, dass ich nicht übertreibe. Wenn das noch lange so geht, glaubt er selber, was er sagt. Das musst du verhindern. Die Wochentage tragen jetzt neue Namen, heute haben wir Wotanstag, auch die Monatsnamen hat er ersetzt, die ersten des Jahres sind Hartung, Hornung, Lenzing, Ostaramond, Wonnemond, Brachet, die anderen habe ich vergessen. Man darf die lateinischen Begriffe nicht mehr verwenden, sonst wird man bestraft. Außerdem soll man einmal die Woche

Fleisch essen, er hat ein Zitat in Caesars Gallischem Krieg gefunden. Die Germanen sind Fleischesser, steht da, und wir sind Germanen, mehr Germanen als Vegetarier und Fruchtesser. Morgen findet ein Pferdeopfer statt, dabei gibt es hier gar keine Pferde. Du musst kommen, August. Diesen Monatsnamen gibt es natürlich auch nicht mehr, August heißt jetzt Ernting, dabei ernten wir hier jeden Tag, es ist natürlich völliger Blödsinn, aber es ist Blödsinn, der mir Angst macht. Ich muss jetzt zurück, man kann das Dorf nur mit seiner Erlaubnis verlassen, und ich durfte nur zum Mangopflücken raus. Also komm bald, am besten schon heute.«

Er stand am Ufer, als sie in das Boot stieg. Sie drehte sich nicht nach ihm um.

Pater Joseph wollte nicht, dass er geht, die Sünde warte auf Kabakon und ein finsteres Heidentum, er solle doch bleiben, heute sei Vollmond, bald käme der Regen, und die Eingeborenen würden ein Singsing feiern, weil ein neues Sternbild am Horizont steht, ein schlechter Zeitpunkt, um zurückzukehren, alle werden berauscht sein von Kava, außerdem schlagen die Trommeln die ganze Nacht und treiben einen in den Wahnsinn. Hier in der Mission wird er die Glocken läuten, um dem etwas entgegenzusetzen, die müssen wissen, dass er nicht klein beigibt, es braucht mehr als ein paar Trommeln, um ihn einzuschüchtern, gute Glocken habe er, in München gegossen und geweiht, morgen wird er Blasen an den Händen haben und Muskelkater, da hätte er durchaus Verwendung für Engelhardt, sie könnten sich mit dem Läuten abwechseln, Schwester Theodora sei dafür nicht zu gebrauchen, aber Engelhardt schüttelte den Kopf, setzte sich in den morschen Einbaum, mit dem man gerade noch auf die andere Seite kam, und paddelte vorsichtig davon, um den Hals eine dünne Schnur mit einem hölzernen Kreuz, ein Geschenk von Pater Joseph, es wird nicht schaden, hatte er gesagt, als Dank für alles und Ihnen zum Schutz, ich habe es selber geschnitzt aus Olivenholz vom Garten Gethsemane.

Engelhardt hatte lange kein Kreuz mehr um den Hals getragen.

Er paddelte gegen die Strömung; noch war sie schwach genug, um direkt auf die andere Seite zu kommen. In zwei Wochen wäre das auch wieder vorbei. Engelhardt begann zu schwitzen. Heiß war es, viel zu heiß, außerdem müsste er dringend etwas trinken, der Speichel war bitter und zäh wie Teer und klebte die Zunge am Gaumen fest. Anna hatte nicht auf der Mission bleiben wollen, das wäre das Einfachste gewesen, aber es geht nicht um mich, hatte sie gesagt, sondern um alle anderen und deine Insel, das ist dein Fehler, dass du immer Lösungen für dich selber suchst, du bist ein schlechter Sozialist, August.

Kabua wartete auf ihn, als er anlegte.

»August«, sagte er, »mein Bauch schmerzt, weil du so lange nicht hier bist.« Er reichte ihm eine Nuss, und Engelhardt trank, ohne abzusetzen. Der Häuptling lud ihn zum Singsing ein, »wir werden Musik machen und tanzen und essen, schade, dass dein Musiker hinübergegangen ist, es hätte ihm gefallen«.

»Ich muss etwas erledigen«, sagte Engelhardt.

»Zeit für Limlimbu?«, fragte Kabua.

»Später. Ich möchte meine Insel zurückgewinnen.«

»Krieg«, sagte Kabua fröhlich. »Das ist gut. Ich rufe meine Männer. Wir werden kämpfen und töten. Die Weißen in dem Zaundorf beleidigen uns und wollen uns von der Insel vertreiben. Der Bartmann spricht mit mir darüber, aber ich lache ihn aus. Er droht mir, aber ich lache. Unser Zauberer hat seine Seelenkräfte gefangen und quält sie, bis er stirbt, aber besser und ehrenvoller ist es, selber zu töten. Die Weißen in dem kleinen Dorf schlafen mit unseren Frauen, das weiß ich. Wir töten sie und behalten die Frauen. Und heute Nacht wird das Fest umso größer sein.«

»Kein Krieg. Ich rede mit ihnen.«

»August, du bist kein Tolai, und du bist keiner von ihnen. Weißt du, wer du bist?«

»Ich bin dabei, das herauszubekommen.«

Engelhardt folgte Kabua ins Dorf. Ein paar der Kinder kamen zu ihm, streichelten seine Hand. Auf dem Dorfplatz zwei Baumstämme, einen Fußbreit auseinander, dazwischen ein Dutzend Feuerstellen. Daneben zwei Kochgruben. Ein paar Hunde mit zusammengebundenen Schnauzen und gebrochenen Beinen. Sie winselten leise. Blut lief dem einen Hund aus der Nase. Zwei Schweine. »Eines fehlt«, sagte Kabua. »Wir mästen es seit Wochen. Gestern ist es noch im Wald und heute nicht, entweder ein Geist oder ein Dieb. Wenn es ein Dieb ist, stirbt er, denn es kommen viele Männer, und keiner soll nach Hause gehen und sagen, Kabua lässt seine Gäste hungern.«

Engelhardt widersprach nicht mehr, dazu fehlte ihm die Kraft, immer trockener und heißer wurde sein Schädel, auch um das Leben der Hunde bat er nicht, es wäre vergeblich gewesen, so vieles war vergeblich, nicht einmal um ihren schnellen Tod bat er. Sie würden, wenn es Zeit dafür war, durch die Hand des Zauberers sterben, der sie zuerst dort berührt, wo das Herz sitzt, und die Sprüche murmelt, ohne die das Fleisch ungenießbar wird, bevor er den Speer mit der Obsidianspitze hineinsticht.

Er setzte sich auf das morsche Kanu vor dem Geisterhaus. Masken von bösen Dämonen starrten ihm in den Rücken. Frauen kamen vom Feld, die Rücken gebeugt, die Schritte schleppend, nur eine ging aufrecht, Walburga Silberman, die Schauspielerin, sie trug ein Bündel Palmwedel, setzte sie ab und küsste Kabua auf beide Wangen. »Er ist der zivilisierteste Mann auf der Insel«, sagte sie. »Ich habe die Schnauze voll von den Wilden mit ihren absurden Ideen. Die einen denken nur an die Reinheit ihres blöden Blutes. Die anderen denken nur mit dem Unterleib. Ich war gefangen zwischen Dummköpfen auf der einen Seite und Idioten auf der anderen. Aber ich habe eine Lösung gefunden. Kabua ist der erste Mann seit Langem, der mich anständig behandelt.«

Sie wuchtete das Bündel wieder auf den Rücken.

»Und deswegen bleibe ich hier.«

Engelhardt nickte. Kurz sah er sie mit zwei Köpfen, wischte über die Augen, bis einer der beiden verschwand.

»Bleib zum Fest«, sagte Kabua noch einmal, »die Schlange zeigt sich heute Nacht wieder am Himmel, es ist ein gutes Fest.«

Engelhardt schüttelte den Kopf. Nie wieder essen, die Sonne allein wird ihn nähren, das war wichtig. Theodora hatte ihn gefüttert mit Hühnersuppe und Kartoffeln, als er krank lag und zu schwach war, um sich zu wehren, vergiftet mit totem Fleisch und Erdessen, deswegen war er so verwirrt. Das Gift musste er ausschwitzen. Totes Fleisch, die Tätowierung am Arm brannte, ein Bruch des Schwurs, aber er war unschuldig daran und es war nur Suppe gewesen.

Der Weg durch den Wald war zugewuchert, als sei ihn lange keiner gegangen. Eine Fliegenwolke über einem verwesenden Waran, ein blauschwarzer Schatten, der beruhigend summte, zu beruhigend, am liebsten würde er sich hinlegen und sich einlullen lassen von ihnen und schlafen. Seit Wochen hatte er schon nicht mehr richtig geschlafen, sondern entweder wach gelegen oder war in einer Ohnmacht versunken, die tief war und traumlos, und wenn er erwachte, saß Anna neben ihm, Theodora oder der Pater, einmal auch der Häuptling. Sein Bruder war da, seine Eltern. Es gibt keine Zeit, hatte Kabua ihm einmal gesagt, und nur die sind tot, an die keiner mehr denkt.

Der Weg ging zu einer Lichtung, die neu war. Baumstümpfe wimmerten. Engelhardt hielt sich die Ohren zu. In einem von ihnen steckte noch eine Axt. Am Rand der Lichtung ein Haufen aus Palmwedeln. Aufeinandergestapelte Stämme. Verbranntes Unterholz. Er ging auf die Knie und umarmte einen der Stümpfe.

So fand ihn Emil Friebel, den Hut tief ins Gesicht gezogen, sah unschlüssig auf Engelhardts Gesicht, Schweiß oder Tränen, dachte er, begrüßte ihn mit einem Schulterklopfen und nahm ihn mit in das Dorf.

Ringsum ein Holzzaun, die Spitzen gehärtet im Feuer, das Tor von Horst Remmele bewacht, der beide hereinließ, kurz zögerte, Engelhardt war nicht wirklich willkommen, er sollte Walter fragen, aber egal, er sah fiebrig aus, vielleicht brauchte er Hilfe.

In der Mitte ein Blockhaus, kirchengroß, Wände und Dach aus massiven Planken. Oben die Fahne, blaugelb mit Palme.

Ringsherum Hütten aus Palmwedeln. Das Tor fiel wieder zu. Kein Blick aufs Meer oder den Horizont. Theo Kunkel winkte ihm zu. Ulrich sah weg, der Stotterer mit seinem Darwinkomplex, alles eine Frage der Züchtung, beim Menschen wie in der Natur, nur die Gesunden sollten sich fortpflanzen, dann wird das Menschengeschlecht vollkommen wie die Tiere.

Unter der Sonne sind alle gleich, hatte Engelhardt ihm gesagt, sie scheint für jeden, aber Ulrich war nicht zufrieden gewesen, dann macht die Sonne eben einen Fehler, den wir nicht wiederholen dürfen.

Martha kam, heizte einen Ofen aus Ziegeln, sah kurz zu ihm und setzte sich auf die Bank vor ihrer Hütte, um den Brotteig zu kneten, unreines Essen, alles, was man erhitzen muss, bevor man es zu sich nimmt, ist schmutzig und schädlich, aber das sagte er nicht, sie würden nicht hören, seitdem sie auf der Insel waren, hatten sie nie wirklich gehört, was er sagte. Nur sein Beispiel würde sie retten, nur Sonne würde er essen, ein neuer Mensch, nicht durch Zuchtwahl, sondern aufgrund einer Entscheidung, das war der Weg, sie würden es sehen. Gib mir Kraft dazu, Vater Helios, betete er, als er Walter sah, der auf ihn zukam, die Arme öffnete und ihn lange hielt.

»Schön, dass du da bist, mein Freund. Wir feiern heute ein Fest zu Ehren Hermanns, der uns von den Römern befreit hat. Der ist uns Beispiel und Inspiration. Nackt und frei wie er, so gehen wir, so hat uns Tacitus beschrieben, das habe ich gerade erst gelesen in deiner Bibliothek, nackt, aber keusch und ohne Ausschweifungen. Stolz. Unbezähmbar. Wie du es bist, August, und immer gewesen bist. Bleib hier und feiere mit uns. Ich hätte gerne ein Pferd geopfert, aber sie haben uns keines verkauft drüben in Herbertshöhe. Aber ich habe etwas anderes gefunden, das ein echter Ersatz ist.«

»Wir wollten einmal jedes Leben erhalten«, sagte Engelhardt. »Aber auch mir ist es nicht gelungen. Ich hatte Fieber und ...«

»Wir wollten vieles und manches haben wir erreicht. Jetzt wollen wir etwas Neues. Man muss sich ändern, August. Wir werden älter. Wir tragen Verantwortung. Andere Aufgaben stellen sich. Aber das verstehst du ja nicht. Außerdem trägst du ein Kreuz. Hat der Pfaffe dich endlich bekehrt?«

Engelhardt sah ihn an. Walter wusste nicht, worum es ging. Er war nicht der große Bruder, für den er ihn immer gehalten hatte. Nicht gemeinsam waren sie gegangen, sondern nur nebeneinander, durch einen Zufall auf dem gleichen Weg. Er war nicht der Bruder, den er hatte haben wollen, sondern wie der, der im Wasser versunken war, weil er immer schneller sein wollte, immer stärker, weil er mehr geliebt werden wollte, und von dem trotzdem nicht mehr blieb als ein Stein unter einer dürren Kiefer, an dem schon längst keiner mehr weinte.

»Was einmal richtig war, bleibt richtig«, sagte Engelhardt.

»Romantiker«, sagte Walter und verzog das Gesicht, als zerbisse er eine Kakerlake. Das hatte Engelhardt schon oft gehört, aber das waren Menschen wie Hahl gewesen, Gouverneure, Polizisten, Richter und Lehrer. Walter war einer von ihnen geworden. Engelhardt wandte sich ab und ging. Aus dem Dunkel einer Hütte sah er Annas Gesicht, fern und bleich. Sie hob eine Hand. Dornröschen im Blütenknast.

Hinter ihm schlug das Tor zu.

Wellen schlugen beiläufig an den Strand. Ein Albatros kreiste. Mit der rechten Schere schnitt ein Krebs Stücke aus dem Gallert einer Qualle. Engelhardt ging am Wasser entlang zu seiner Hütte. Die Bücher hatten ihre Ordnung verloren. Jemand hatte sie alphabetisch eingestellt. Kleist stand neben Klinger und Aristoteles neben Bettina von Arnim. Er fand sich nicht mehr zurecht, riss alle aus den Regalen und sortierte sie nach ihrem inneren Wesen, nach dem, was sie über die Welt sagten, den Menschen, die Natur und die Zeit. Manche Bücher fehlten, Heine zum Beispiel, den hätte er fast zitiert, als Walter mit dem Etrusker anfing, *Wenn Hermann nicht die Schlacht gewann / mit seinen blonden Horden / so gäb' es die deutsche Freiheit nicht mehr / wir wären römisch geworden.* Damit war eigentlich alles gesagt, aber Walter hätte möglicherweise einfach zugestimmt, weil er die Ironie nicht verstand. Ein paar der Dramen Schillers waren verschwunden. Nackende Körper von Pudor, aber das machte nichts, die wesentlichen Stellen konnte er auswendig: *Man sollte frische Luft atmen, Licht trinken, Nacktsport treiben oder auf der Wiese tanzen, nicht nur glücklich, sondern selig.* Selig sein, darum ging es, das sollte er Walter sagen, um nichts anderes, aber er würde nicht zurückgehen, außerdem war es zu heiß, obwohl das nicht sein konnte, wie konnte er das Geschenk der Sonne zurückweisen, aber vielleicht war das nicht die Sonne, sondern er verbrannte von innen.

Engelhardt ließ die Bücher stehen, um die Palme vor seiner Hütte hinaufzuklettern, der erste Baum, den er hier hochgestiegen war vor vielen Jahren, aber jetzt war der Stamm zu glatt oder die Arme zu schwach. Er hing in vier oder fünf Metern Höhe und kam nicht hinauf ins Innerste des Tempels; schuld war die Hühnerbrühe Theodoras, Gift hatte sie ihm eingeflößt, und er schob sich mühsam um eine Handbreit weiter nach oben, so blau war das Meer, so weit der Himmel, so fern noch die Nüsse, die würde er nie erreichen, so nicht, daher glitt er vorsichtig den Stamm nach unten, breitete sich im Sand aus, dann würde er eben Licht trinken, Pudor hatte recht. Engelhardt schloss die Augen. Licht allein würde ihn am Leben erhalten. Er spürte, wie die Zunge im Mund anschwoll, die Verräterin, am besten, er näht sich die Lippen zu, dann kommt er nicht in Versuchung, etwas zu essen.

Er erwachte, als eine Schildkröte sich über sein Bein schob. Er fühlte nichts, hörte nur das Schleifen des Panzers über den Sand. Sie knabberte an seinen Fußnägeln, nicht gierig, mehr wie im Spiel, aber er konnte nicht mitspielen, denn das Bein blieb taub, nicht einmal die Zehen konnte er bewegen, bis er sich aufsetzte, die erstaunte Schildkröte neben sich in den Sand rutschen ließ, das Bein abrieb und aufstampfte, sodass langsam das Gefühl zurückkehrte. Sand war in die Augen geweht. Sie fühlten sich an wie mit dem Rasiermesser gekerbt. Die Welt, durch die Lider betrachtet, brannte blutrot. Die Erde drehte sich immer schneller. Er krallte sich mit beiden Händen fest, sonst hätte der Äquator ihn fortgeschleudert, hinaus in die Kälte des Alls. Erst viel später kam der Globus zur Ruhe, und er konnte ans Meer kriechen, trank ein paar Schlucke, rieb sich die Augen aus, erbrach, kroch tiefer hinein, ließ sich von den Wellen wiegen, trank, obwohl das Salzwasser an den Lippen brannte, kotzte wieder eine Mischung aus Galle und Salz, die an den Strand spülte und dort gerann.

Des Lebens Glück und Wonne sang er, verlor die Melodie, versuchte es wieder, aber es fehlte etwas, das wusste er, der Anfang fehlte, *wurzeln unsre Götterspuren, ruht des Lebens Glück und Wonne*, das war es: sein Lied, das Lied seiner Insel, alles würde gut werden, *in dem Tode der Kulturen, in dem Anschluss an die Sonne*, er schluckte Wasser, hustete, *wurzeln unsre Götterspuren, ruht des Lebens Glück und Wonne*, aber wenn das so war, woher kam der Schmerz in seinem Körper. Verdammte Hühnerbrühe. Das tote Tier in ihm drängte nach draußen, wollte raus an die Luft und fraß sich durch die Eingeweide ins Freie. Er robbte an der Wasserlinie entlang nach Westen, der Sonne entgegen, die auf ihn einschlug wie ein Hammer, auch Helios züchtigt die, die er liebt, ein guter Vater, gut und gerecht, wie sein Vater gewesen war in der Winterwelt damals, immer nach Westen, obwohl das die falsche Richtung war, denn im Osten wartete Anna, das Morgenrot, der kommende Tag. Er würde sie aus den Klauen der Nacht befreien.

Er wusste nicht, wie lange er sich über den Strand geschleppt hatte, bevor er Wilhelm sah, der am Wasser saß, mit der rechten Hand imaginäre Saiten zupfte und mit der Linken

Akkorde am unsichtbaren Hals einer Gitarre griff, ihn ansah, zunickte.

»Mir ist die hohe E-Saite gerissen, dreimal, das liegt an der Hitze. Ich habe keinen Ersatz mehr. Ich war wütend, aber ich brauche sie gar nicht. Keine Saite. Keine Gitarre. Ich kenne die Töne. Die Musik ist da, auch ohne Instrument, sogar die schwierigen Stücke, an denen ich gescheitert bin, weil die Hände zu schwerfällig waren. Nie habe ich so gut gespielt, August, kannst du es hören?«

Engelhardt schloss die Augen und hörte es: ein barocker Tanz, zuerst sehr steif und etwas schwerfällig, Männer und Frauen in hochgeschlossenen Kleidern, die Perücken gepudert, die Korsetts verschnürt, nur an den Fingerspitzen berührten sie sich, aber das Lied wurde schneller, die Seidenhandschuhe wurden abgestreift, noch schneller, eine Perücke flog vom Kopf, Knöpfe wurden geöffnet, die Mieder gelöst, die Schritte wurden freier, während sich die Betonung verschob, Sprünge möglich wurden, schnelle Partnerwechsel, Schrittfolgen, die keiner im Voraus geplant hatte, und schließlich eine kleine Melodie, die zur nächsten führte, und endlich drei Akkorde, die sich abwechselten, die Spannung hielten, statt sie aufzulösen, immer leiser wurden und langsamer, sodass die Tänzer ermattet zu Boden sanken.

Wilhelm klatschte in die Hände.

»Genug gespielt, schön, dass du wieder bei uns bist. Ich habe dich vermisst, und die anderen auch, lass uns in unser Dorf im Exil gehen, aber rede nicht mehr von den Nüssen, ich bitte dich, es gibt ein Glück jenseits davon, ich zeige es dir.«

Wilhelm half ihm auf und hielt ihn unter den Armen auf dem Weg zu ihren Hütten und setzte ihn dort im Schatten ab, um die anderen zu holen, die überall waren, im Meer, dem Wald oder dem Dorf der Schwarzen.

Vor Engelhardt ein ausgehöhlter Kürbis, darin braunes Wasser, eine Schöpfkelle.

Er nahm einen Schluck.

Das Brennen der Lippen verschwand. Sie wurden taub. Es war scharf. Gleichzeitig zog sich alles zusammen, als würde er einen Alaunstein lutschen. Kava, er kannte das, Kabua hatte sie ihm einmal angeboten, aber er hatte abgelehnt. Jetzt trank er. Trinken war schließlich erlaubt. Nur essen würde er nie wieder. Das Zeug kämpfte in seinen Engeweiden den Rest der Hühnerbrühe nieder, vertrieb sie, und an ihre Stelle trat eine große Ruhe wie im Innern der Kuppel eines Domes bei Nacht.

Engelhardt hatte Lust, übers Wasser zu gehen.

Er stand auf, vergaß sein Ziel, erstarrte auf dem Strand. Ein Schwarm Möwen flog durch seinen Kopf und nahm ihn mit sich, stieg hoch in den Himmel, und er sah seine Insel von oben, den sanften Südrand, die Felsen an der Westseite, an der die Strömung fraß, die er auch in sich spürte, während er weiterflog, über Kabuas Dorf zur Nachbarinsel. Ein Sturzflug erschreckte die Schulkinder, grelles Kreischen, Fluchen der Schwester, bevor er in einem weiten Halbkreis zurückkehrte, vorbei an der Siedlung der Jungborner, wo Friebel mit Hanteln trainierte, über seine verlassene Bibliothek zurück zu diesem Strand, wo er zurückfiel in seinen Körper, gerade als Bradtke und Sarah auftauchten, ihn ansahen und gleichzeitig anfingen zu lachen. Kava statt Kokos, sagte Bradtke, mein Reden. Erwin Tröndle stand plötzlich da und Franz-Karl. Karin zog das Grammophon auf und legte eine Platte auf den Teller, die *Winterreise*, aber die Musik kam nicht aus dem Trichter, sie kam aus ihm selber, aus seinem Mund flog sie in die Welt, und er sperrte ihn auf, damit Platz war für die Töne. *Fremd bin ich eingezogen, fremd zieh ich wieder aus.* Er weinte vor Glück, weil die Musik so groß in ihm war. Das war es, was Max gesucht hatte, hörst du das, Max, denn er war hier, ganz nah, und Engelhardt freute sich und duckte sich gleichzeitig vor Angst, denn Max war wütend. Engelhardt wollte nicht wissen, warum, er wollte ihn besänftigen, aber wusste nicht, wie.

Sarah stand plötzlich auf dem Kopf, das war schädlich, das sagte er ihr, die Haarwurzeln dürfen nicht vererden, im Gegenteil, versonnen müssen sie, je höher man sie trägt, umso besser, nur darum haben die Menschen den aufrechten Gang entwickelt, damit sie ihr Haupt nahe der Sonne tragen, aber sie lachte ihn aus, Bradtke lachte, sogar Wilhelm, ein Haufen Ungläubiger, nur David sah ihn ernst an, aber einer war nicht genug. Seine ganze Insel hatte er ihnen geopfert, sein Leben, dabei wollte keiner von ihnen wirklich verstehen, vielleicht deswegen der Schrei, den er erstaunt hörte, sodass er den Kopf drehte, um festzustellen, wo er herkam, als ihn die Stimmbänder schmerzten, und er merkte, dass er selbst schrie, der Schmerzensschrei seiner Insel über das, was mit ihr geschah, sie schrie durch ihn hindurch, und er packte das Grammophon, stürzte es in den Sand, riss den Tonarm ab, zertrat den Trichter und schleuderte die Platte übers Meer, die weit davonsegelte, von einem Aufwind ergriffen in die Höhe stieg und im Himmel verschwand. Trotzdem hörte die Musik nicht auf, immer weiter sang die Stimme von Reisen und Blumen, irren Hunden, dem Mond. Er presste sich die Hand auf die Ohrmuscheln. *Die Liebe liebt das Wandern, Gott hat sie so gemacht.* Max hatte das Lied gemocht. Mit ihm hatte er es gehört, auch jetzt saß er irgendwo in der Nähe, er konnte es spüren. Die Stimme verstummte schließlich, das Klavier spielte monotone Achtel, Hoffnungslosigkeit fiel aus den Tönen auf ihn. Wilhelm legte ihm den Arm um die Schultern, aber er wollte keine Arme mehr spüren und keine Menschen mehr sehen, das sagte er ihnen, dass sie hier falsch waren und nie ankommen würden, und Franz-Karl nickte, das habe er auch schon gemerkt und ein paar der anderen auch, die schon abgereist seien, Bella zum Beispiel oder Jonathan, aber einen Versuch sei es wert gewesen. Andere stimmten ihm zu, auch Wilhelm, nur David sagte, ich bin ein reiner Kokovore, seit Wochen schon, ich achte deine

Worte, aber das hörte er kaum, außerdem hatte er keine Lust mehr auf Worte, die einer sagte, er wollte lesen und spüren, wie die Stimme des Autors sanft in ihm tönt, sich eine ganze Welt öffnet und nicht nur ein Mund. Das Postschiff kommt morgen, wir können fahren, sagte Wilhelm, ist es das, was du willst?, und er nickte. Endlich einer, der ihn verstand. *Muss selbst den Weg mir weisen, in dieser Dunkelheit*, sang es übers Meer.

Vom Dorf der Schwarzen her hörte er Trommeln, die Schuberts *Winterreise* übertönten. Glockenklang aus dem Norden, der Pater läutete gegen das Heidentum an.

Die Sonne fiel ins Meer. Das Singsing begann.

Anna würde in ihrer Hütte warten, dass er sie holt. Er ging am Wasser entlang. Die Wellen rauschten durch seinen Körper. Er schwankte wie Seetang. Die Sterne sendeten Botschaften, die er nicht verstand, stattdessen hörte er das tiefe Brummen des Vollmondes, der aus dem Meer kroch und eine klebrige Spur über den Himmel zog. Engelhardt kletterte auf eine Palme. Die Arme waren jetzt stark genug. Oben hielt er sich lange fest und versuchte ein Teil des Baumes zu werden. Er blieb Mensch, erntete eine Nuss, stieg enttäuscht wieder runter, trank das Kokoswasser, ging weiter. Ein breites Grinsen verzog sein Gesicht. Er mochte es nicht, konnte es aber nicht wegwischen, es hatte sich eingefressen und blieb.

Der Schein des Feuers in Walters Dorf spiegelte sich in den Palmwedeln, die wie Riesenspinnen auf den Stämmen lauerten. Das Tor war verschlossen. Keiner antwortete auf sein Klopfen. Die Trommeln waren lauter geworden. Hier hörte er kaum die Glocken der Kirche, nur manchmal, wenn der Wind richtig stand, ein helles Läuten wie aus der Kindheit. Das Tor war zu, aber heute würde ihn keiner bremsen. Er erinnerte sich an die Axt in der Lichtung und tastete sich durch den Wald dorthin. Manchmal lag ein Fleck Mondlicht auf dem Weg wie verschüttete Kokosmilch. Ein Paradiesvogel klagte.

Die Axt steckte noch im Rumpf einer Palme. Sie war scharf und schwer. Er legte sie sich über die Schulter.

Das Tor splitterte schon beim ersten Schlag, ein grelles Jammern, als sich die Angeln verbogen, aber er schlug weiter, im Takt der Trommeln, um sein Werk zu vollenden.

Als Erstes kam Martha, kampfbereit, scharrte mit ihren dicken Füßen im Sand, sah die Axt, wich zurück, stieß gegen Ulrich, der etwas stotterte. Friebel schwang eine Holzkeule, aber Engelhardt ließ die Axt fallen. Ihr feiert ein Fest, sagte er, das ist gut, dann ladet mich ein.

Zwischen den Hütten ein Feuer, schon heruntergebrannt. Über den glühenden Kohlen ein Schwein am Spieß, den Harald drehte. Er schnitt ein Stück ab, weil das Fleisch gar war, und reichte es weiter.

Kein Pferd, sagte Walter, der mit den anderen im Kreis ums Feuer saß, ein Pferd wäre würdiger gewesen, aber immerhin, ein Schwein ist nicht schlecht. Ich habe es im Wald gefunden, ein wildes Schwein, Opfergabe an Hermann, den alten Germanen, den Ersten und Besten von uns. Was glaubst du: Wird er das akzeptieren?

Engelhardt stolperte auf ihn zu, griff ihn am Oberarm, zog ihn hoch, obwohl Walter das Doppelte wog. Du hast geschworen, sagte Engelhardt und fuhr über Walters Tätowierung, das Kreuz im Kreis, nie wieder Fleisch essen, du hast es mir geschworen, aber Walter stieß ihn weg, du bist pathetisch, lass mich einfach in Ruhe.

Anna war aufgestanden. Engelhardt sah sie nicht, sie stand im Schatten, aber er spürte sie in der Dunkelheit.

Pathetisch, sagte Walter wieder, und alle hier wissen es, pathetisch und ein Heuchler. Du willst das Leben schützen. Dabei bist du ein Händler des Todes.

Engelhardt schüttelte den Kopf, ich bin kein Händler, ich habe nichts anzubieten, nur ein paar Worte und Kopra, aus der man Seife macht und Licht.

Anna war aus dem Dunkel getreten. Seife und Licht, sagte Engelhardt, und ein paar Ideen, aber Walter lachte.

Sag es nicht, bat ihn Anna, aber er hörte nicht auf sie. Ein Händler des Todes, wiederholte er deswegen, und du willst es nicht sehen. Weißt du, warum man so viel für das Kokosfleisch zahlt? Weil es der Hauptbestandteil für Nitroglyzerin ist. Bomben und Granaten züchtest du hier auf deiner Insel. Der nächste Krieg wächst auf deinen Bäumen. Tote Soldaten baust du hier an. Von wegen Seife und Licht. Du nährst dich von den Gefallenen von morgen.

Engelhardt schüttelte den Kopf, Walter log. Er musste lügen. Er war zum Feind geworden. Feinde logen, ein Trick, aber er ließ sich nicht überlisten und schaute in Annas Gesicht, sie würde ihm helfen, in seinen Augen die Frage, ob all das wahr sei. Erlösung erwartete er, aber sie blickte durch ihn hindurch, die Augen zwei grundlose Schächte, er könnte hineinrufen und warten, ob er ein Echo hörte. Sie nickte langsam, und er sah sie alle vor sich: verwesende Körper in schlammigen Pfützen, ein abgerissenes Bein, Blut pulst über den Oberschenkel, brennende Kadaver von Pferden, Eingeweide wie Lametta in Tannen.

Das wusste ich nicht, sagte er, ging auf die Knie, während Anna auf Walter einschlug, der sich kaum wehrte, sondern nur lachte, du entkommst mir nicht, hier auf der Insel. Sie rannte davon, doch das sah Engelhardt nicht, denn er war im Krieg. Sedan, schrie ein Offizier. Neben ihm verlor ein Rekrut die Hälfte seines Gesichts, als eine Kokosnuss explodierte. Fleisch schmolz, Knochen bröselten, eine Haubitze schleuderte Nüsse in die Reihe der Feinde. Manche fielen ohne Widerstand, andere schossen Kokosgranaten, aus denen Flammen sprangen, und Engelhardt warf sich in den Sand, barg seinen Kopf in den Armen, während die Schlacht weiter tobte und er mal eine Salve im Rücken spürte, mal den Atem des Feuers, während die Erde von den Trommeln vibrierte.

Als er die Augen aufschlug, waren alle verschwunden. Er sah in die Sterne. Die Nacht war schon alt. Einige Stunden waren vergangen, und der Krieg war vorbei. Der alte Engelhardt war darin gestorben. Die Haut der Raupe verglomm auf einem fernen Schlachtfeld. Nichts gab es jetzt mehr, was ihn noch hielt. Der Rücken des Schweins über der Glut war verbrannt. Die Axt steckte in der Tür der Hütte, aus der er das Schnarchen Emils hörte. In einer der anderen wälzte sich Martha auf ihrer Pritsche. Engelhardt segnete beide. Alles war richtig und gut und an seinem Platz. Die Welt war durchsichtig, wie aus Glas. Er war der Gott, der sie geschaffen hatte und begriff und sie liebte. Sein Mond stand hoch und leuchtete alles gleichgültig aus.

Sein Kopf war so klar, dass es ihn schmerzte. Sein Herz war das Zentrum der Welt, die Quelle der Kraft, die alles am Leben erhält. Wenn es aufhört zu schlagen, kommt das Ende der Welt. Er war sich der Verantwortung bewusst und setzte vorsichtig einen Fuß vor den anderen. Ein zorniger Blick aus seinen Augen, und die Felsen schmölzen oder der Wald finge Feuer, ein Blick voller Liebe, und eine Frau würde ein Kind dadurch empfangen.

Das leise Schluchzen kam aus einer der Hütten weiter am Waldrand. Es war der kleine Stotterer, der weinte und sich nicht beruhigte, weil alles zerfalle und alles vorbei sei und es keine Einigkeit gebe und keinen neuen Menschen, sondern nur Eifersucht und Hass. Mit dem nächsten Schiff würden sie alle zurückkehren, dabei hätte er deswegen die Universität verlassen, er könnte längst Rechtsreferendar sein, stattdessen laufe er nackt durch die Sonne, und zu allem noch dieser Lärm. Hören die Trommeln nie wieder auf zu schlagen?

Engelhardt legte ihm die Hand auf. Der Stotterer zuckte kurz, riss die Augen auf, schloss sie wieder und lag kurz darauf friedlich und still.

Die Trommeln hämmerten seinen Namen. Immer wieder. AU-GUST.

Wenn die Trommel ruft, muss man folgen.

In einem Mangobaum im Wald saß Max Lützow, der Klavierspieler, und bot ihm eine Frucht an. Er war nicht mehr wütend, das war gut so. Engelhardt nahm die Mango und aß. Der Saft war süß und erfrischend. Er wollte Max danken, aber der war schon verschwunden. Im Weitergehen pflückte er eine Papaya und verscheuchte den Fliegenschwarm über dem Aas. Das Trommeln war so laut geworden, dass er es nicht hörte, sondern spürte, tief unten im Bauch. Es waren die meterdicken Trommeln aus dem Stamm eines Baumes, darüber die Handtrommeln, bespannt mit dem Fell eines Warans. Immer wieder sein Name. Er wich den Mondpfützen auf dem Weg aus, weil er Angst hatte, darin zu versinken. Die Hütten am Dorfrand leer, nur ein paar Hühner in den Fensterhöhlen, in der Luft ein Geruch von Feuer und Blut und dem Süßgras, das die Männer fermentieren lassen und sich um den Oberarm binden, weil der Duft die Frauen betört. In der Mitte des Dorfplatzes die Trommler, die Augen geschlossen, schweißglänzend, um sie herum der Kreis der Tänzerinnen und Tänzer, die Frauen mit Lendenschurzen aus Palmwedeln, um den Hals Federkiele des Kasuars und Häuser der Nassa-Schnecke. Die Männer trugen Eberhauer und Gesichter bemalt mit rotem Lehm oder Korallensand, Pflanzensaft in den Haaren. Gehänge aus Palmnüssen klapperten. Flöten kreischten. Manche trugen Federn im Haar, eine für jeden Erschlagenen. Engelhardt beneidete sie.

Die abgezogenen Felle der Hunde lagen auf einem Haufen neben den Feuerstellen. Nur ein Hund lebte noch, um den Hals ein Strick, Schaum vor dem Mund, er war besessen, man würde zuerst den Geist austreiben müssen, bevor man ihn aß.

Kabua löste sich aus dem Tanzkreis, kam zu Engelhardt, sein Körper glänzte vom Kokosöl, auf der Brust der flache Panzer einer Muschel, groß wie ein Teller. Es ist ein gutes Fest, sagte er, viele Sippen sind hier, und alle haben ihren Tanz mitgebracht, sie tanzen den Fischfang, die Zubereitung von Sago, die Brautwerbung, jede Sippe hat ihren Tanz. Wer einen stiehlt, wird getötet. Setz dich und iss etwas. Engelhardt nickte, sank auf den Boden und bekam ein Bananenblatt mit gekochten Farnen. Sie schmeckten salzig und bitter.

Neue Tänzer kamen, die Trommler änderten unmerklich den Rhythmus, ein Triton-Horn wurde geblasen. Engelhardt sah dem Tanz zu: Ein Kanu fuhr raus aufs Meer, manche tanzten das Boot, manche den Ausleger, einer den Hairufer, andere den Fisch, der angelockt und erschlagen wurde, was die Geister des Meeres erzürnte, die einen Sturm schickten, sodass das Boot zu schwanken begann. Die Männer taumelten. Der Ausleger riss sich los und versank, die anderen im Einbaum kämpften gegen die Wellen, umkreist von Haien, schlugen mit den Rudern auf sie ein, schrien und gingen dann doch zugrunde, lagen noch im Staub, als schon die nächsten Tänzer kamen, von einer fernen Insel, sie trugen Bambusspeere und tanzten einen Kampf gegen Missionare, die mit Holzkreuzen gegen die Speere fochten. Andere tanzten den Tod einer Schildkröte oder wie die stumme Geisterfrau den Kasuar verwandelt.

Kabua reichte ihm eine Schale mit Kava. Wieder zog sich alles zusammen, wieder spürte er die unendliche Ruhe. Kabua lächelte. Wir wissen, wer das Schwein stiehlt, sagte er, es ist der Bärtige, wir mästen es seit Wochen. Er stiehlt es und macht ein Fest in dem Zaundorf. Trink die Kava, August, du siehst schwach aus, du musst essen und trinken.

Engelhardt sah nicht mehr richtig. Nur Fetzen nahm er wahr. Eine Frauenbrust, die bis zum Gürtel hing. Ein Kakadu an der Kette. Eine Schlägerei am Rande. Aus dem Wald kam ein Liebespaar. Immer wieder die Flöten. Ratten fraßen an den Fellen der Hunde. Ein Huhn verlief sich, wurde gepackt und geschlachtet. Immer mehr Tanzgruppen zur gleichen Zeit, die sich übertreffen wollten. Die Trommler spielten drei oder vier Takte gleichzeitig. Sein Körper franste an den Rändern aus und zerfloss. Walburga Silberman strich ihm übers Haar, reichte ihm noch eine Schale mit Kava. Er sah sie und ihr ganzes Leben, von der armseligen Kindheit in Frankfurt über die Versuche mit der Schauspielerei und die Varietés, in denen sie halbnackt tanzte, bis zu den Kuren im Jungborn. Er drehte den Kopf weg, denn so viel wollte er gar nicht wissen. Sie ging, aber immer noch spürte er ihre Hand in den Haaren, wischte sich darüber, aber das Gefühl blieb, als würde sie ihm für immer über den Kopf streichen.

Ein Trommler spuckte auf das Fell, um es zu stimmen. In seiner Nase ein Eberzahn. Auf dem Kopf eines anderen Schnäbel des Nashornvogels. Eine Panflöte aus Bambus. Engelhardts Hände konnten kaum das Bananenblatt halten, das Kabua ihm reichte. Ein Stück Fleisch aus dem Ofen, lange gegart. Kabua sah ihn an. Der alte Engelhardt hätte das nicht gegessen, aber er war jetzt frei und jenseits von Sünde und Schuld und biss vorsichtig ab. Das erste Fleisch seit mehr als zehn Jahren. Der Geschmack pulste durch seinen ganzen Körper. Das war die Rinderhüfte, die seine Mutter manchmal sonntags gekocht hatte. Der Schweinebraten an Weihnachten, der Baum stand geschmückt in der Ecke, der Vater las das Lukas-Evangelium vor. Die gefüllten Koteletts von Tante Liesel, die immer von Hans erzählte, ihrem armen Mann, der viel zu früh gestorben war, und die dicke Tantentränen auf ihren Teller weinte. Die Schnitzel bei Sonntagsausflügen, in Butterschmalz ausgebraten, im Schatten der Kastanienbäume, dazu manchmal ein kleines Bier, wenn sein Vater es erlaubte. Das Filet bei den Besuchen der Großeltern, das Großvater nie durch genug war. Ein grünliches Stück Pferdefleisch, das ihm in Frankreich vorgesetzt wurde. Sauerbraten. Leberle. Rinderrouladen. Flambiertes Pfeffersteak. Hirschmedaillons in Weißweinsoße. Zwiebelrostbraten. Kalbsröllchen. Saure Leber. Königsberger Klopse. Schweinshaxe, schön kross, zuerst die ganze Haut abziehen, immer das Beste zuerst essen, wer weiß schon, was kommt, hatte sein Bruder gemeint. Engelhardt machte es umgekehrt. Hackfleischbällchen. Nieren. Rollbraten. Spanferkel, das hatte er nur einmal gegessen, bei einem Ausflug mit einem Lehrer. Hasenrücken in Wacholdersoße. Lammkeule mit Fenchelknollen, das war in der Schweiz gewesen. Ochsenschwanzsuppe. Labskaus. Kaninchenfrikassee.

Er nahm den zweiten Bissen. Er war fest genug und doch zart, leicht salzig, schmeckte nach den Bananenblättern, in denen er gegart worden war, dem Feuer, den heißen Steinen und der Kokosmilch. Der dritte Biss. Engelhardt wurde gieriger. Der vierte. Nie hatte ihm etwas so gut geschmeckt. Das letzte Stück schlang er ohne zu kauen hinunter.

Mehr, sagte er zu Kabua. Der lächelte. August ist endlich ein Tolai geworden.

Er brachte ihm eine schwere Keule. Engelhardt fasste den Knochen und nagte ihn ab. Blut troff in seinen Bart und trocknete dort. Eine Gruppe Frauen tanzte die Geburt eines Kindes. Von fern her die Glocken des Paters, leise und verzweifelt, als hätte er schon lange keine Kraft mehr zum Läuten. Auf einer der Hütten saß Max und winkte ihm zu. Walburga reichte ihm Kava. Noch immer ihre Hand auf seinem Kopf, aber er gewöhnte sich daran. Er schmeckte Tafelspitz. Gulasch und Wildschweinragout. Hin und wieder das Gefühl, als ob sein Herz neben dem Körper schlägt. Er stopfte noch mehr Fleisch in den Mund, schielte auf die Keule, es war noch genug dran, er würde satt werden, sah einen kleinen Kreis, nicht größer als eine Zehn-Pfennig-Münze, darin ein Kreuz, fraß weiter, immer lauter die Trommeln, dazu die Glocken, das Akkordeon, mit dem Max jetzt spielte, der Ruf der Triton-Muscheln, Flöten. Er biss noch einmal ab, starrte auf das Kreuz im Kreis, die Tätowierung, hörte auf zu kauen. Die Zeit gelierte. Sein Herz pumpte flüssiges Zinn durch die Glieder. Das Zeichen, eingeritzt mit dem Wandermesser, auch an einem Feuer, in einem anderen Leben. Blut war über die Arme gelaufen. Die Tinte brannte in der Wunde. Eine Männerumarmung. Heiliger Schwur. Nie wieder, mein Freund, nie wieder mein Bruder. Stolz waren sie gewesen. Sie hatten etwas für die Ewigkeit getan. Später entzündete sich der Arm.

Seine Zwillingsnarbe am Arm glühte. Ein Blitz müsste ihn erschlagen, ein Meteor zerschmettern, oder wenigstens einer der Speere der Tänzer durchbohren, aber nichts geschah, gar nichts, es war gleichgültig, was er tat, nicht einmal eine Mücke stach ihn, er war unverwundbar und ewig, der Gott der Insel, August der Starke, gezeugt von der Sonne und empfangen vom Meer, sein Reich war gekommen. Er vergab sich alle Schuld und erlöste sich vom Bösen und vom Guten, fing an zu lachen, ein Echo des Lachens der Götter des Olymp über die Dummheit des Schmieds, des Lachens des Gottes der Juden, als die Ägypter ertranken, des Christengottes, der seinen Sohn am Kreuz verließ, ein Lachen, das die Trommeln übertönte, die fernen Glocken, das Geschrei der Tänzer, die Flöten, den Wind in den Palmen, das Taubengurren, sein Gewissen, das Knacken des Holzes, Winseln des letzten Hundes, Scharren der Hühner, er lachte lauter als alle Lieder, die heute Nacht ertönen würden, ein Lachen, dessen fernes Echo selbst der Pater in seinem Kirchturm hörte, der mit blutigen Handflächen an den Seilen zog und plötzlich fröstelte wie vor einem Fieberschub.

Engelhardt schluckte den nächsten Bissen, nagte den Knochen restlos ab, zerbrach ihn, saugte das Mark heraus und warf ihn ins Feuer.

Ein Trommelwirbel. Mehr Kava. Kabuas Hand auf seiner Schulter. Ein Junge kam und malte ihm das Gesicht an. Die Farbe war fettig und schmeckte nach Ruß. Der Hund wurde gehäutet. Ein Lied der Klage der Frauen. Eine von ihnen kam später, setzte sich auf seinen Schoß und rutschte hinunter, weil er nicht reagierte. Als der Mond immer gelber wurde, ging er. Ihm war schlecht. Immer wieder hielt er sich an den Bäumen fest und erbrach sich. Fleischklümpchen landeten im Kreuz aus dem Ölbaumgarten. Er wischte sich mit Farnblättern ab.

Die Trommeln schwiegen, nur die Glocken läuteten. Engelhardt lächelte bei dem Gedanken an die Sturheit des Paters. Er überlegte, ob er sich umbringen sollte, aber er wusste nicht wirklich, warum. Er wollte nur wochenlang schlafen.

Er roch das Feuer, noch bevor er es sah.

Die Flammen schlugen aus dem Dach seiner Hütte und krallten sich im Nachthimmel fest. Ein dumpfer Knall, als sei etwas explodiert. Eine Feuersäule stand gelbrot und fiel in sich zusammen. Verbranntes Papier wehte ihm ins Gesicht. Er wischte es von der Wange. *Nenne mir, Muse*, las er, bevor es endgültig zerbröselte. Er kam näher. Es schneite verbrannte Papierfetzen, manche glommen noch leicht an den Rändern. Auf manchen stand ein einzelnes Wort, auf anderen ein Satz oder auch nur ein Buchstabe. Wieland wehte ihm ins Gesicht und Herodot. Er hob ein paar Zeilen aus Schillers *Nänie* auf. Daneben lag ein halber Monolog von Richard III, die erste Begegnung von Old Shatterhand mit Winnetou, *füllest wieder Busch und Tal*, die Fotografie einer Apollo-Statue, ein paar Noten, hingekritzelt auf den Rand einer Zeitung, das Titelblatt von Heines *Wintermärchen*, Tagebuchsplitter.

Zehntausend Schnipsel umtanzten einander, neue Wörter entstanden, neue Bedeutungen, Sätze, die noch nie jemand gedacht hatte, ein großes Gedicht, der Gesang der Welt stand in rauchenden Worten hier in der Luft, jeder mögliche Gedanke wurde in den Himmel geschrieben und dessen Widerlegung und die Widerlegung der Widerlegung, jede mögliche Begegnung fand statt: Hamlet verbrannte an der Seite von Karl Moor, Lederstrumpf traf Sokrates, Kants Klarheit versank im Sumpf der Zweifel von Rilke, Pestalozzi unterrichtete Buddha, die indische Chakrenlehre befruchtete die Kabbala und der Koran die Bibel, und Engelhardt las, nicht die einzelnen Buchstaben, nicht Wort für Wort, sondern alles gleichzeitig; las es, verstand es und begriff die Welt und ihr Gegenteil und kannte mit dieser Sekunde den Inhalt aller Bücher, die jemals geschrieben wurden und den der Bücher, die erst noch geschrieben würden. Er ging auf die Knie, Satzfetzen im Haar, im Bart, auf der schweißnassen Haut.

Er wunderte sich nicht, als Anna kam, ihn von hinten umarmte, ihr Gesicht an seinen Nacken presste. Ihr Haar roch verbrannt, die Wangen waren trocken und rußig, die Hände wund, tonlos ihre Stimme in seinem Ohr, es tut mir so leid, August, ich wollte es löschen, aber ich bin zu spät gekommen. Es war David, du hast ihn enttäuscht. Er liebt dich, hat er gesagt, und wird dafür sorgen, dass du ihn niemals vergisst, er wird dich immer lieben, sagt er, auch wenn er dich verlässt, dich und deine Insel.

Engelhardt drehte sich um und nahm ihr einen Aschefetzen vom linken Nasenflügel. Der Rest eines Bildes. Fidus hatte es gemalt, Anna und Engelhardt als Trauernde, schau in den Himmel, hatte Fidus gesagt, damals auf der Wiese im Jungborn; Engelhardt erinnerte sich an die Buchen, die gerade erst ausschlugen, die Blätter waren jung gewesen und neu wie sie selber, rein und voller Zukunft. Jetzt schließe die Augen, hatte Fidus gesagt, winkle das Bein an. Hebe den Arm. Stillhalten. Engelhardts Abbild war schwarz verkohlt, nur Annas Torso erkannte er noch, die Haare über den Brüsten, den Schmerz in ihrem Mund. Ein Bild der Trauer, hatte es Fidus genannt.

Es tut mir so leid, sagte sie wieder. Er legte ihr den Finger auf den Mund. Der Dachstuhl seiner Hütte barst. Eine Wand fiel in sich zusammen. Noch mehr Sätze wurden befreit, noch mehr Wörter.

Er lächelte. Anna sah ihn fragend an. Sie war sehr schön. Engelhardt küsste sie.

Ein Sehnen ist zwischen euch, das niemals gestillt wird, hatte Fidus damals gesagt, deswegen die Trauer, die euch umgibt, die muss ins Bild, ein paar Striche nur, der Kern eures Wesens.

Glühende Funken stiegen aus dem Feuer auf zu den Sternen.

Niemals gestillt.

Hier irrte Fidus.

Ich danke meiner Frau für ihre Begleitung beim Schreiben. Nur mit ihrer Hilfe werden aus vagen Ideen Romane.